Oliver Grudke

Die Torsteine 1

Die Torsteine 1

Seelenjäger im Paradies

Eine Geschichte aus einer nahen und doch fernen Welt, die wir alle vielleicht eines Tages erkunden und kennen lernen werden.

Geschrieben und vielleicht erlebt von

Oliver Grudke.

Bibliografische Information der Deutschen Nationalbibliothek
Die Deutsche Nationalbibliothek verzeichnet diese Publikation in der
Deutschen Nationalbibliografie; detaillierte bibliografische Daten
sind im Internet über http://dnb.d-nb.de abrufbar.

Oliver Grudke
Die Torsteine 1
Seelenjäger im Paradies

Berlin: Pro BUSINESS 2015

ISBN 978-3-86386-890-1

1. Auflage 2015

© 2015 by Pro BUSINESS GmbH
Schwedenstraße 14, 13357 Berlin
Alle Rechte vorbehalten.
Produktion und Herstellung: Pro BUSINESS GmbH
Gedruckt auf alterungsbeständigem Papier
Printed in Germany
www.book-on-demand.de

Einführung

Ist es Ihnen schon aufgefallen in was für einer Zeit wir leben? Zugegeben es ist eine schnelllebige stressige moderne Zeit.

Besonders aber fällt mir auf, dass ein totaler Werteverfall um sich greift. Unsere Gesellschaft besteht nur noch aus Egoisten und Menschen die von der Gier nach mehr, egal ob dies Geld, Erfolg oder Macht ist gesteuert werden.

Hilfsbereitschaft und Freundschaft, ja sogar die Liebe verschwinden aus unserem Leben.

Ich übertreibe?

Nein im Gegenteil! Täglich erfahren wir aus den Medien von Krieg und Zerstörung, von Mord und Kindesmissbrauch.
Menschen werden auf Bestialische Weise gequält und ermordet. Sie werden verfolgt und verhungern während andere Gehälter beziehen, die annähernd die Größe von Staatsetats in der 3 Welt annehmen.

Wo leben wir? Im Jahre 2015! Sind wir moderner und aufgeschlossener? Oder degeneriert unsere Gesellschaft.

Eins jedoch ist sicher: Das Böse wächst und droht die Macht zu übernehmen.

Kapitel 1

Eine Träne lief langsam über seine rote Wange. Er atmete schwer, und zitterte, obwohl das Kirchenschiff geheizt war.

Er kam immer hierher wenn er nicht mehr weiter wusste. Dann entzündete er eine Kerze vor der Imposanten Figur der Mutter Gottes am rechten Seitenaltar. In der letzten Zeit kam dies immer häufiger vor. Seine Verzweiflung war groß, und er wusste keinen Rat.
Ein Metallisches Knarren, das an das Stöhnen eines erschöpften Arbeiters erinnert durchbrach die Stille.
Er blickte auf. Es war nur Julius, der Messner.
Julius, ein braungebrannter weißhaariger 2 Meter Mann mit geschätzten 70 Jahre kam langsam und ehrfuchtsvoll aus der Sakristei. Wie immer trug er eine Messneralbe, eine Art schwarzen Gehrock aus Leinen. Seine sehr großen Hand hielt er den langen Goldverzierten Stab mit dem die Kerzen am Hochaltar angezündet wurden fest umklammert.

Julius erblickte Marius in der vorderen Kirchenbank. Marius ein 15 jähriger, für sein Alter sehr dünner Teenager mit blauen Augen und einem üppigen Haarbusch grüßte. „Grüß Gott Herr Hofer."

Julius antwortet nicht. Er setzte sich neben Marius und schwieg. Gemeinsam nahmen sie die Wärme welche die kleine Kerze ausstrahlte in ihre Herzen auf.

„Hat er wieder getrunken?" fragte Julius.

„Sehr viel! Und Mama hat er ins Gesicht geschlagen" antworten der Junge mit erstickter Stimme.

Nun konnte er nicht länger. Die Tränen liefen in Strömen und er Schluchzte jämmerlich.

Da begann es.

Der grüne Stein auf dem die Statue der Mutter Gottes Stand leuchtet. Es war ein warmes helles Licht. Die grüne Farbe leuchtete wie eine Wiese im April, wenn das Grün zu neuem Leben erwacht.

„Was ist das?" wollte Marius wissen und wischte sich die Tränen mit dem Ärmel seiner alten blauen Daunenjacke aus dem Gesicht. Julius blickte Starr in den Chorraum "Die Heilige Maria hat deinen Schmerz gesehen und wird dir helfen"

Und tatsächlich Marius ging es besser. Er verspürte eine wohltuende Wärme und neue Kraft.

„Komm" sagte der Messner „Hilf mir" und reichte Marius den Stab.

Nur zu gerne zündete Marius die Kerzen an. Es war seine Lieblingsaufgabe wenn er in der Kirche helfen durfte.

Nach getaner Arbeit stellte Marius den Stab in die kleine Holzverkleidete Sakristei. Es duftete nach Weihrauch und alten schweren Stoffen. Eine eigenartige Mischung aus Düften, welche auf ihn beruhigend wirkte. Herr Hofer hatte den Safe in welchem die Schlüssel der Kirche aufbewahrt wurden offen gelassen.

Sollte er? Nur für den Notfall! Wenn, ja nur wenn! Er drehte sich um da er sicher sein wollte dass ihn Julius nicht sah. Denn Julius war sein Freund. Er konnte immer zu ihm in die Kirche kommen und er hörte ihm immer zu wenn er über seine Probleme zu Hause und von der Sehnsucht nach seinem Vater reden musste.

Schnell steckte der Teenager einen Schlüssel für die Kirchenseitentür ein." Nur für den Notfall" flüsterte er und sah zum spätgothischen Kreuz welches auf dem Tisch aus Eichenholz stand. Marius bekreuzigte sich." Gelobt sei Jesus Christus „sagte er zu Herrn Hofer der gerade die Sakristei betrat. „in Ewigkeit amen" antwortet dieser. „Willst du nicht zum Gottesdienst bleiben?" „Nein" antwortete Marius" ich muss nach Mama sehen" und ging durch den Ausgang der Sakristei.

Es lag viel Schnee in dem kleine schwäbischem Dorf in dem Marius mit seiner Mutter lebte.

Und es war kalt. Mindestens minus 10 Grad schätze er die Temperatur. Die Kälte machte einem das Atmen schwer, der eisige Wind peitschte in sein blasses Gesicht.

Er ging langsam. Sein Magen verkrampfte sich. Sein Angstgefühl wuchs mit jedem Schritt, dem er sich seinem Wohnhaus näherte. Ein Gefühl dass einem in einer Sekunde das Adrenalin in die Adern schießt und in der anderen Sekunde einen lähmt. Ein Gefühl von Ohnmacht und Hilflosigkeit. Es wird einem heiß und zugleich kalt.

Oft hatte er sich gewünscht einfach nicht mehr nach Hause zu müssen. Aber da war ja noch seine Mutter.

Als er sich dem schäbigen kleinen alten Bauernhaus näherte hatte Marius trotz der Kälte bereits Schweißperlen auf der Stirn.

Nach dem plötzlichen Tod seines Vaters hatte die Gemeinde „Großzügigerweise" seiner Mutter dieses Haus zur Verfügung gestellt. Er dachte oft an seinen Vater. An dessen Lachen und die langen Spaziergänge im Wald.

Aber sein Vater war Tod, und die Gemeinde hat nun einen neuen Förster. Oft hatte er diesen schon gebeten ihn doch mal wieder mitzunehmen, vergebens. Offensichtlich mochte dieser keine Kinder.

Deshalb war er heilfroh, dass er bei Herrn Hofer einen Freund gefunden hatte.

Vorsichtig steckte Marius den Schlüssel in das Schloss. Ein alter großer Schlüssel. Jeder Einbrecher könnte das

Schloss mit einem Dietrich leicht knacken. Er lachte und sagte leise " Was es bei uns wohl zu hohlen gebe" Behutsam öffnete und schloss er die alte Holztüre. Der Flur war kalt. Er stieg die Holztreppe langsam nach oben. Der alte grüne Teppich welcher vor Jahren auf die Buchentritte aufgeklebt wurde war abgenützt. Das Knarren welches seine Schritte verursachten lies sich deshalb nicht vermeiden.

Plötzlich flog die Küchentür auf „Gott sei Dank" flüsterte eine zitternde Stimme „Da bist du ja" Ingrid Gruber umarmte ihren Sohn. „Du bist ja ganz kalt" Marius wurde von der hageren Frau mit Ihren fettigen dünnen Haaren in die warme Küche geschoben. Ihr Mund war geschwollen, aber Marius sagte nichts. Er konnte nicht.
„Schläft er?" wollte der Junge wissen
„Ja, schon seit 4 Uhr" entgegnete Ingrid.
„Du musst hungrig sein, oder? Ingrid ging zum Herd und stellt eine Pfanne darauf. Der alte Holzherd war Ihr ganzer stolz. Gab er doch warm und benötige nur ganz wenig Holz. Auch wenn die Tür zum Schürloch schon lange nicht mehr in den Scharnieren hing und die emaillierte Farbe eher schwarz oder Rostbraun war, Ingrid pflegte Ihren Herd als wäre es ein Porsche.
Marius zog seine Mütze aus und hing sie mit seiner Daunenjacke an den Nagel rechts neben dem Fenster welcher als Garderobe diente. Ihre Küche war so heruntergekommen, dass Marius noch nie einen Freund mit

nach Hause gebracht hatte. Auch das war nicht so schlimm, da ja niemand mit Ihm befreundet sein wollte, außer Julius Hofer. Das ganze Leben der Familie Gruber spielte sich hier ab. Gerade im Winter wo man die anderen Räume nicht heizen konnte saß man nur in der Küche.

Der Junge setzte sich an den Küchentisch welcher umrahmt von 4 Stühlen mitten in dem kleinen Raum stand. An der Wand stand ein altes Sofa, welches mit einer abgewetzten roten Decke überzogen war. So sah man die Löcher nicht so deutlich.
2 Spiegeleier und eine Scheibe Brot von Vortag. Mehr gab es nicht. Aber Marius beschwerte sich nicht. Das bisschen Geld was seine Mutter durch nähen verdiente musste ja auch den Alkoholkonsum und die Unmengen an Zigaretten seines Stiefvaters decken.
„Er ist ein guter Mensch" sagte Ingrid und setzte sich neben Marius. Dabei zitterten ihre Hände. Er sagte nichts und as.
Satt war er nicht, war er eigentlich nie. Ein Junge in seinem Alter konnte viel essen. Er war ja im Wachstum, aber es gab nie genug.
Langsam stieg er die enge Stiege zu seiner Kammer hinunter. Sein Bett stand in einem feucht kalten Raum im Keller. Es roch hier immer muffig, süß, feucht und irgendwie scharf, so als würde man in einer Sauna den Aufguss mit Curry herstellen.

Das Bettzeug war klamm, Marius jedoch war meistens so müde, dass er sofort einschlief und seinen Hunger vergaß.

Es war schon hell als Marius aufwachte. Die Sonne streichelte die Bergkuppen und lies sie in einem Farbenmehr von Orange bis Blutrot erstrahlen, fast als würden sie glühen. Das Naturschauspiel erinnerte Ihn immer an die wärmende Glut im Ofen seiner Mutter.

Da alles im Hause so kalt wie in einem Gefrierfach war beeilte er sich um zu Frühstück in die Küche zu kommen.

Eine wohltuende Wärme erwartete Ihn. Ingrid stand am Herd und werkelte eifrig. „Guten Morgen" grüßte Marius. „Guten Morgen mein Schatz" antworte Ingrid und küsste Ihn zärtlich auf die Stirn. Sein Stiefvater saß bereits rauchend auf dem Sofa und trank ein Bier. Zur morgendlichen Begrüßung hatte er einen Rülpser für Marius bereit. Hans Mayer würdigte den Jungen keines Blickes. Ein Mann um die 50, untersetzt mit einem unnatürlichen Bauch welcher fast so aussah, als hätte er einen Medizinball verschluckt. Die Haare waren Ihm fast alle ausgegangen, den rudimentären Rest wickelte er als wären es Spagetti um den Kopf.

Ein weises Feinrippunterhemd und eine speckige Jogginghose in Blau war seine tägliche Kleidung. In seiner rechten Hand glimmte eine Zigarette. Hans Mayer zählte zu den Leuten, die sich eine Zigarette mit der nächsten ansteckten.

Marius konnte es sich nicht erklären wie seine Mutter nach dem plötzlichen Tod seines Vaters, welcher stets ein Ehrlicher und gutmütiger Mensch gewesen ist, an so einer Type hängen bleiben konnte.

Wahrscheinlich lag es daran, dass seine Mutter irgendwie ein Helfersyndrom hatte und als er eines Abends total besoffen und Hilflos vor Ihrer Türe stand sie sich verpflichtet fühlte Ihm Helfen zu müssen. Ingrid suchte stets das Gute im Menschen. Auch sagte sie immer dass er einen Vater brauchte.

Marius nahm seine minzfarbene Müslischüssel und begann ein Biomüsli zu essen. Dabei blieb er aber mit dem Rücken am Ofen stehen um sich zu Wärmen.

„Ingrid ich brauche neue Kippen" warf Hans Mayer mit einer tiefen melancholischen Stimme in den Raum. „Ich werde gleich welche hohlen" antwortete seine Frau und riss sich bereits die Schürze vom Leib.

„Ach lass doch den da gehen" Mit den da, oder der da war stets Marius gemeint. Hans Mayer sagte nie den Namen von Marius, für Ihn war nur ein notwendiges durchzufütterndes Übel.

„Aber Mutter", sagte Marius, „ich muss heute Morgen doch Herrn Hofer in der Kirche helfen das Christfest vorzubereiten. Ich bin eh spät dran."

Ehe Ingrid antworten konnte erschreckte Sie ein lautes Knallen. Hans hatte nur Knapp an Ihrem Kopf vorbei die halbvolle Bierflasche an die Wand geknallt. „Du gehst jetzt sofort, und in der Kirche bei den Pfaffen hast du nichts zu suchen"

Marius rannte so schnell zum Haus hinaus, dass er erstkurz vor der Kirche bemerkte, dass er keine Jacke trug und es war an diesem Heiligen Abend schon morgens unter – 10 Grad.

Er würde sich verspäten, also wollte er kurz in die Kirche und Herrn Hofer bescheid sagen. Mit einem unangenehmen Gefühl öffnete der Junge die rechte Seitentüre und betrat das Kirchenschiff. Es war ein komisches Gefühl, welches er so noch nie gespürt hatte als würde eine Hand sein Herz umklammern und es einengen.
Es stank! Ja es stank ganz fürchterlich. Marius wusste nicht woher dieser abscheuliche Geruch kam. Sonst roch es immer nach dem Weihrauch des Vortages oder nach Kerzenwachs. Er wollte nach Julius rufen aber er konnte nicht. Sein Hals war trocken und seine Stimme versagte. Der Gestank wurde intensiver. Es roch nach verfaultem Fleisch und Eiter, nach Moder und Schimmel. Eine Mischung von Gerüchen, die man oft nur auf eine Müllkippe oder am Krankenbett eines Sterbenden riechen konnte.

Plötzlich sah er Julius. Er stand mit 3 Gestalten die eine braune Mönchskutte trugen vor der Statue der Heiligen Maria. Julius gestikulierte Wild und hatte einen sehr roten Kopf.

Einer der Kuttenträger drehte sich zum Messner um und richte seine gebückte Haltung auf.

Nun war er fast so groß wie Julius Hofer. „Es geht nicht. Unmöglich. Lass es den Jungen tun", zischte eine kalte flüsternde Stimme zu Herrn Hofer. „Nein er gehört nicht dazu. Ihr seid unfähig. Es muss gehen." Antwortet dieser und schrie plötzlich auf „AUUU"

„Herr Hofer" brachte Marius nun endlich heraus. „Ah, Marius, mein Junge. Du kommst gerade rechtzeitig", sagte Julius der den Jungen endlich entdeckt hatte. In raschen Schritten kam er auf Marius zu. „Sei so gut und besorge mir noch kurz einen kleinen Christstollen aus der Bäckerei. Er ist bestellt und bezahlt." Mit diesen Worten wurde Marius aus der Kirche geschoben, und wie er feststellte in eine bessere Luft.

Der Heilige Abend, eines der schönsten Tage im Jahr. Eigentlich. Marius hatte diesen Tag immer gemocht. Schon morgens duftete es in der geräumigen Wohnküche seines alten Hauses nach frisch gebackenen. Gleich nach dem Frühstück durfte er mit seinem Vater in den Wald fahren und sie suchten gemeinsam den schönsten Baum der ganzen Welt aus. Marius durfte den Baum dann immer mit der Handsäge seines Vaters absägen.

Sie lachten dabei und freuten sich auf eine Tasse Tee auf der Ofenbank in der Stube während Marius Mutter den Baum schmückte. Dabei erwähnte sie mehrfach „Was für ein schöner Baum dieses Jahr".
Das war nun vorbei. Er konnte seinem Vater nicht helfen. Und doch war er so schnell ins Tal gerannt wie er nur konnte. Aber es war weit. Und als endlich der Notarzt ankam war sein Vater Tod. Die Polizei sagte erschossen. Natürlich Selbstmord. Es war ja sonst niemand in dem verschneiten Wald. Marius war nur kurz im Unterholz als der Schuss fiel.

Das war der Heilige Abend vor 3 Jahren. Seit diesem Jahr wurde kein Christbaum mehr bei Ihnen aufgestellt.

Marius hatte sich beeilt. Keine 5 Minuten hatte er zur Bäckerei und zurück gebraucht. Irgendwas stimmte nicht. Der Gestank, und was waren das für Mönche? Es viel Ihm auf, dass er eigentlich über seine Freund Julius Hofer nicht viel wusste. Wenn er nicht in der Kirche war so lebte er allein und zurückgezogen in einem kleinen baufälligen Haus aus den 50èrn.
Die meisten Leute im Dorf glauben sowieso, dass er sogar in der Kirche seine Mahlzeiten einnimmt. Aber das stimmte nicht. Eigentlich aß er nie. Ja viel dem Jungen auf, er ging nicht einmal zur Kommunion. Auch war Marius noch nie in seinem Haus. Julius hatte Ihn noch

nie eingeladen, und er hatte sich nicht getraut zu fragen.

Ganz in Gedanken lief er an der kleine Bushaltestelle im Ort vorbei als er plötzlich von einer Stimme angesprochen wurde. Später würde er sich erinnern niemals zuvor eine solche liebevolle und zugleich erotische Stimme gehört zu haben."Hallo Marius" Er blieb stehen und da saß Sie! Eigentlich hatte Marius sich nie was aus Mädchen gemacht. Die meisten in seine Klasse hänselten Ihn, da er nie „MIT DER MODE" gehen konnte. Es war einfach zu teuer. Auch war er zu schüchtern und zog sich dann lieber zurück. Ein bildhübsches Mädchen in seinem Alter, so schätzte er mit langem Goldblondem Haar und Türkisfarbenen Augen wie die Lagune einer Südseeinsel kam auf Ihn zu. Offensichtlich war Sie etwas klein, denn Sie trug über Ihren Jeans hochhakige Stiefel. Ein weiser Mantel mit Fellkragen verhüllter Ihren Brustkorb. Die modische rote Mütze auf Ihrem Kopf viel Marius nicht auf. Er sah Ihr in die Augen, in Türkis funkelnden Augen, welche eine Wärme und Nähe ausstrahlten, Beruhigend und erotisch zugleich. Und da war es wieder: Seine Schüchternheit. Trotz der Kälte schwitzte er und bekam nur ein gekrächztes „Hallo" hervor dass sich anhörte als wäre er heiser. Sie umarmte Ihn und küsste Marius auf die Wange. „HM, tut mir leid aber ich musste dich einfach drücken" sagte Sie. Marius wurde schwindlig er wusste nicht wie Ihm geschah, und da er nun überhaupt nichts mehr sagen konnte ergriff das blonde Mädchen die Initiative." Ich weiß, du kennst mich nicht, aber ich kenne dich dafür umso mehr.

„Also ich muss jetzt, wirklich" sagte nun Marius und versuchte Ihrem sehr festen Griff zu entkommen. Der Junge befreite sich und wollte gerade losrennen als Sie zu Ihm sagte: „Ich weis das von deinem Vater Michael, und es war kein Selbstmord!"

Nun wurde Ihm erst richtig schlecht. Was passiert eigentlich hier? Fragte sein Gehirn. Er musste sich setzten, wollte dies auf einem der Schneehaufen tun, und plumpste durch diesen hindurch, so dass nur seine Nase noch herausragte. Das Mädchen lachte. Sie lachte so herzhaft undwunderschön wie Marius es noch nie gehört hatte. Es war ein nettes liebevolles Lachen. Ja es steckte an. Marius lachte auch. Es tat gut zu lachen. Zu lange war er traurig gewesen. Sie reichte Ihm ihre Hand und half Ihm auf. „Also", sagte sie, „ich heiße Veronika, und ich muss dir einiges erklären."
Sachen die seinen toten Vater angingen machten Marius energisch: „Wer bist du und woher kennst du meinen Vater?", wollte er nun wissen, und seine Stimme klang jetzt nicht mehr schüchtern.
„Marius", sagte Veronika, „wir müssen an einem Ort reden wo wir ungestört sind."
„Wieso?"
„Weil Gefahr droht."

„Von Wem?"

„Marius, gibt es einen grünen Stein dort in der Kirche?"

„Hm, ja unter der Statue der Maria"

„Gut, also wo sind wir ungestört?"

„Es gibt einen Hochsitz der mein Vater gebaut hat an unserem Wald, aber es hat sehr viel Schnee, und ich muss noch einiges erledigen, und ..."

„Und?"

„... ach den findest Du doch nicht."

„Ist 13.30 O.K.?"

„Also 13.30 am Hochsitz im Kohlwald."

Plötzlich stand Herr Hofer an der Haltestelle: „Marius, mein Junge wo bleibst Du denn, ich ..." Er wurde leichenblass als er Veronika sah. Sie blicke Ihn mit einem stechenden Blick an der einem durch Mark und Bein ging.

„Du, du, du hast hier nichts zu suchen" stotterte Julius „Verschwinde und lass den Jungen in Ruhe!" Er packte Marius und zog ihn hinter sich her in die Kirche hinein.

„Was wollte das Luder von dir?", wollte der Messner von Marius abfällig wissen. Eigentlich log Marius nie. Ja er konnte es eigentlich nicht. Seine Mutter sagte immer wenn er die Unwahrheit sagte man würde es Ihm auf der Nasenspitze ansehen, als ginge dort eine Lampe an. Ja und seinen besten und eigentlich einzigen Freund anzulügen, das ging ja gar nicht. Und dennoch er log! Irgendein Gefühl in seinem Bauch sagte er müssen jetzt lügen: Die ist in meine Klasse und steht auf mich. Dauernd läuft sie mir hinterher"

„So" war die kleine Antwort von Herrn Hofer, und er schwitzte.

„Also ich muss noch nach Hause, Zigaretten meinem Stiefvater bringen sonst gibt es Ärger! Gelobt sei Jesus Christus" sagte Marius.

„Bitte sei pünktlich zu Messe zurück, in Ewigkeit Amen" antwortete Julius.

Marius war verwirrt. Herr Hofer kannte das hübsche Mädchen offenbar. Aber ihn danach zu fragen wäre so sinnlos wie wenn er einen Stein gefragt hätte, das wusste der Junge. Er ging durch das Kirchenschiff vorbei an der Statue der Maria als er wie versteinert Stehen blieb. Der Grüne Stein strahlte eine ungeheure Hitze aus. Alle Kerzen welche um die Figur angebracht sind waren geschmolzen.

Rasch verließ er die Kirche. Er rannte bis zu seinem Haus. Als Marius die Haustüre schloss bemerkte er den Duft nach frisch gebackenen Plätzchen. Vorsichtig drückte er die Klinke zur Küche nieder und schlüpfte hinein.

Seine Mutter stand am Herd und holte gerade ein Blech frischer Plätzchen heraus. In ihren Haaren steckten Lockenwickler, denn am Christtag musste man ja gut aussehen. Der Stiefvater lag mit dem Gesicht zur Wand. Seine widerliche Jogginghose war soweit nach unten gerutscht, dass man sein Hinterteil sehen konnte. Er schnarchte, was sich anhörte als würde eine Tür unaufhaltsam knarren.

„Na Marius, möchtest du gleich ein paar Plätzchen" begrüßte Ingrid den Jungen. „Jaa" sagte Marius und griff gierig zu." Hier sind die Zigaretten"

„Danke"

„Ich muss nochmal weg"

„Vor der Kirche?"

„Ja, aber es geht nicht lange"

Marius ging die Treppe hinab in sein Zimmer. Dort zog er seine Winterstiefel und 2 dicke Faserpelzjacken an, die Ihm sein Vater der Förster geschenkt hatte. Eine hatte bereits Löcher aber der Junge war sich sicher er würde sich nie von ihr trennen.

Schnell lief er an der Scheune vorbei in den Garten. Von dort gelang er durch einen beherzten Sprung über den Bach auf die Wiesen unterhalb des Kohlwaldes. Von dort ging ein kleiner Trampelpfad hinauf in den Wald. Es lag viel Schnee. Aber der Junge war den Weg schon so oft gegangen, dass er Ihn blind finden würde. Keine Spuren gingen seinen voraus. Klar dachte er, die findet den Weg eh nicht. Dennoch genoss er den Spaziergang. Die Luft war kühl und rein und roch frisch und gesund. Die kraftlose Sonne blinzelte durch die Verschneiten Äste der kahlen Bäume. Er ging ein Stück den Forstweg entlang bis links 3 große Koniferen standen. Es waren eine Fichte und 2 Douglasien, eine Baumart aus Nordamerika. Dennoch die heimische Fichte stand dem Einwanderer in nichts nach. Mindestens 40 m hoch und einen Stammdurchmesser von gemessenen 95 cm konnte sie vorweisen. Hier ging der Fußweg nun sehr Steil nach oben vorbei an einem Hangrutsch mündete er schließlich auf den ausgedehnten Wiesen der Hochfläche.

Marius genoss am Waldrand die wunderschöne Aussicht. Eine verschneite Winterlandschaft lachte ihm entgegen. Die Schneekristalle funkelten in den Regenbogenfarben. Der Himmel war azurblau und die Fichtenwälder sahen aus als hätte man Sie mit Schlagsahne überzogen.

Einer dieser monotonen Fichtenwälder gehörte ihm. Bereits sein Großvater hatte die hungrige Wiese in den 50 gern als die Landwirtschaft nicht mehr rentierte aufgeforstet, und seinem Enkel Marius geschenkt. Den Hochsitz hatte er zusammen mit seinem Vater gebaut. Fast jeden Tag nach der Schule saß er hier, allein. Gerade wollte er die Wiese betreten als er erschrocken zurückwich. Da saß er. Sein Vater hatte oft von Spuren berichtet, dennoch wollte es Ihm keine glaube. Aber es war einer. Ein ausgewachsener Luchs. Bereits seit Jahrhunderten war dieses schöne Katzentier in dieser Gegend ausgestorben. Und nun sah er einen. Aber war die Raubkatze für Ihn gefährlich? Genau wusste er es nicht. Aber Marius hatte im Wald noch nie Angst. Angst machten Ihm nur die Menschen. Das war ein Raubtier das nie einzuschätzen war. Falsch und gemein und immer unberechenbar. Der Luchs mit seinem schwarzen Pinsel am Schwanz nahm Ihn zuerst nicht zur Kenntnis. Er genoss offenbar die Sonne welche sein Pelz wärmte. Erst als Marius langsam durch den verharschten Schnee zu stapfen begann öffnete er seine Augen. Er erhob sich mit dem Vorderkörper und sah den Jungen an. Wie zum Gruß nahm er eine Pfote hoch und, ja Marius dachte er zeige auf seine Hochsitz um Ihm Mut zu machen weiter zu Stapfen. Nun war der Teenager sicher, von der Katze drohte Ihm keine Gefahr, und schon diese Begegnung lohnte sich hierher zu kommen, und er war sich sicher, sonst kommt heute keiner mehr. Und doch ging er weiter. Fast 20 Minuten kostete Ihn das Stück des Weges über die Wiesen. Im Frühjahr wäre es in 2 Minute zu bewältigen sein.

Keine Spur außer seiner war zu sehen. Sogar die Rehe waren nicht auf der Hochebene. Zu viel Schnee. Langsam kletterte er die Leiter empor. Obwohl der Hochsitz nicht geschlossen war hatte Sie in direkt in den Dichten Fichtenwald, direkt in die grünen Kronen gebaut welche sogar den Schnee abhielten. Er setzte sich auf die hölzerne Bank aus Rundholz. Genau 15 Minuten würde er warten dann musste er zurück. Ganz in Gedanken betrachtete er die wunderschöne Natur, die ganz in ein fantastisches Winterkleid gehüllt war. Die Sonne verlieh all dem noch einen warmen Glanz.

„Hallo Marius. Schön dass du gekommen bist" sagte die Ihm bekannte Stimme. Er beugte sich nach rechts und unten an der Leiter stand Veronika.

„W... W... Woo, ähm wo kommst Du jetzt her" Stammelte der Junge.

Sie zeigte auf die andere Richtung als aus der Marius gekommen war.

„Das kann gar nicht sein. In dieser Richtung ist 10 km nur Wald! Verschneiter Wald", sagte der Teenager schnippisch.

„Darf ich rauf kommen?"

„Klaar!"

Veronika setzte sich neben den Jungen. Ihr Parfüm vernebelte seine Sinne. Sie hatte ihre langen Haare mit einem glitzernden Haarband zusammengebunden.

„Also!", begann der Junge. „Was weißt du über meinen Vater?"

„Marius dein Großvater war auch Messner, ja!"

„Ja!" antwortete Marius mit belegter Stimme.

Eine Träne lief über seine Wange. Sein Großvater Konrad war erst kurz vor seinem Vater gestorben. Auch ihn hatte er gefunden. Er war in der Kirche von der Leiter gestürzt. Auch ihm hatte er wie jetzt Herrn Hofer geholfen. Blutverschmiert wollte er noch etwas zu Marius sagen. Doch vergebens. Marius konnte die Worte nicht verstehen.

Marius zitterte und weinte.

Veronika hatte ihre Strickhandschuhe, auf denen ein komisches goldenes Wappen aufgestrickt war ausgezogen und hielt die Hand von Marius.

Da war es wieder. Ein unheimliches Kraft Gefühl kam in ihm auf und gab ihm Stärke.

„Und dein Urgroßvater war auch Messner, ja!"

„Ja, genau!"

„Warum wurde dann dein Vater nicht auch Messner?"

„Na ja da war plötzlich Julius, und den haben sie dann vom Pfarrgemeinderat angestellt. Vater wollte schon aber es ging alles sehr schnell."

„Genau wegen dieser Sache bin ich hier! Marius dein Großvater und auch dein Vater waren Steinhüter!"

Marius grinste „Was waren Sie?"

Veronika wurde ernst. Sie kniff ihre Augen zusammen und bekam rote Wangen.

Es geht um den grünen Stein auf dem die Statue der Mutter Gottes in Eure Kirche steht. Marius du musst mir den Stein geben!"

Das war zuviel. Marius konnte viel ertragen, aber wenn jemand DU MUSST zu ihm sagt dann wurde er stur.

Auch wurde es ihm jetzt klar. In der Zeitung hatte es gestanden, dass in der letzten zeit viele Kirchen ausgeraubt wurden. Jetzt wollen ihn die Verbrecher dazu benutzen die Kirche zu berauben.

„Du hast mich reingelegt. Ich soll meinen besten und einzigen Freund hintergehen und betrügen. Niemals!" sagte Marius erregt. „Lass mich bloß in Ruhe!" Marius

kletterte den Hochsitz hinunter und stapfte in Windeseile über die verschneite Hochebene, so schnell dass
er bereits im Wald verschwunden war als Veronika unten am Hochsitz an kam.

Die Schatten waren schon lang. Die Berge auf der anderen Talseite begannen schon in der untergehenden Sonne zu glühen. Es wurde merklich kühler. Die Luft roch frisch und angenehm. Veronika schaute lange in die Richtung wo Marius verschwunden war.

Langsam näherten sich Schritte. Eine Gestalt kam aus dem dichten Fichtenwald. „Es wird doch schwieriger als du gedacht hast!" Veronika drehte sich nicht um. „Ich weis. Du hattest wieder mal recht Harms. Lass uns gehen."

Marius fühlte sich benutzt. „Woher wussten die so viel über mich? Woher kommt sie? Ich muss Herrn Hofer warnen und die Polizei informieren, dass eine Verbrecherbande die Kirche bestehlen will."

Er rannte in einer solchen Eile, dass er erst durch lautes Krachen und eiskaltes Wasser wieder zu Sinnen kam. Er war durch das Eis des kleinen Baches hinter seinem Haus gebrochen.

„Mist!" sagte er. „Das auch noch."

Langsam schleppte er sich mit seinen nassen Sachen die Hintertreppe zur Küche hoch. Es duftete nach frisch gebackenen Plätzchen.

Sein Stiefvater lag noch immer auf dem Küchensofa. Auf dem Boden vor dem Sofa lagen nun mittlerweile 5 leere Bierflaschen.

„Mein Gott Junge, wie siehst du den aus!" rief Ingrid Gruber.

Marius wurde gepackt und vor dem Ofen in Windeseile ausgezogen.

„Du kommst noch zu spät zur Ministrantenprobe in die Kirche!"

Sie hatte bereits seine Festtagskleider hergerichtet und steckte ihn hinein. „Jetzt aber los!"

Marius rannte zur Kirche hinunter. Er wollte sich nicht verspäten.

Bereits am Eingang der Sakristei hörte er ein Stimmengewirr. Normal war das ein Ort der Ruhe, jedoch bei einer Ministrantenprobe ging es meist zu wie in einer Umkleidekabine in einer Turnhalle.

Marius zwängte sich durch die anderen hindurch und wollte gerade sein Gewand anziehen als er mit einer enormen Wucht von hinten gestoßen wurde, so dass er mit dem Gesicht auf den Schrank aufschlug.

„He Gruber, war das deine Freundin?" sagte Alexander.

Er war der Inbegriff des Wortes Fettleibigkeit. Alexander schwitzte sogar heute, obwohl es – 10 Grad hatte.

„Waas? Schrie Michael „Der Gruber soll eine Freundin haben. Ha! Wer will den mit so jemandem befreundet sein. Schau ihn dir doch mal an, in so Lumpen würde ich nicht einmal die Schweine füttern, schon gar nicht eine Christmette besuchen!"

Marius wollte sich gerade zur Wehr setzten als Pfarrer Honse in die Sakristei kam. „Gelobt sei Jesus Christus!"

„In Ewigkeit Amen!" antworte der Chor der Knaben.

Pfarrer Honse war sehr klein, dafür fand er fast alles lustig und lachte gerne.

„Herr Hofer verspätet sich, aber ich denke wir schaffen die Probe auch ohne Ihn. Äh Marius, bitte mach du den Weihrauchdienst, nimm aber nicht die Arabica Sorte wie das letzte Mal, von der wird mir immer schlecht, hahaha!"

Die Probe fand mit den übliche Fehlern und Patzern statt. Pfarrer Honse meinte nur „Ohne Fehler wäre es keine Generalprobe, hahaha!"

Herr Hofer war noch immer nicht da, und Marius fragte sich was ihn wohl an einem so wichtigen Tag aufhält.

Ingrid hatte sich ihre Haare gerichtet. Sie öffnete das Fenster. Die Glocken läuteten schon. Gut da habe ich ja noch Zeit auf meinen angestammten Platz in der Kirche zu kommen. Sie zog einen wunderschönen violetten Hut auf. Sie mochte Hüte. All ihre Hüte hatte ihr der Vater von Marius geschenkt. Er fehlte ihr! Schnell räumte sie noch die leeren Bierflaschen auf, ging die Stiege hinunter und schloss die Haustüre von außen zu.

Unbemerkt näherte sich eine große dunkle Gestalt mit schwarzem Gehrock der Hintertüre zu dem Haus von Marius.

Sachte stieg sie die Hintertreppe empor und betrat die Küche. Hans schnarchte und im Herd brannte ein lustiges Feuer.

Die großen Hände der Gestalt packten einen der hölzernen Küchenstühle hob diesen hoch und schlug mit einer solchen Wucht auf den Schlafenden, dass der Stuhl zerbarst. Durch die Wucht des Aufpralls und der Federung des Sofas wurde Hans hochgeworfen und schlug dann hart auf dem Boden auf. Er blutete.

„Waas, w...wer?" stammelte er.

„Du elendiger Faulpelz!" sagte die Gestalt. „Wie lange willst du noch warten?"

„Iiiich arbeite dran!" sagte Hans und versuchte aufzustehen. Da bekam er das Stuhlbein mit Wucht ins Genick.

Stöhnend fiel er auf das Gesicht.

„Bitte, bitte ich mach ja alles!" flehte Hans.

„Uns läuft die Zeit davon. So lange haben wir daran gearbeitet, alles bis ins Detail geplant. Und jetzt ist Sie hier und will meinen Plan zu Nichte machen."

„Wer ist hier?"

„Die junge Fürstin, von ihr geht viel Gefahr aus. Du wirst es heute noch erledigen!"

„Gut, ja ich werde es gleich tun!"

Die Gestalt zog nun unter dem Gehrock ein blutverkrustetes Beil hervor.

„Ja und ich werde dafür sorgen, dass du den Auftrag nicht wieder vergisst, hahahaha!"

„NEIIIIIIIN!"

Doch bevor Hans sich wehren konnte hatte die Gestalt ihm 3 Finger an der linken Hand abgeschlagen.

Hans schrie vor Schmerzen und blutete stark.

Die Gestalt packte den weinenden Hans, zerrte ihn zum Herd. Sie öffnete den Herd und steckte die blutende Hand hinein. „So jetzt ist die Blutung gestoppt, harharhar!"

„Heute noch!"

Hans schrie jämmerlich und nickte. Er hatte den Befehl verstanden.

Er hatte unheimliche Schmerzen, aber er wusste was zu tun war.

Marius hatte die Kohle für das Weihrauchfass angezündet, und schwenkte es hin und her.

„Ich muss unbedingt Julius warnen, aber wo bleibt er bloß?"

Pfarrer Honse über seinen Verdacht zu informieren wäre sinnlos, das wusste Marius. Der Pfarrer schwebte manchmal in Gedanken in einer anderen Welt.

„Nun," sagte der Pfarrer, „müssen wir wohl ohne Messner anfangen."

Der Gottesdienst begann.

Marius ließ seinen Blick in der Kirche schweifen und sah seine Mutter auf ihrem angestammten Platz. Und, er erschrak, in der rechten ersten Bank, da stand sie. Veronika!

Und neben Ihr stand ein komischer Kauz. Er war mindestens ein Kopf kleiner als Veronika. Seine roten Haare waren zu geflochtenen Zöpfen zusammengebunden und hingen an den Ohren herunter. An seiner Rechten Backe befand sich eine Tätowierung. Marius fand es sah wie ein Irrgarten aus. Er trug einen dicken Fellmantel aus weisem Tierhaar. Seine hohen Lederstiefel waren schon so oft eingefettet worden, dass sie sehr speckig wirkten. Veronika hatte rote Wangen und sah Marius fordernd mit zusammengekniffenen Augen an.

„Mist" dachte der Junge „Wie soll ich jemanden warnen, mitten in der Christmette?"

Der Gottesdienst verlief ohne weitere Zwischenfälle. Zum Abschluss bekam noch jeder Ministrant von Pfarrer Honse ein kleines Geschenk.

Die anderen Ministranten rannten danach gleich nach Hause. Marius eilte es nie. Zu Hause war nichts auf was er sich freuen konnte. Da half er lieber seinem Freund Julius.

„Herr Hofer, ich muss Sie warnen"

„Warnen, ja vor was" sagte der Messner.

„Ich, es tut mir ja so leid, aber ich habe sie heute Morgen belogen. Das Mädchen geht nicht in meine Klasse. Ich weis auch nicht warum ich geflunkert habe, aber Sie gehört zu eine Verbrecherbande, die den Grünen Stein dort stehlen wollen." Marius zeigte auf die Statue der Mutter Gottes.

Julius seufzte, und wirkte plötzlich matt „Schon gut mein Junge. Ich danke Dir. Ich werde ab jetzt besonders aufpassen und die Polizei informieren." Herr Hofer hatte sich in die erste Bank gesetzt. „Geh jetzt nach Hause Marius, ich bin gleich fertig."

Marius zog sich in der Sakristei seine schäbige Winterjacke über und ging durch die Sakristeitür nach draußen.

„Marius warte!" Veronika kam plötzlich hinter der Serbischen Fichte die an der Tür stand aus den Dunklen hervor.

„Lass mich bloß in Ruhe. Ich habe den Messner gewarnt und die Polizei ist auch schon informiert!"

Veronika lachte. Ihr Lachen war warm und beruhigend.

„Oh die Polizei, ja dann müssen wir wohl Angst haben"

Sie zündete sich mit einem großen goldenen Feuerzeug eine Zigarette an. Ein mentholischer Geruch stieg Marius in die Nase.

„Hee! Weißt du nicht, dass wir in unserem Alter nicht Rauchen dürfen, und ... Mann woher hast du dass Gestohlen?"

Veronika wurde wütend und bekam rote Wangen. Mit zusammengekniffenen Augen antwortete sie so leise dass es fast bedrohlich klang: „Hör mal, noch mal zum mit Schreiben, ich stehle nicht, habe noch nie gestohlen und werde es auch nie tun. Das Feuerzeug hab ich von meinem Vater bekommen. O.K.?"

Marius zuckte mit der Schulter „Naja, mir kannst du ja viel erzählen."

„Marius, hör auf dein Herz. Dein Herz möchte mir vertrauen! Ich weiß das", sagte Veronika und drückte die Hand von Marius. Diesem wurde es ganz warm. „Du musst mir den Stein geben."

„Ich muss gar nichts!", entgegnete Marius und rannte los. Irgendwie war es ein rotes Tuch für den Jungen wenn man du musst zu ihm sagt.

Veronika stand mit zugekniffenen Augen da und starrte dem Jungen nach. Plötzlich trat der Rothaarige aus der Dunkelheit hervor. „Wir brauchen doch einen neuen Plan, Hoheit."

„Wir haben keine Zeit. Heute ist eine besonders dunkle Nacht" sagte das blonde Mädchen mit den türkisen Augen. Harms schaute an den Himmel „Hm, naja es ist halt Winter!"

„Oh Harms, komm lass uns gehen mir ist kalt."

Marius rannte. Es war kalt. Und in seinem Gehirn ging es drunter und drüber. Sie hatte rech, ja sein Herz wollte Ihr Vertrauen, aber eigentlich war alles was sie erzählte total verrückt. Er wollte gerade die Klinke drücken als er feststellte, dass die Haustüre verschlossen war. „Komisch" dachte Marius „Mama weiß doch dass ich noch komme."

Also öffnete er den Fensterladen am Fenster rechts neben der Tür. Dahinter hing immer der Ersatzschlüssel, schloss auf und ging leise die Stiege empor. Im Dunklen Schatten des Nachbarhauses stand eine große Gestalt mit langem Gehrock und beobachtet das Geschehen. Es brannte kein Licht und der Junge vernahm auch nicht das Geräusch des Fernsehapparates, normalerweise schaute seine Mutter noch lang Fern. Gerade heute wo doch die Christmette live aus Rom übertragen wird.

Es war still zu still. Plötzlich vernahm der Junge ein leises röchelndes Wimmern. „Mamma? Bist du da?"

Er versuchte den Lichtschalter zu finden, tastete an der Wand entlang und fand ihn.

Als er draufdrückte ging alles sehr schnell.

Hans Gruber stand hinter im und packte ihn am Hals. Marius röchelte und strampelte. Er schlug mit seinen Fäusten auf die Fratze des Stiefvaters. Dieser grinste nur hämisch. „Jetzt gehst du mit und tust was ich sage! Oder ich schlage dich windel weich!" Marius bemerkte, dass Hans ein blutverschmiertes Handtuch um seine linke Hand gewickelt hatte. Instinktiv schlug er mit aller Kraft dagegen. Hans Gruber schrie auf und lies den Jungen aus seiner Umklammerung. Hans viel vor Schmerzen auf die Knie.

Marius erschrak. Seine Mutter kauerte in der Ecke der Küche. Ihr Gesicht war Blutverschmiert und geschwollen. „Mama, was hat er dir Angetan?"stammelte er.

Kaum hörbar und mit dumpfer Stimme sagte Ingrid „Lauf mein Junge! Schnell lauf weg! Tu was ich Dir sage"

Hans richtete sich wieder auf und wollte Marius packen als dieser schlüpfrig wie ein Aal ihm zwischen den Händen durch glitt und die Stiege nach unten rannte. Nein er rannte nicht er sprang vom obersten Tritt bis zur Haustüre in einem Satz.

Er war unruhig. Etwas stimmte nicht. Langsam ging er zum Eingang der Höhle und betrachtete den Himmel. Jetzt wusste er es. Er musste sich beeilen. Gefahr drohte.

In großen Sprüngen kämpfte er sich durch den hohen Schnee in Richtung des Dorfes.

Marius wollte gerade durch die Haustüre ins freie treten, als ihm irgendwas zum stolpern brachte. Er fiel auf den verschneiten Bürgersteig.

Hans packte den Jungen am Hals. Marius röchelte und bekam keine Luft.

Plötzlich, aus dem Nichts sprang etwas auf Hans zu. Es setzte sich in seinem Gesicht fest. Er schrie jämmerlich und viel rücklings auf die Straße. „Eine Katze" dachte Marius.

Das Schreien wurde schlimmer. Es wurde von dem Geräusch, dass die Krallen beim "Graben" im Gesicht von Hans Gruber verursachten begleitet. Marius zuckte! Es war der Luchs. Der Luchs von heute Mittag war Ihm zu Hilfe gekommen.

Marius rannte los. „Wo soll ich bloß hin? Ich brauche Hilfe!" dachte der Junge.

Auf einmal hatte er den Schlüssel in der Hand. Der Schlüssel der Kirche, den er gestern eigesteckt hatte.

Dort war ein Telefon, von dort konnte er Hilfe holen.

Schnell schloss der Junge die Tür auf und verriegelte sie sofort hinter sich wieder. Marius hatte Angst. Er zitterte und seine Füße wollten Ihm nicht mehr gehorchen. Er konnte seine Tränen nicht mehr verbergen. „Papa, du fehlst mir so" schluchzte Marius.

Normalerweise leuchtete nur das Rote Ewige Licht im Chorraum, und vielleicht noch ein paar Opferkerzen. Doch jetzt war es anders. Das ganze Kirchenschiff war in ein grünes Licht gehüllt.

Vorsichtig ging der Teenager nach vorne. Tatsächlich, der Stein auf dem die Statue der Maria stand leuchtete. Aber das Leuchten war stärker als gestern.

Jetzt spürte er es. Kraft, Wärme und Nähe stiegen in Ihm auf. Er fühlte sich Mutig und stark.

Er berührte den Stein. Ein Kribbeln stieg über seine Hand langsam empor und nahm Besitz von seinem Körper. Es ging Ihm gut. Jetzt würde er die Polizei anrufen und alles würde gut werden.

Ein lauter Knall ließ den knienden Jungen hochfahren. Die alte Kirchentür welche direkt zur Straße führte stand in Flammen. Gerade als er einen Feuerlöscher hohlen wollte wurde die Eichentür eingeschlagen. Ein Gestank wie Schwefel und Eiter erfüllte schlagartig den Gottesraum. Mönche in schwarzen seidenglänzenden Roben schwebten herein. Der erste der auf Marius zukam hatte einen schwarzen kurzen Staab mit einer Kugel am Ende in der Hand.

Doch es war keine gewöhnliche Hand. Die Hand war knöchern und nur von verfaulter Haut bedeckt. Marius wurde übel. Instinktiv griff er nach dem Stein.

Eine zischende Stimme außerhalb der Kirche befahl „Packt den Jungen und nehmt dann den Stein, harhar! Jetzt werde ich siegen!"

Doch dazu kam es nicht. Der Rothaarige stand plötzlich vor Marius und schlug unvermindert mit einer Art eiserner Lanze auf den Mönch ein. Dieser sackte zusammen.

Langsam lief ihm eine Träne über die Wange und tropfte leise und lautlos auf den leuchtenden Stein.

Weise Strahlen erfüllten nun die Kirche. Marius wurde erfasst und drehte sich unaufhörlich im Kreis. Er konnte nichts dagegen tun. Das kribbeln in seinem Bauch wurde schlimmer und schlimmer und immer schneller drehte er sich.

Dann war es still!

Kapitel 2

Dort wo die Sehnsucht zur Geborgenheit wird.

Vögel zwitscherten und ein warmes leichtes Lüftchen strich Ihm über die Nase. Es roch nach blühenden Wiesenblumen, frischem Laub und Gras, kurz nach Frühling. Er war entspannt, aber er wollte die Augen nicht öffnen.

Endlich Marius öffnete seine Augen. Er schaute in einen Azurblauen Himmel. Er saß mit dem Rücken an einer riesigen Weide. Ihr Durchmesser schätzte der Junge auf mindestens 3 m. Die Weide stand in mitten einer Wiese, die in voller Blüte stand.

„Du bist ein Torgänger" brummte eine Stimme.

Marius reckte sich etwas nach oben. Zuerst sah er nichts. Dann bemerkte er ein paar braune Ohren, die aus dem hohen Gras schauten.

Plötzlich erhob sich ein direkt vor dem Jungen ein ausgewachsener Braunbär. Marius erkannte das Tier sofort, er war oft mit seinem Vater im Wildpark gewesen. Sein Vater hatte ihm viel über diese Tiere erzählt. Sie sein früher auch in ihrem Dorf heimisch gewesen.

Der Junge erkannte auch die ausweglose Situation. Er konnte nicht entkommen! Der Wald war mindestens 2 km weit weg und Bären konnten sehr schnell rennen und klettern, also bot auch der Baum keine Rettung.

„Hilfe ein Bär" schrie er.

„Hilfe ein Mensch!!" antwortete dieser und lachte.

„Du, du kannst reden?"

„Ja du doch auch, oder?"

„Ich habe schon sehr lange keinen Torgänger mehr getroffen." Brummte der Bär und kratzte sich mit seiner großen Pranke am Kopf.

„Was ist ein Torgänger?", wollte Marius wissen und richtete sich langsam auf.

„Du weist das nicht? Hm, sehr Merkwürdig! Na du bist einer. Jemand der einen Torstein bewacht und mit ihm in unsere Welt gelangen kann."

„Was für einen Stein?"

„Der grüne in deiner Tasche." Brommi zeigte auf eine Tasche die an einem Aststummel an der Weide hing.

Marius nahm die Tasche herunter und lies sie fast fallen, so schwer war sie.

„Das ist nicht meine Tasche, und ...", er wurde blass.

Mit starrem Blick schaute der Junge in die Tasche. Dort lag der grüne Stein aus der Kirche in Marius Heimatdorf.

Marius stammelte: „Ich, ich, ich war das nicht. Ich stehle nicht!"

„Hm, du bist echt der merkwürdigste Torgänger, den ich je gesehen habe" brummte der Bär.

„Wo bin ich eigentlich?" wollte Marius wissen. Der Bär richtete sich auf und war plötzlich mindestens 2,5m groß. Seine Augen begannen zu funkeln. Du bist in Niangeala! Das Land der Steine und des Friedens. Hier ist und wird alles gut. In Niangeala herrscht Glück und Eintracht!"

„Brommi ich muss zurück zu meiner Mutter, schnell, sie ist in Gefahr! Kannst Du mir helfen?"

Brommi kratzte sich mit seiner Tatze am Kopf „Ich denke wir sollten zum Fürstenschloss gehen, dort können sie dir helfen!"

Marius sprang auf griff die Tasche „Gut lass uns gehen. Ist es weit?"

„Na ja wir werden ca. 2 Tage brauchen."

„2 Tage!! Das ist zu lange."

„Glaub mir kleiner Torgänger es gibt keine andere Möglichkeit."

„Ich heiße Marius, na gut", brummelte de Junge.

Nun liefen Sie bummelnd in Richtung des Buchenwaldes. Brommi ging auf allen vieren.

„Du kannst ruhig Deine Hand auf meinen Rücken legen wenn du möchtest. Marius legte vorsichtig seine linke Hand auf das Fell des Bären. Zu seinem Erstaunen fühlte es sich flauschig an. Es tat ihm gut. Er hatte nun ein beruhigendes Gefühl und wusste, dass er einen Freund gefunden hatte.

Sie liefen durch den schönsten Buchenwald, den der Junge je gesehen hatte. Das neue Laub war noch nicht ganz entwickelt und so schaffte es die Sonnenstrahlen wärmend hindurch und erweckten das Unterholz zu einem blühenden Leben. Einige Buchen waren so mächtig, dass 5 Mann nötig gewesen wären um sie zu umfassen.

Nach einigen Stunden kamen Sie an einen Felsüberhang. Ein kleines Bächlein schlängelte sich an den weisen Kalkfelsen entlang. Brommi führte den Jungen über einen schmalen Fußweg auf das Plateau. „So, hier wohne ich in meiner Höhle" brummte er stolz.

Das Plateau lag hoch über dem Buchenwald. In einem runden Felsen war ein Brunnen geschlagen aus welchem das Bächlein gespeist wurde. Daneben stand eine Menge an Bienenkörben. Die so genannte Höhle war eigentlich eine recht moderne Einzimmerwohnung.

Den Eingang schmückte eine runde dicke Tür aus Eiche. Drinnen war ein Herd aus Holz, welcher dem seiner Mutter sehr ähnlich war, ein großes Bett mit unzähligen zerknitterten Wolldecken. In einem spartanischen Regal standen hunderte Tontöpfe in denen verschiedenen leckeren Honigsorten aufbewahrt wurden.

„Du hast jetzt sicherlich Hunger?"

„Jaaa!"

„Gut, du könntest das Lagerfeuer vor der Höhle anzünden, wenn du kannst."

Das konnte Marius, sogar sehr gut. Oft hatte er seinem Vater und den Walarbeitern geholfen Reisig zu verbrennen. Er mochte es sehr ein Feuer zu entfachen. Langsam stieg der Rauch empor. Brommi werkelte in der Höhle. Es rauch nach frischem Holz, dass langsam in der Hitze des Feuers sein Wasser wieder willig abgab.

Marius starrte wie hypnotisiert in die aufkommende Flamme und setzte sich auf einen großen Holzklotz.

„Du denkst an deine Mutter, nicht wahr?" sagte Brommi und reichte Marius eine mindestens 50 cm lange Wurst.

„Das ist eine Chinesische Gewürzwust, habe ich gegen Honig bei meinen Freunden den Wu`s eingetauscht, ich hoffe es schmeckt dir."

Marius as gierig und mit etwas im Magen wurde er ruhiger.

Der Bär reichte ihm einen Krug mit Wasser.

„Mann, so ein gutes Wasser habe ich noch nie getrunken, wo ist das her?"

Die Lebensgeister des Jungen kamen zurück und Brommi zeigte mit seiner Tatze auf den Brunnen.

„Nimm ruhig von dem Brot, das habe ich selber Gebacken"

Auch das Brot schmeckte köstlich, der Bär hatte es mit viel Honig verfeinert.

„Brommi, wir müssen uns morgen beeilen. Ich habe Angst, dass meiner Mutter was passiert!"

„Glaube mir kleiner Torgänger, alles wird gut. Du musst nur gut auf deine Tasche und den Stein aufpassen."

Nach dem sie satt waren sagte Brommi, dass es Zeit zum Schlafen gehen wäre. Der Bär hatte dem Jungen in der Höhle nahe dem Offenen Kamin ein Lager aus vielen bunten Wolldecken gerichtet. Brommi legte sich in sein Bett und schlief gleich ein. Marius hingegen konnte lange nicht schlafen, eigentlich gar nicht. Seine Gedanken waren bei seiner Mutter Ingrid. Auch konnte er alles was geschehen war nicht begreifen.

Trotzdem bemerkte er das Augenpaar das bereits den ganzen Abend aus den Büschen das Geschehen beobachtete nicht.

Es war dunkel! Eine Art Dämmerung mit rotem und gelbem Licht. Marius lag auf dem Rücken und konnte sich nicht bewegen. Er versuchte es aber es klappte nicht. Es begann zu Stinken, ja es stank nach Fäule und Verwesung. Schatten kamen auf ihn zu. Eine knochige faulige Hand griff nach seiner Tasche. Marius schrie und wachte auf.

Er hatte geträumt. Schnell stand er auf. Es dämmerte bereits. Also keine Zeit zu verlieren. Er wusch sich im kalten klaren Wasser des Brunnens und war sofort wach und fit.

Aus der Höhle drang ein gemütliches Schnarchen. Die Vögel zwitscherten und die Luft roch frisch und angenehm. Es würde ein schöner frühlingshafter warmer Tag werden. Brommi schlief immer noch.

Marius rüttelte Ihn, er versuchte es wenigstens, denn bei einem Gewicht von geschätzten 400 Kilo war der Bär doch ein sehr Großes Exemplar seiner Art. Jedoch es gab keine Reaktion, also holte der Junge frisches klares Wasser und schüttete es über den Kopf des Bären.

„Uauau" schrie Brommi und reckte sich „Was ist los" er rieb sich mit seiner Tatze die Augen.

„Es eilt, man, wir müssen los" meckerte Marius.

„Hm, na gut aber ich nehme noch was zum Essen mit"
Keine 5 Minuten später ging es los. Brommi war offensichtlich noch müde und deshalb fiel er oft zurück und musste von Marius immer wieder zu mehr Geschwindigkeit angetrieben werden.

Ihr Weg war eigentlich keiner. Instinktiv fand der Bär den Trampelpfad durch üppiges Unterholz vorbei an klaren Bächlein und Flüsschen. Erst als Brommi die Zwei Weißbrote mit Honig gegessen und zum Nachtisch noch ein Hornissennest geplündert hatte ging es schneller voran.

Die Sonne stand bereits tief als die zwei auf eine Lichtung traten. Vor Ihnen lagen ausgedehnte Reisfelder. Mitten in den Feldern stand ein karminrotes Haus chinesischer Bauart.

„Ah, ich hofte kleiner Torgänger du magst chinesisches Essen. Heute Nacht sind wir die Gäste der Wu`s." sagte Brommi mit einem zufriedenen Lächeln.

Marius zuckte mit den Schultern „Hm weiß nicht. Habichnochnie gegessen", erwiderte der Junge etwas Atemlos. Der lange Marsch und nichts zu essen hatten Ihn geschafft. (Er hielt es für besser das für Ihn gedachte Brot lieber dem Bären zu überlassen und somit schneller voran zu kommen)

Je näher sie dem Haus kamen umso mehr nahm es die Gestalt eines riesigen Drachen an. Plötzlich bemerkte Marius Menschen mit chinesischen Hüten die in gebückter Haltung im Reisfeld arbeiteten. Einer winkte und Brommi stellte sich auf die Hinterfüße und winkte zurück.

Am Haus angekommen hatte sich offenbar die ganze Familie versammelt. Marius zählte 5 Kinder einen sehr dünnen Mann und, ja und eine kleine Frau, oder noch ein Kind da war sich der Teenager nicht sicher.

„Ich beglüse de glosen Bälen, meine Fleund" sagte der dünne Mann und verneigte sich tief. Auch der Rest der Familie verneigte sich tief.

„Hallo Ling, das ist Marius! Er ist ein Torgänger!" sagte Brommi.

Ein Raunen ging durch die Wu`s

Ling gab Marius die Hand und begrüßte Ihn „Seid mil lecht helzlich willkommen! Fleunde von Blommi sind auch meine."

Herr Ling stellte die Familie vor. Einer seiner Kinder war im Alter von Marius: „Hallo ich heiße Saduj." Marius war erstaun er hatte keinen Akzent.

Frau Wu sah den Fragenden Blick des Jungen „Saduj ist ein Findelkind, aber wir lieben Ihn als wäre es unser Sohn."

Brommi warf dem Jungen einen ermahnenden Blick zu „Ähm, ja ich hoffe es gibt was Gutes zu essen?! Wir habe mächtigen Hunger."

Die Wu`s baten die zwei in das Drachenhaus. Erst jetzt bemerkte Marius dass das ganze Haus aus einem Stamm geschnitzt wurde und dieser mindestens 28 m im Durchmesser gehabt hatte.

Alle setzten sich an einen runden Tisch. Frau Wu brachte so viele leckere Sachen dass Marius nach dem er von allem probiert hatte das Gefühl verspürte zu platzen. Der Junge konnte sich nicht erinnern jemals so gut gegessen zu haben. Nimmersatt Brommi schmatzte noch eine Stunde später und Marius überlegte wo die zierliche Frau soviel Essen in der kurzen Zeit aufgetrieben hatte, vielleicht wurden Sie erwartete.

Marius fand den gleich alten Saduj sehr nett.

„Du bist wirklich ein Torgänger?", wollte dieser wissen.

„Na ja irgendwie sagen es alle, aber ich weiß nichts darüber. Alles ist irgendwie passiert!" antwortete Marius.

„Und du hast den Stein dabei?"

„Ja."

„Mann!! Kann ich den mal sehen?"

„Klar!"

Marius griff in die Tasche, die er auch während des Essens umgehängt hatte.

Plötzlich und unerwartet fuhr Brommis Tatze herum und hielt die Tasche zu.

„Aua, was machst du denn" schrie Marius

Brommis fröhliches Gesicht hatte sich verfinstert.

„Zeige Niemanden außer dem Fürsten den Stein. Es droht überall Gefahr"

Herr Wu war aufgestanden: „Abel mein Fleund doch nicht hiel. Hiel seid Ihl untel Fleunden!"

„Ich weiß doch. Trotzdem sollten wir jetzt alle schlafen gehen" brummte der Braunbär

Trotz dem guten Essen und einem sehr bequemen Nachtlager konnte Marius kein Auge zumachen. Brommi schnarchte schon wieder seit einer Stunde. Über dem Bett des Jungen war ein großes rundes Fenster durch das der Junge in den klaren Nachthimmel schauen konnte.

Es stank! Irgendwie nach Fäulnis und Verwesung . Ja nach Tod! Marius lag auf dem Rücken. Er konnte sich nicht bewegen. Er wollte schreien aber seine Stimme versagte. Eine dunkle Gestalt kam auf ihn zu. Eine knöcherne Hand an der faules Fleisch hing griff nach seiner Tasche.

Marius schrie und war wach. Er hatte wieder geträumt. Nass geschwitzt ging er vor das Rote Drachenhaus. Sein Puls raste und er hatte Angst. Aber wovor genau wusste er nicht.

Bereits beim ersten Krähen des Hahnes war Frau Wu in der Küche und zauberte ein Frühstück. Nach dem Traum und dem Abendlichen Essen brachte der Junge keinen Bissen herunter. Brommi aß dafür wieder für drei.

Frau Wu packte noch ein Vesper für unterwegs ein. Alle verneigten sich und bereits um viertel vor 7 verließen die 2 Wanderer die Lichtung und gingen in den Wald.

Brommi verdaute seine Unmengen an Essen was sich auch in Abgase niederschlug.

„Mann, echt! Brommi du versinkst heute die ganze Natur. Ich glaube chinesischen Essen tut dir nicht gut", brummelte Marius.

„He das war ich nicht", sagte Brommi.

„Ach was es wird schlimmer, wo soll ..."

Ein gellender Schrei ging durch den Wald und ließ die Vögel aufschrecken.

Ein schlimmer Verdacht kam in Marius auf.

„Brommi, schnell die Wu`s"

Marius hatte umgedreht und stand bereits am Rande der Lichtung. Die Lichtung war in rotes Licht getaucht. Dunkle Gestalten auf Skelettartigen Pferden standen vor dem Drachenhaus.

„Nein!!!" schrie Marius

„Oh, komm wir müssen weg! So hör doch!" Brommi versuchte mit seinen Tatzen den Jungen festzuhalten. Zu spät! Marius war flink wie eine Katze unter den Pranken durchgeschlüpft.

Mit lautem Geschrei stürmte der Junge auf die Gestalten zu. Die Tasche mit dem Stein schwang er wie eine Keule. Brommis Nase hatte ihre Farbe von Dunkelbraun zu einem fahlen beige gewechselt.

„Oh Mann mir bleibt nichts erspart", brüllte der große Bär und hetzte hinter Marius her.

Eine der Gestalten welche braune Roben trugen hatte die kleine Tochter der Wu`s Linlin gepackt. Marius schlug mit seiner Tasche zu. Fest und unerbittlich. Die Gestalt war unvorbereitet und verlor Ihren Kopf. Der Rest sackte zusammen.

Etwas abseits stand auf einem schwarzen faulenden Pferd eine Gestalt die sehr groß war. Sie trug eine schwarze Robe mit Goldenen Ornamenten.

Eine fürchterliche Stimme zischte „Da haben wir was wir wollen. Packt den Stein und tötet alle!"

Marius bekam einen Schlag ins Genick und taumelte zu Boden. Die Tasche hielt er in der Hand. Sie war aufgegangen und der Stein lag auf dem Lehmboden. Eine faulige knöchrige Hand streckte sich danach aus.

Auf einmal wurde die Gestalt weggerissen. Der Bär hatte sie mit seiner Tatze erfasst und zerdrückt. Brommi stand auf den Hinterfüßen und Brüllte als es geschah.

Ein rostiger Pfeil aus der Armbrust der Gestalt in schwarz streckte den mutigen Bären nieder.

Marius sah wie die Lebensgeister aus ihm weichen. Es war sein Freund. Endlich hatte er wieder einen Freund gefunden, und nun war er Tod.

Marius weinte. Einer Träne kullerte ihm über die Wange. Er hatte den Grünen Stein in der linken Hand und die Träne tropfte auf ihm.

Da riss der Himmel auf ein strahlendes Licht schien die Wolken auseinander zu treiben.

Es war Still und alles war wie in Zeitlupe. Marius sah die Biene am Haus sich so langsam zu bewegen als habe sie alle Zeit der Welt.

Die Gestalten waren erstarrt.

Ein furchtbares Rauschen zerriss die Stille. Die schwarze Kreatur gab dem Pferd die Sporen und verschwand hinter dem Haus.

Aus der Lücke in den Wolken kamen schlagartig weiße Reiter. Sie hatten langes weißes Haar und fahle Gesichter. Jeder Reiter hielt einen Speer in seiner Hand. Als der Anführer die Kreaturen erblickte wurde seine Mine ernst. Plötzlich brannte an jedem Speer eine Flamme.

Die schwarzen Kreaturen wichen zurück.

Doch die weißen Reiter kannten keine Gnade. Die Flammenspeere stachen zu. Zurück blieb ein kleines Häufchen aus Asche, welches der Aufkommende Nordwind in alle Himmelsrichtungen zerstreute.

Der Anführer stieg vom Pferd und kam auf Marius zu. Ein sehr gütiges und nettes Gesicht lächelte den Jungen an. Marius hockte wie gelähmt mit dem Rücken an der Wand des Drachenhauses. Da wurde es dunkel und still. Die Stille tat gut. Er dachte er würde schweben.

Alles war gut.

Kapitel 3
Daheim!

Es roch nach alten schweren Stoffen und Eichenholz. Marius hatte seinen Augen fest geschlossen. „Gut", dachte er, „diese Gerüche kenne ich! Ich bin in der Sakristei von Herrn Hofer. Alles nur geträumt."

Ein warmes Frühjahrslüftchen wehte über den Jungen. Vögel zwitscherten. Vorsichtig, ganz vorsichtig öffnete der Junge seine Augen.

Er erschrak! Nein, das war nicht die Sakristei. Er lag in einem großen Himmelbett welches in einem 6 eckigen Zimmer mit 2 Türen Stand. Die Wände waren mit grünem samtigen Stoffen ausgeschlagen. Dazwischen waren Hölzerne Figuren, die wie Fabelwesen aussahen angebracht. Marius, der alle Holzarten kannte wusste sofort, dass diese Figuren aus Eichenholz waren, welches schwer zu schnitzen ist.

An seinen Füßen lag seine Tasche. Hastig nahm er sie hoch. „Gott sei Dank! Der Stein ist noch da."

Plötzlich sprang die Tür auf.

„DU?", sagte Marius erstaunt.

„Ja ich! Und ich bringe unserem Helden Frühstück. Übrigens ich habe es nicht gestohlen, sonder in der Küche für dich abgeholt", sagte Veronika.

„Ein Held, etwa ich???"

„Na hör mal, du hast den Wu`s das Leben gerettet, den Stein verteidigt und die schwarzen Seelenjäger vernichtet"

Marius musste sich setzen. Ihm war ganz schwindelig. „Waas?", stammelte er.

„Leg dich wieder hin, du bist noch zu schwach. 3 Tage hast du geschlafen aber es braucht Zeit um die Wunde auf deiner Seele zu heilen", sagte Veronika.

Marius sträubte sich. „Ich brauche deine Hilfe Veronika", murmelte der schwache Junge.

„Hm, irgendwie habe ich erst kürzlich ähnliches zu Dir gesagt und ..."

„Ich weiß, ich muss mich entschuldigen, aber ich muss meiner Mutter helfen, der tut Ihr weh"

„Also Marius, es gibt da viel dass wir dir erklären müssen, aber nur soviel Deiner Mutter geht es gut! Jetzt musst Du essen und mir ein bisschen vertrauen. O.K.?"

„O.K."

„Also ich lasse dich jetzt alleine. Wenn du fertig bist würde ich mich freuen wenn du in die Bibliothek kommst, dann reden wir über alles" sagte Veronika, die jetzt wieder ihre roten Wangen hatte.

Veronika stand auf und wollte gerade zur Türe hinaus als Marius ihr noch hinterher rief: „Hee, wo bin ich eigentlich?"

„Auf Er`Paraelle, dem Schloss der Fürsten der Steine" und schon war sie verschwunden.

Nachdenklich betrachtete Marius sein Frühstück. Irgendwie hatte er immer mehr Fragen aber jetzt erst einmal Hunger. Schokoladenpudding, Muffin und eine Sahnetorte. So gut hatte er schon lange nicht mehr gefrühstückt, geschweige denn gegessen.

Er stand auf und lief langsam auf wackeligen Füßen zum Fenster. Es war ein schöner warmer Frühlingstag. Das Schloss stand auf einem Bergkegel und die Aussicht war grandios. Der Kegel war mit dichtem altem Buchenmischwald bewaldet.

Marius war satt. Seine Kleider waren ordentlich auf Kleiderbügel gehängt worden und offenbar auch gewaschen. Nachdem er angezogen war öffnete er die rechte Tür. „Mann!!"

Marius stand in einem großen Saal, welcher prunkvoll mit Gold und Kristall ausgestattet war. Auf beiden Seiten Waren hohe Fenster eingelassen, die bis auf den Boden reichten. Der Boden war komplett aus rotem Marmor. In einem riesigen Kamin brannte ein Feuer.

Schnell schloss der erstaunte Junge die Tür wieder und öffnete nun noch vorsichtiger die andere Tür. Hier führte nun ein enger Gang über eine Wendeltreppe nach unten. Er beschloss diesen Weg zu nehmen. Plötzlich schlugen Marius angenehme Gerüche nach allerlei Essbarem entgegen. Obwohl er ausreichen Gefrühstückt hatte erweckten diese Gerüche erneut ein Hungergefühl. Wahrscheinlich hatte er einfach zu lange zu wenig bekommen.

Vorsichtig öffnete er die Tür am Ende der Wendeltreppe. Wieder erschrak der Teenager. Er stand mitten in einer gewaltigen Küche. Alles war aus Edelstahl und aus zahlreichen Töpfen dampfte es.

„Mon dieu, unser kleiner Held", sagte eine sehr attraktive schwarzhaarige junge Frau.

„Isch eiße Nelly. Hat mein Frühstück geschmeckt?"

„Hallo ich bin Marius, Marius Gruber und ja es war sehr gut. Vielen Dank."

„Dasch freut misch aber. Nun aber geschwind du wirst erwartet. Komm ich zeige die den Weg."

Nelly nahm die Hand von Marius und zog ihn in Windeseile durch eine Seitentür in den Schlosshof.

Marius war überwältigt. Ein solches imposantes und gewaltiges Schloss hatte er noch nie gesehen. Unzählige Türmchen reiten sich an kleine Kirchen und große Häuser.

Hunderte Fahnen wehten im Wind in allerlei Farben. Das ganze Schloss war aus goldgelbem Sandstein erbaut und hatte purpurrote Fensterrahmen.

Mitten im Schlosshof stand eine Kanone welche ganz aus Gold war.

„Ist die echt?", wollte der Junge wissen.

„Isch denke schon, aber geschossen hat noch nie jemand", bekam er zur Antwort. Eigentlich wollte Marius wissen ob sie wirklich aus Gold ist. Gut er würde Veronika fragen.

Auf der der Küche gegenüberliegenden Seite öffnete Nelly eine kleine Tür.

„Rasch da hinauf. Der Fürst erwartete dich in seinem Arbeitszimmer."

„Wieder eine Wendeltreppe", dachte der Junge und stieg langsam die Sandsteinstufen empor.

Oben angekommen klopfte er an eine schwere Eichentür mit Silbernen geschmiedeten Beschlägen. Niemand öffnete oder sagte herein. „Komisch" dachte der Junge „Ich höre Stimmen"

Nach dem auch der zweite und dritte Klopfversuch scheiterte nahm Marius allen Mut zusammen und trat ein.

Jetzt stand er mitten in einer riesigen Bibliothek. Die Regale reichten bis an die Decke, und diese war höher als die Decke der Kirche in seinem Heimatdorf. Überall Bücher, denen man Alter und Wert ansah.

„Na endlich, wo warst du so lange? Ach und den Mund könntest du wieder zu machen"

Veronika zerrte den Jungen den Hauptgang entlang. Mitten in der Halle kreuzten sich zwei Gänge. Dort standen 3 große Stühle, welche mit rotem Plüsch überzogen und goldenen Ornamenten verziert waren. Aus einem der Stühle, welchen Marius nur von hinten sehen konnte stieg eigenartigerweise Rauch auf.

„Papa, das ist unser Torgänger", sagte Veronika.

Ein kleiner rundlicher lachender Mann mit einer sehr großen Pfeife sprang aus dem rauchenden Sessel. Er streckte Marius seine Hand entgegen.

„Oho, oho! Willkommen Marius. Ich bin Karl Fürst dieses Schlosses und Vater dieser quirligen jungen Dame."

Veronika bekam wieder Ihre roten Wangen. Marius musste sich eingestehen, dass er das an ihr sehr mochte.

„Sicher hast du viele Fragen, hohoho. Nun ich denke ich kann dir einige beantworten, hohoho." Karl hatte jetzt auch rote Wangen bekommen.

„Setzen wir uns." Karl zeigte auf die Stühle.

„Soll ich nun den Tee servieren, Hoheit?", sagte plötzlich eine sehr heißere Stimme. Erschrocken drehte sich Marius um. Unbemerkt stand ein Butler in der Ecke. Dieser war so bleich und mager, dass man meinen konnte er wäre schon über 100 Jahre oder schon Tod, oder beides.

„Ähm, ja sicher Johann, bitte. Marius ich hoffe du magst Kräutertee?"

„Ich denke schon, Hoheit", antwortete dieser.

Genüsslich zog Fürst Karl an seiner Pfeife. „Ich denke ich muss bei dir ganz von Vorne Anfangen, oder?"

Marius nickte.

„Gut"

„Es gibt insgesamt 7 Steine. Der Stein der Hilfe, der Macht, des Bösen, der Liebe, des Glücks und der Verzeihung, äh..ja, und noch den Sandstein! Vor langer Zeit waren alle Steine beisammen. Unsere Vorfahren waren die Wächter der Steine und ihrer Macht. Aber die Menschen waren unglücklich und Hilflos. Also beschlossen unsere Vorfahren die Steine den Menschen zu überlassen. Aber nur an besondere Menschen, wie einer deiner Vorfahren. So wurden er und alle seine Nachfahren zu Beschützern und Hütern der Steine, welche in eurer Welt Ihre Macht zum Wohl der Menschen versprühten. Nur einen Stein bewahrten meine Vorfahren auf. Weißt du welchen?"

„Den Stein des Bösen!" murmelte Marius

„Genau diesen! Aber es gab und gibt unter den Menschen viele Böse und Schlechte. Die Wahl welche auf den Wächter des Steines der Macht viel war schlecht. Machtgier ergriff Ihn und er nutzte die Macht die der Stein ausstrahlte und kam in unsere Welt und raubte den Stein des Bösen. Seit diesem furchtbaren Tag überzog er eure Welt Marius mit Schrecken und Tod.

Marius sei so gut und zeige mir deinen grünen Stein der Hilfe."

Marius öffnete seine Tasche und holte den Stein hervor.

„Betrachte ihn, was fällt dir auf"

„Nichts?"

„Ist er so groß wie in eurer Kirche?"

„Hmm, jetzt wo sie es sagen nein er ist etwas kleiner."

„Gut erkannt, kleiner Torgänger. Ja er ist kleiner! Jedes Mal wenn er benutzt wird schrumpft er. Man könnte sagen je nachdem wie es Ihn anstrengt. Hohoho."

Marius nippte verlegen an seinem Kräutertee, welche so gut war wie Marius noch nie einen Tee getrunken hatte.

„Ich, äh, na ja ...“ stammelte Marius.

„Oh nein! Es war gut was du getan hast. Diese Ausgeburten der Hölle müssen vernichtet werden. Und ich denke wir sind auf einem guten Weg. Die Steine welche diese Kreaturen besitzen sind nun schon so klein, dass sie die Anderen brauchen um die Endgültige Macht zu erlangen. Aber mit so mutigen jungen Torgängern wird Ihnen dieses nicht gelingen. Hohoho.“

Dabei zeigte Fürst Karl auf den Jungen.

Marius war nun feuerrot. Es war Ihm peinlich und es war Ihm irgendwie heiß.

„Ja mein Junge, deshalb sind auch wir auf der Suche nach den Steinen um sie vor diesen Kreaturen zu bekommen.“

Fürst Karl stopfte seine mittlerweile wieder erloschene Pfeife. Als sie wieder brannte zog er genüsslich daran und beobachtete Marius. Es war still. Durch ein offenes Fenster hörte man die Vögel zwitschern und sich über den warmen Frühlingstag freuen.

„Veronika,“ durchbrach der Fürst die Stille. „Ich denke das war alles etwas viel für heute, aber eines möchte ich dass du es Marius noch zeigst. Er macht sich große Sorgen um seine Mutter, also zeige Ihm das Kristallzimmer. Danach denke ich hat Tinett ein vorzügliches Mal vorbereitet. Hohoho.“

„Gut, komm schon mit."

Marius war noch wie benommen. So vieles brach über Ihn herein, dass er gar nicht merkte wie Veronika mit Ihrer schnippischen Art bereits ungeduldig an der großen goldenen Tür stand.

„Hmm, Herr Gruber, sind Sie Wach?", spottete die junge Frau.

„Äh ja klar, ich äh komme, wohin denn, ach auf wieder sehen Hoheit". Marius machte einen Knicks.

Daraufhin lachte Fürst Karl schallend. „Was war denn das?"

„Na ja, das habe ich im Fernsehen gesehen beim englischen Königshaus oder so."

Sogar Veronika lachte und packte den Jungen am Arm und zog ihn hinter sich her.

„War das Falsch?", wollte Marius wissen.

Veronika, die noch immer lachte nickte, da sie kein Wort heraus brachte.

„Mein Vater ist doch nicht Gott, du musst dich nicht verneigen vor Ihm."

„Aber er ist ein Fürst und das tut man vor Aristokraten", antwortete der Junge

„Blödsinn"

„He wo gehen wir eigentlich hin?"

Marius hatte gar nicht gemerkt, dass die Fürstin Ihn eine enge Wendeltreppe emporzog.

„Ich kann selber laufen", sagte Marius und machte sich von Ihrem Griff los.

Nach endlosen Stufen standen sie vor einer Tür aus weisem Marmor. Veronika griff sich in den Ausschnitt und holte einen kleinen roten Stein an einem Lederband hervor. Der Stein war flach, oval mit kleinen Löchern und rund geschliffen. Sein größter Durchmesser war höchstens 6 und seine Dicke nur 1 cm.

Sie legte den Stein in eine Aussparung in der Tür. Mit einem großen Ächzen öffnete die Tür sich.

Sollte Marius sich wundern? Nein, dachte er alles was er die letzten Tage erlebt hatte war sonderbar. Da war Brommi. Ach ja, der Bär er hatte sein Leben für Marius gegeben. Wären Sie wie es Brommi wollte weggerannt würde der Bär noch leben. Große Trauer überfiel den Jungen. Tränen sammelten sich in seinen Augen als eine nette Stimme „Hallo, wen bringst du denn da mit Veronika?"

Marius war geblendet und konnte mit seinen wässrigen Augen nur verschwommen sehen. Aber das was er sah überwältigte Ihn. In seinem Hals hatte sich ein Kloß gebildet und er brachte kein Wort heraus.

„Das ist unser Held und Torgänger Marius Gruber Zsora" antwortete Veronika.

Zsora war etwas kleiner als Veronika, hatte rote Haare welche sie zu einem Zopf zusammen geflochten hatte der Ihr bis über die Pobacken reichte. Sie hatte ein blasses Gesicht dafür aber eine spitze Nase. Ihre Größe versuchte sie zu retuschieren in dem Sie Stiefel mit extrem hohen Absätzen trug, welche man trotz Ihres langen schwarzem Kleid gut sehen konnte.

Zsora Blick musterte den Jungen ausführlich.

„Hmm, noch etwas grün hinter den Ohren und schon eine solche Heldentat vollbracht" bemerkte sie nur schnippisch.

Marius Mund stand offen. Noch immer konnte er nicht glauben was er sah.

„Na ja eines muss man ihm lassen, er hat Standfestigkeit. Es war mir fast nicht möglich den Stein zu holen, nein eigentlich habe ich es auch nicht geschafft." Sagte Veronika.

Zsora drehte sich um und Ihr Blick traf Marius wie eine Lanze: „Das will was heißen, sonst schafft meine kleine Schwester immer alles was Sie sich in den Kopf setzt. Hut ab kleiner Torgänger."

Marius hatte nun das Gefühl etwas Achtung von Ihr zu ernten.

„Was ist das hier?", brach es nun aus dem kleinen Marius hervor. Dabei zeigte er wirr mit seinem Finger in der Gegend umher.

Zsora kam langsam auf Ihn zu. In Ihren sehr bleichen aber langen Finger hielt Sie eine Sanduhr.

Sie lächelte. „Sicher ist alles was du in den letzten Tage gesehen hast neu, außergewöhnlich und ..."

„Und absolut unbegreiflich!!", unterbrach sie Marius.

Ihr Blick gab dem Jungen zu verstehen, dass Sie es nicht mochte wenn sie unterbrochen wurde.

„Ja sicherlich auch unbegreiflich. Nun Marius, dass hier ist der Turm der Zeit. Hier stehen von allen Menschen die Uhren Ihres Lebens. Ich kann an den Uhren ablesen wann Ihre Zeit gekommen ist oder wie schnell und langsam das Leben abläuft."

Zsora gab Marius die Sanduhr. Der Sand lief ganz langsam, fast unmerklich hindurch. Der Junge erschrak. Unten am Holzfuß auf dem die gläserne Uhr befestigt war stand sein Name.

„I, i, ...is ..." Marius brachte kein Wort hervor. „Ja, das ist deine Uhr." sagte nun Veronika.

„Aber deswegen sind wir nicht hier" sie gab Zsora einen Wink. „Äh, ja sicher, Moment" antwortete diese.

Der Raum bestand aus Meterhohen Regalen. Die Regale waren aus weißem Marmor, einige aus Kristall. Auch die Kuppel des Turmes war aus Kristall, so klar, dass man denken konnte der Turm wäre oben offen.

Ein riesiger Pelikan flog plötzlich im Sturzflug auf Zsora zu. Marius warf sich zur Seite, da er dachte er würde von dem Tier angegriffen. „Ah" schrie er.

Das Tier landete aber zu seiner Verwunderung sanft auf Zsoras ausgestreckten rechter Hand.

„Also wirklich, ich möchte bloß wissen wie du Held 25 Seelenjäger vernichtet hast" sagte Veronika spöttisch als sie ihm wieder auf die Füße half. „Weiß ich auch nicht" brummte Marius zurück.

Der Pelikan öffnete seinen Schnabel und Zsora holte eine kleine Standuhr aus Bronze heraus.

Die Zeiger standen auf 16 Uhr oder 4 Uhr, das konnte Marius nicht bestimmen.

Das Uhrwerk lief nicht.

„So Marius, das ist die Uhr deiner Mutter und wir..." weiter kam Veronika nicht. Marius fiel mit offenem Mund und aufgerissenen Augen einfach um wie ein gefällter Baum.

Zsora musterte den liegenden Jungen mit einem stechenden Blick. „Also wenn dass einer der Helden sein soll auf die wir warten, dann sind wir jetzt schon verloren"

„Das musst du verstehen es war vielleicht ein bisschen viel für heute" sagte Veronika. Sie kniete neben Marius und stützte seinen Kopf.

„Könntest du Harms bitten ihn in sein Zimmer zu Tragen Zsora?"

„Ach was Harms, ich helfe dir" Zsora packte Marius an den Füßen und so trugen sie Ihn die enge Treppe wieder hinunter.

Man sah es Zsora nicht an, aber sie hatte Kraft. Auch beherrschte Sie alle nur erdenklichen Kampftechniken. Sie hatte es sich geschworen als sie hilflos zusehen musste wie Ihre Mutter von 3 stinkenden Seelenmördern getötet wurde. Wie ein Wunder, und nur mit Brommis Hilfe hatte sie überlebt. Aber nie mehr würde Sie hilflos sein! Es hatte Jahre gebraucht, in denen Sie stetig Ihren eigenen Weg gegangen war. Sie wollte keine Hilfe und auch Ihr Seelenleben hielt Sie Geheim. Nur die blonde Veronika hatte am ehesten Zugang zu Ihr.

Eine große Gestalt kam auf Marius zu. Er konnte Ihr Gesicht nicht erkennen. Eine metallische Stimme sprach leise sarkastisch zu Ihm: Du hast keine Chance. Ich töte sie alle! Alle die dir etwas bedeuten. Dann hohle ich meine Steine und meine Macht wird unendlich sein!"

Jetzt war es still. Er hatte wieder geträumt. Eine beruhigende Wärme durchdrang den Körper von Marius der jetzt wach war. Aber er wollte wieder einmal seine Augen nicht öffnen. Er war ein Feigling! Er hatte den Wichtigsten Menschen in seinem Leben im Stich gelassen.
Sie war tot. Seine gute Mutter war tot.
Schweißperlen liefen Ihm die Wangen herunter. Ob es von der Hitze oder von dem Traum war wusste er nicht.

Eine zärtliche Hand streichelte ihm über die Wangen und tupfte mit einem Tuch seinen Schweiß auf. Ein dezentes aber ihm bekanntes Parfüm drang in seine Nase.

Jetzt musste er die Augen öffnen.

Veronika saß auf einem Stuhl an seinem Kopf und lächelte Ihn an. Er lag auf einem mit rotem Plüsch überzogenen Sofa vor einem riesigen offenen Kamin in dem ein behagliches Feuer brannte. Marius Kopf brannte und er hatte eine Beule, auf welcher Veronika einen Eisbeutel gelegt hatte.

Ihr Blick war verständnisvoll, geduldig und doch bemerkte Marius darin auch eine Spur von Sorge zu erkennen. Sie war hübsch, nein sie war sogar sehr hübsch. Er fühlte sich geborgen und sicher. Ihre Wangen waren leicht gerötet, was sie noch anziehender machte.

„Es tut mir leid! Ich war etwas zu ruppig und das alles hier ist wohl ein wenig zu viel für dich.

Mein Vater meint wir sollten es nun etwas langsamer angehen und uns zeitlassen bis du alles verstehen und begreifen kannst."

Marius richtete sich etwas auf. „Weist du, das schlimmste ist, dass meine Mutter tot ist, und uuu..", Marius musste schlucken, „ich sie im Stich gelassen habe" Er weinte!

Veronika drückte Ihn ganz fest an sich „Du Dummerchen, glaubst du wir haben nicht führ Ihre Sicherheit gesorgt. Sie lebt!"

„Waas, aber die Uhr" stammelte der Junge mit einem Lächeln im Gesicht.

„Die steht nicht, sonder läuft nur ganz langsam. Zsora ist in der Lage Zeit einzufrieren. Deine Zeit läuft nun schneller und du kannst jederzeit zu dem Zeitpunkt zurückkehren als du deine Mutter verlassen hast. Es geht Ihr gut!"

Plötzlich brummte etwas direkt vor dem Kamin. Marius hatte nicht darauf geachtet, aber nun bemerkte er ein altes Bärenfell, welches man vor das Kamin gelegt hatte. Doch was war das es bewegte sich, nein es stand auf und reckte sich. Marius war erstarrt.

„Huaaaaa, also was macht ihr hier für einen Lärm?"

„Brommi! Du lebst!" Marius war aufgesprungen und drückte seinen Freund.

„Ich dachte du wärst tot?"

„Ich, ha! Ein alter rostiger Armbrustbolzen von diesen widerlichen Kreaturen kann doch einen Bären nicht umhauen"

Veronika räusperte sich.

„Na ja, ich war etwas verletzt" Der Bär zeigte auf seine Pobacke wo ein Verband aus altertümlich anmutendem Material angebracht war. „Aber ich habe mindestens 10 von Ihnen zermalmt!"

Veronika räusperte sich erneut.

„Öhm, ich hätte Hunger, du auch Marius?"

Veronika nahm eine kleine Glocke welche auf dem kleinen Tisch neben dem Sofa stand und läutete.

Die Große Tür wurde augenblicklich geöffnet.

„Mondiueu, isch offe isch kann eusch noch zufrieden stellen. Das Abendbrot ischt natürlisch länscht vorbei."

Tinett schob einen kleinen goldenen Wagen vor sich her.

„Esch ischt auch ungewöhnlich um 2.00 Uhr nachts zu eschen" Sie warf einen durchdringenden Blick zu Veronika.

„Ich habe Hamburger bestellt und hoffe sie schmecken euch" sagte diese.

Der Bär und Marius stürzten sich gierig drauf.

Danach schliefen alle sofort ein. Auch Veronika schaffte es nicht in Ihr Bett. Sie musste aber Marius noch versprechen Ihm morgen alle Frage die er hatte zu beantworten und erst damit auf zu hören wenn alles beantwortet war. Und er hatte viele Fragen.

Wieder wurde er durch das muntere singen von kleinen Vögeln geweckt. Er lag wieder auf dem Sofa. Auf der linken Seite des Saales waren zwei Türen geöffnet die auf einen Balkon führten.

Dort nestelte bereits Veronika, offensichtlich mit dem Frühstück.

„Das Bad ist die linke kleine Tür neben dem Kamin" rief sie Ihm zu. Marius torkelte langsam auf sie zu. Das Bad war auch eher altmodisch. Alles war aus Keramik, sogar die Wasserhähne, und es kam nur kaltes Wasser.

Sie war früh aufgestanden, auch hatte sie nicht geschlafen. Eine Intuition, ein Bauchgefühl hielt sie wach. Lange starrte sie auf die schwarze kleine Schiefertafel, welche in dem Eichentisch eingelassen war. Dann schrieb sie einen Namen darauf. Schneller als sie es erwartet hatte kam der Pelikan und brachte einen kleine Uhr aus Holz. Und sie lief!

Marius hatte zwar schon wieder Hunger aber er wollte nun auf eigene Faust los und Antworten finden. Also ignorierte er das Frühstück und schlich über die Wendeltreppe durch die Küche in den Hof. Die Sonne schien und die Uhr am Turm zeigte bereits 5 vor 11.
„Eh zu spät für Frühstück" dachte er.
Langsam schlenderte er den Burghof hinab Richtung Torturm.
Plötzlich sah er einen eigenartigen Turm. Eigentlich war es gar kein Turm sondern eine rundes Gebäude, welches mit Stroh gedeckt war und irgendwie nicht in das sonst so ordentliche Schloss passte.
Seine Neugier war geweckt. Was für einen Zweck hatte wohl diese Gebäude?
Er umrundete es einmal. Das Gebäude hatte 2 kleine runde Fenster und eine schäbige Tür aus Holz.
Ca. 2 m vor der Tür war ein kleiner Schuppen. Auf dessen Dach war ein Totenkopf aufgemalt.
Marius ging zur Burgmauer und genoss die Aussicht. Er sah viele kleine Dörfchen und etwas näher am Burghügel eine kleine Stadt.
„Hallo" brummte plötzlich eine Stimme hinter Ihm.

Erschreckt drehte sich der Junge um. Dort stand mit einem Eimer in der Hand der rothaarige Krieger, welcher Marius zuletzt in der Kirche gesehen hatte.

„Hallo, mein Name ist Harms, und ich beiße nicht!"

„Ich heiße Marius, Marius Gruber und ich..."

„Du bist ein Torgänger, ich weiß!" unterbrach ihn dieser.

„Ich mache uns nun einen Tee, und dann werde ich dir deine Fragen beantworten oder einfach alles noch mal erklären, ich denke das wäre besser" er zwinkerte Marius zu. Dieser setzte sich auf eine Bank neben dem Häuschen.

Harms brachte den Tee. Er schmeckte nach Hagebutte und Harms erklärte er würde alle Teesorten selber zubereiten, eines seiner Hobbys

Harms, der wie ein alter Schottischer Highlands Kämpfer aussah (Und auch so roch) weckte eigentlich das Misstrauen des Jungen. Aber er hatte Marius in der Kirche das Leben gerettet, also konnte er nur zu den Guten gehören.

„Sie nennen uns Torgänger, warum weiß ich auch nicht. Als ich hierher kam war da kein Tor" brummelte der Krieger und setzte sich mit seinem Tee auf einen Holzklotz.

„Uns?" fragte Marius überrascht.

„Tja, auch ich bin ein Torgänger. Vor ungefähr 350 Jahren bin ich unter der Weide aufgewacht, und ..."

„350 Jahre, unmöglich" schrie Marius und betrachtete den Highlander welchen er höchstens auf 40 Jahre geschätzt hatte.

„Wie du weißt können sie die Uhr des Lebens verlangsamen, glaub mir in Niangeala wirst du keinen Tag Älter. Eigentlich wollte ich nicht hierher, aber der Stein meiner Familie hatte anders entschieden. Und der Stein musste gerettet werden."

„Was ist passiert?"

„An einem schönen Junimorgen sind sie gekommen. Woher sie wussten dass der Stein bei uns ist kann ich mir nicht erklären. Ohne Vorwarnung haben sie unser Dorf eingekreist und dann alle niedergemetzelt. Mein Vater hat mir den Stein in die Hand gedrückt und gesagt ich solle weglaufen und ihn mit meinem Leben beschülzen. Ich ... Ich ... weißt du ich bin weggelaufen und habe alle im Stich gelassen." Harms schluckte und Marius dachte er sähe etwas Tränen in seinen Augen.

„Die stinkenden Kreaturen hetzten mich wie Hunde ein Stück wild. Aber ich war schneller und plötzlich standen da hunderte von Highlands Kriegern und töteten alle Kreaturen. Dann wachte ich unter der Weide auf."

„So ähnlich war es bei mir auch, aber du warst ja dabei" antwortete der Junge. Marius wirkte nachdenklich. So langsam verknüpfte sein Gehirn das Erlebte und Erzählte zu einem Gesamtbild.

„Seit dem Überfall auf die Wu`s sind alle in Angst." sagte Harms. „Offensichtlich sind die teuflischen Kreaturen stärker geworden. Es hat bisher nur einen Angriff in Niangeala gegeben. Danach waren Sie so geschwächt, dass seit 30 Jahren Stille herrschte."

„Nur Einen!?" brummte Marius. „Was ist damals passiert?"

„Nun die Kreaturen haben versucht einen Stein der Liebe zu stehlen. Dabei ist Veronikas Mutter, die Fürstin bestialisch getötet worden. Zsora war Zeugin und hat wie ein Wunder überlebt. Aber das hat Sie verändert. Früher war Sie lustig und gesellig. Mit Ihr hättest du Pferde stehlen können. Aber jetzt ziehe ich es vor Ihr nicht zu nahe zu kommen." Harms trank seinen Tee aus. Er sprang auf und klopfte dem Jungen auf die Schulter „Jedenfalls freue ich mich dass nun noch ein Torgänger hier ist, ich hoffe wir werden Freunde!" Er reichte Marius seine Hand. Dabei entdeckte der Junge dass auf dem Handrücken ebenfalls eine Tätowierung zu sehen war. Auch der Irrgarten wie auf der Wange. Marius schlug ein „Ich würde mich freuen dein Freund sein zu dürfen, und Danke für deine Hilfe in der Kirche"

Nun war es Zeit zurück zu Veronika zu gehen. Irgendetwas sagte Marius, dass Sie sein plötzliches Verschwinden nicht lustig finden würde, aber es war ihm auch egal.

Die Sonne stand schon tief und auf der Großen Uhr erkannte der Junge dass es bereits halb Fünf war als er durch das Große Portal in die Eingangshalle des Schlosses trat.

„Bist du Verrückt geworden? Wo warst du den ganzen Tag? Meinst du ich bin dein Kindermädchen?" schrie Veronika in schrillen Tönen ohne Atem zu hohlen von der Treppe herab. Marius wollte etwas Antworten aber er kam nicht dazu. Veronika ließ ihn nicht zu Wort kommen. „Ich hab mir solche Sorgen gemacht. Weiß Gott was hätte passiert sein können!" Sie drückte Ihn fest an sich und in Marius machte sich ein warmes Gefühl breit. In seinem Hals steckte ein Klos und er stammelte nur „Bei Harms ... Tschuldigung"
„Mein Vater möchte dich sehen und danach gibt es Abendessen" Sie nahm ihn bei der Hand und zog ihn in gewohnter Weise hinter sich her.
„Schon wieder ein Turm" dachte Marius und stapfte die Stufen hinter Veronika empor. Sie nahmen die zweite Tür und nach einem langen Gang standen Sie plötzlich in einem Sechseckigen Turmzimmer. Ein Fenster stand offen und die untergehende Sonne verzauberte alles mit einem goldenen Überzug. Fürst Karl saß in irgendwelchen Pergamenten vertieft hinter einem großen Schreibtisch aus Eichenholz. Als er Marius sah sprang er auf und drückte seine Hand.
„Hohoho, ich hoffe du hattest einen schönen Tag!" er zwinkerte Marius zu. „Na ja jemand hat sich da ganz schön Sorgen gemacht!"

Veronikas Wangen waren schlagartig wieder Rot. Energisch sagte sie „Er war bei Harms, wo sonst auch. Ich hätte es wissen müssen"

Irgendwie war das zuviel. Es kam selten vor aber wenn es passierte, dann war es schlimm und er konnte es nicht kontrollieren.

Marius bekam eine Wut. Er schrie: „Ich bin doch nicht euer Leibeigener. Noch kann ich tun was ich will. Also wird es das Beste sein ich nehme meinen Stein und gehe nach Hause!"

Marius hatte einen Kopf der ziegelrot war.

Fürst Karl nahm nun beide in seine Arme: „Kinder, Kinder setzt euch und genießt den Sonnenuntergang"

Nach einer Weile erkannte der Fürst, dass beide sich wieder beruhigt hatten und setzte sich zu Ihnen ans Fenster. Draußen wurde es dunkel.

„Marius" begann er „Ich möchte dir ein Angebot unterbreiten. Bitte höre es dir genau an! Auch möchte ich heute keine Antwort. Überlege es dir gut!"

Marius nickte.

„Also ich möchte dir anbieten bei uns zu bleiben. Verbringe hier ein sorgenfreies Leben und ich möchte dir anbieten dich zu einem Steinkämpfer auszubilden zu lassen. Nach erfolgreicher Prüfung schicke ich Dich und ein Team ausgewählter Personen auf die Reise um die

Kreaturen in deiner Welt aufzuhalten und die noch fehlenden Steine zu finden und sie heim zu bringen"

Das Gesicht von Fürst Karl, sonst immer lustig, sah angespannt aus, gerade so als habe er Angst Marius könnte gleich das Angebot abschlagen.

Veronika schwieg. Es herrschte eine erstickende Stille. Nicht einmal die Bäume vor dem Fenster bewegten ihre Blätter.

„Ich muss nun aber wirklich zu Tisch bitten" sagte eine kalte Stimme plötzlich wie aus dem Nichts.

„Äh ja wir kommen Johann. Nun Marius möchte ich dir den Rest der Familie bei einem vorzüglichen Abendessen vorstellen." Sagte der Fürst.

Gemeinsam gingen sie einen langen Gang entlang bis sie vor dem goldenen Portal standen, dass Marius bereits gesehen hatte. Johann öffnete es und schrie lauthals: „Seine Durchlaucht der Fürst von Niangeala, Hüter der Steine!"

Marius blickte auf eine lange Tafel an der sicherlich um die 50 Personen standen. Sie traten ein und alle Blicke musterten den Jungen. Marius war sichtlich unwohl und er fühlte sich nicht dem Anlass richtig gekleidet. Alle Gäste waren in feine Abendgarderobe. Sogar Zsora trug ein langes schwarze Kleid mit Spitzen welches von einem ledernen Mieder, abgerundet wurde. Johann rückte den Stuhl des Fürsten zurecht und dieser wies Marius den Platz zu seiner rechten zu währen er sich an den Kopf der Tafel setzte. Nach dem Fürst Karl sich gesetzt hatte setzten sich alle anderen auch. Am unteren Ende des Tisches saß Harms und winkte dem Jungen zu. Harms hatte sich nicht die Mühe gemacht sich umzuziehen. Aber vielleicht war das ja seine Abendgarderobe. Marius schmunzelte.

„Meine lieben Gäste, Freunde und Verwandten" begann Karl mit seiner Rede „Eine Neue Zeit steht uns bevor. Die Chance die teuflischen Kreaturen und Ihren Gebieter zu vernichten ist nun Groß. Zum ersten mal ist es jemanden Gelungen die Kreaturen in Niangeala vernichtend zu schlagen. Dieser Jemand ist heute bei uns! Er ist der Hüter des GRÜNEN STEINES der Hilfe und sein Name ist Marius Gruber."

Fürst Karl applaudierte und alle Gäste standen auf und applaudierten ebenfalls. Marius hatte einen knallroten Kopf. Erst jetzt wurde ihn bewusst wie wichtig er war. Dabei hatte er nichts getan. Es war die Macht des Steines gewesen, der die schwarzen Kreaturen verbrannt hatte.

Der Fürst klatschte abermals in die Hände. Dieses Mal aber in einem anderen Rhythmus und zugleich gingen kleine verdeckte Türen in den Wänden auf aus den Johann und seine Kollegen eine Unmenge an Speisen trugen.

„Na dann du kleiner Held greif nur tüchtig zu, man weiß nie wenn deine Kampfkraft wieder gebraucht wird" sagte Zsora, die Marius genau gegenüber saß. Dabei hatte Sie wieder einen abfälligen Blick in den Augen.

„Hör nicht auf Sie. Da spricht nur der Neid! Weißt du Zsora außer dir gibt es noch mehr Bewohner in Niangeala, die den SCHWARZEN das Fürchten lehren können" konterte Veronika. Marius hatte Sie gar nicht herein kommen sehen, sie hatte sich nach dem Gespräch mit dem Fürsten zurückgezogen. Er musste trocken schlucken. „Sie sieht ja umwerfend aus" dachte er.

Veronika trug ein Kleid aus elfenbeinfarbiger Seide mit Korsage. Dazu trug Sie extrem hohe weiße Pumps mit Strasssteinchen (oder Diamanten, wer konnte dies in dieser Umgebung so genau sagen).

Sie setzte sich auf den freien Platz neben Marius. Zsora strafte auch Sie mit einem ihrer kühlen Blicke.

Zur Vorspeise gab es Flädlessuppe. Marius liebte diese Suppe und sagte nicht nein als Tinett ihm einen Nachschlag anbot.

Trotzdem fand die Hauptspeise Fleischröllchen mit Gemüse auch noch einen Platz in seinem Magen. Beim süßen Nachtisch verzichtete er auf eine zweite Portion Mouse Chocola.

Als er gerade einen zufriedenen Rülpser platzieren wollte gab ihm Veronika einen Stoß. Fürst Karl schmauchte genüsslich eine Pfeife.

„So Veronika und Zsora kennst du ja bereits" sagte der Fürst zu Marius „Nun darf ich dir noch die Dritte im

Bunde vorstellen. Aller Guten Dinge sind ja Drei hohohoh. Ähm Sybyll darf ich dir Marius vorstellen!"

Direkt neben Zsora saß eine kleine schwarzhaarige junge Dame. Sie war so zierlich, dass Marius sie so um die 10 Jahre geschätzt hatte. Wie er aber später erfuhr war Sie bereits 19 und so sogar älter als er. Sybyll trug lange glatte schwarze Haare und bekam sofort rote Wangen als der Junge aufstand und ihr die Hand reichte. Ihre Augen trauten sich kaum ihn anzusehen und er bekam nur ein ersticktes Hallo zu hören.

Fürst Karl beendete nun auch offiziell das Essen und die Gäste verteilten sich im Saal. Einige saßen in den Sesseln vor dem Großen offenen Kamin andere in den Erkern und schwatzten.
Plötzlich stand Harms hinter Marius.

„Na ja, jetzt ist die Katze aus dem Sack, Frau Fürstin. Gehen wir es ihm zeigen?" spöttelte er.
„Hm, O.K. Marius wir möchten dir was Zeigen" sagte Veronika und wollte gerade seinen Arm nehmen. „He, also mal eines vorweg: Ich möchte nicht gezogen werden! Ich kann alleine laufen. Seit ich 18 Monate alt war O.K.?" zischte der Junge
Harms lachte und Veronika seufzte nickend.
Irgendwie war es Marius egal. Seit er hier ist wurde ihm dauernd irgendwas gezeigt, erzählt oder berichtet. Er war satt und das war gut. Zu Hause war er nie satt.

Auch wenn er wusste dass seine Mutter oft nichts aß nur dass er wenigstens etwas hatte.

Gott sei Dank lud Ihn Herr Hofer immer nach dem Sonntagsgottesdienst in den „Engel" ein.

Veronika versuchte langsam zu gehen, was aber offensichtlich nicht ihre Art war. Auch war Geduld keine ihrer Tugenden. In diesem Punkt war sie Marius ebenbürtig.

Das Trio ging langsam durch die vielen Gänge des Schlosses in den Hof. Es war Dunkel und schon etwas frisch. Marius wollte zurück und seine Jacke hohlen aber die Ungeduld der jungen Fürstin ließ ihm dazu keine Zeit. Am Ostflügel des Schlosses war eine kleine Kirche angebaut. Die Steine hatten eine andere Farbe und waren auch aus einer anderen Gesteinsformation heraus gebrochen.

Die kleine Kirche oder Kapelle, hatte einen sehr niedrigen Eingang. Harms öffnete die schwere Eichentür und zündete eine Fackel an. Marius, und Veronika mussten sich ducken als sie durch das Portal schritten. (Harms nicht) Überwältigt schaute Marius an die Decke.

„Mann diese Kapelle ist wohl 2-mal so hoch wie lang, oder?"

„Kirche, es ist eine Kirche!" verbesserte Ihn die Fürstin.

„Ha, das ist doch wohl egal, kommt nach vorne" brummte Harms und fuchtelte mit der Fackel umher.

Die Kirche war sehr prunkvoll ausgestattet. Zahlreiche Fresken waren in die Wände eingelassen und ebenso viele Gemälde waren aufgehängt. Der kleine Hochaltar war komplett aus Gold und wurde von ein paar brennenden Kerzen in ein dumpfes rötliches Licht getaucht.

Veronika atmete tief „Also Marius, schau dir bitte dieses Bild in der Nische an und erzähle uns was du siehst"
„Hm, nicht viel, weil, ..."
Harms richtet die Fackel nun näher an das Bild.
Es war ein kleines Bild mit einem 5 cm breiten Rahmen aus Gold.
„Was siehst du?" wollte Veronika nun unnachgiebig wissen.
Auf dem Bild war ein junger blonder Mann. Er hielt in der einen Hand den GRÜNEN STEIN. Sogar die Farbe des Gemäldes schien zu leuchte als ob es der echte Stein wäre. In der anderen Hand hielt er ein ca. 2 m langes Schwert, welches aus purem Feuer zu bestehen schien. Es tropfte schwarzes Blut an der Feuerklinge herab. Auf dem Boden lag eine schwarze Kreatur mit abgetrenntem Kopf. In der Skelettartigen Hand der Kreatur lag ein schwarzer Stein, welcher aussah als würde er bluten. Das Gesicht der Kreatur war aber durch eine Kaputse verdeckt. In den anderen Arm der Kreatur hatte sich ein Luchs verbissen und ihr somit die Möglichkeit genommen seine rostige Axt auf den Blonden zu werfen.

Marius war blass! Er torkelte und Harms half Ihm sich auf die Vordere Kirchenbank zu setzten.
Nach einigen Minuten wollte er etwas sagen, aber die Stimme versagte Ihm.

„Wie du ja gesehen hast ist das Böse mit seinen Kreaturen nun schon in Niangeala. Alle Schriften und Weissagungen haben dies prophezeit. Was niemand vorhergesagt hat ist was wir tun sollen. Nur dieses Bild, das hier schon ewig hängt zeigt einen Weg, oder wie mein Vater meint die Zukunft." sagte Veronika.

„U, uuun, … uund ihr denkt der Blonde da bin ich?"
„Na ja, jedenfalls denkt das Fürst Karl, und äh, ja, eigentlich alle, seit du die Kreaturen bei den Wu´s vernichtet hast. Du hast die Macht über den Stein, du kannst ihn einsetzen." Gab nun Harms zum Besten.

„Blödsinn, ich weiß gar nicht wie! Und du bist doch auch ein Torgänger du könntest doch auch der da sein!!!" schrie Marius

„Harms ist aber nicht blond" warf Veronika mit einem Lächeln ein.
„Sehr komisch, wer weiß ob dem Maler nicht das Rot gefehlt hat, das Blut ist ja auch schwarz" bemerkte der Junge.
Harms setzte sich. „Das allein ist es nicht, ich habe keine Macht über meinen Stein. Er hat mir geholfen, aber

nur weil er es wollte. Die Fürsten hier haben auch nur Macht über die Roten Steine, die anderen gehorchen ihnen nicht. Du hast deinem Stein befohlen den Wu`s zu helfen und er hat es getan, und zwar der GRÜNE STEIN.

„Gar nichts habe ich befohlen"

„Nicht mit Worten, sonder deine Gedanken wollten die Kreaturen vernichten, und es geschah!"

„Ich glaube das war nun wirklich zuviel, jetzt brauche ich Zeit zum Nachdenken" stammelte Marius.

„Ja es ist auch schon spät in der Nacht, lasst uns zu unseren Gemächern gehen" befahl Veronika.

Als sie vor die kleine Kirche traten stand der Mond bereits am Himmel. Seine Sichel leuchtete und der ganze Burghof war in fahles Licht getaucht. Aber etwas stimmte nicht. Kein Lüftchen ging! Keine Eule gab laut! Aber es stank! Ja es stank fürchterlich und Marius wusste plötzlich auch wonach!

Doch bevor er schreien konnte bekam er einen Stoß in den Rücken und viel mit der Nase voraus auf das Pflaster. Er blutete.

Er hörte ein Zischen in der Luft und sah wie eine gazellenartige Gestallt ein unheimlich großes Schwert über ihm schwang.

Zsora!! Sie hatte bereits mehrer Kreaturen enthauptet. Eine besonders große Kreatur kam mit einer verrosteten Axt auf Harms zu. Dieser ließ sich nicht beeindrucken und spaltete mit seiner komischen Lanze Ihr den Kopf.

Plötzlich kamen einige direkt über die Burgmauer geklettert. Marius wollte Zsora warnen doch bevor er etwas sagen konnte steckten in Ihren Stirnen silberne Pfeile. Eine sehr muskulöse Gestalt saß auf der Kanone und feuerte unaufhörlich Pfeile mit der Armbrust ab.

Marius wurde hochgerissen und spürte eine rostige Klinge an seinem Hals.
„Halt du Narr ich brauche ihn noch Lebend" zischte eine schlangenartige kalte Stimme aus dem Nichts.
Als der Junge die Augen auf machte sag er in die hohlen Augenhöhlen einer Kreatur. Diese hielt ihn mit dem ausgestreckten Arm ca. 1m über dem Boden. In der anderen Hand hielt er einen rostigen Dolch.
Plötzlich fing der Arm der Kreatur an zu zittern und Marius fiel erneut auf den Boden. Veronika hatte den Widerling von hinten mit einer Lanze erstochen.
Dann wurde es schwarz vor den Augen des jungen Torgänger.

Eine kuschelige Wärme erfüllte den Jungen. Marius fühlte sich wohl. Hatte er geträumt?
Wo war er? Nein! Er würde seine Augen nicht aufmachen, wer weiß was dann wieder los ist.
Doch die Neugier siegte!

Er öffnete sein rechtes Auge einen Spalt. Marius lag in Harms Schaukelstuhl. Gegenüber hockte dieser Pfeife schmauchend und putzte seine Lanze. Das Feuer im Kamin tauchte den Turm von Harms in ein weihnachtliches warmes Licht. Marius war zufrieden. Er war in Sicherheit und alles war Gut.

Am nächsten Morgen, zumindest dachte der Junge es sei diese Zeit, wurde er von einer Vielzahl von Stimmen geweckt. Marius rekelte sich in seinem Stuhl. Er war ausgeruht.
Die Tür zu Harms Turm war geöffnet. Langsam noch etwas tapsig guckte er verstohlen in den Burghof.
Dort herrschte emsiges Treiben. Viele Männer waren wie Ritter aus einem schlechten Robin Hood Film gekleidet. Alle trugen Waffen, Schwerter, Hellebarden und Bogen. Auch wurden schwere hölzerne Geräte in den Burghof von riesigen Ochsen gezogen.

„Guten Morgen" ließ Ihn plötzlich eine Stimme aufschrecken und als er sich geschwind umdrehen wollte purzelte er die kleine Treppe hinunter und schlug erneut auf seine Nase.
„Mist, jetzt blutet es schon wieder" fluchte der Junge.

„Also echt, du verstehst es für Aufregung zu sorgen seit Du hier bist, aber wenn ich dich hier so liegen sehe denke ich bist du von einem Helden weit entfernt! Von gestern Abend ganz zu schweigen." spöttelte Zsora welche auf der kleinen Bank neben Harms Tür saß. In Ihrer Hand hielt sie den Zweihänder, welcher die junge Fürstin mindestens um zwei Köpfe überragte.

Marius brummelte etwas was nicht zu verstehen war und richtete sich auf.

„Danke, ich denke du hast mir das Leben gerettet"

Zsora gab keine Gegenantwort, sonder musterte den Jungen spöttisch, als er seine blutige Nase abputzte.

„Sag mal, warst etwa du die ganze Nacht hier? Etwa wegen mir? Wollte Marius wissen.

Zsora bekam die selben roten Wangen wie Veronika, nur dass diese bei Ihrer Blässe viel deutlicher zu sehen waren. Sie räusperte sich und sprang hoch.
„Mein Vater will dich sehen, komm!"
Sie schulterte den Zweihänder wie einen Besen und stolzierte vorweg. Mitten im Burghof rief einer der Ritter ihr etwas zu. Wie vom Blitz getroffen drehte Zsora sich um und Ihr Blick durchbohrte den Hünen.
„JEKATA E´NO SATA" sagte Zsora in einer fremdartigen Sprache um zu verhindern das Marius das Gespräch verstand.
„ANEI DO ALLE IST TA DE`" rief ein fröhlicher Marius den verdutzt guckenden zweien zu und lief weiter zum Thronsaal. Dort wartete schließlich der Fürst auf Ihn.

Gelber Rauch drang aus jeder Ritze des alten Gewölbes. Die dunkle Gestalt lief hastig hindurch. In kleinen Nischen saßen abwechselnd Skelette, Mumien oder Menschen für die es besser wäre schon Tod zu sein.

Das emporsteigen der engen Wendeltreppe bereitete Ihr arge Anstrengung. Aus einem alten Lappen, welcher um das rechte Handgelenk gewickelt war, tropfte eine schwarze Flüssigkeit.

Die Treppe endete in mitten einer Halle, die an eine alten Klosterkathedrale erinnerte.

Die Gestalt ließ sich auf die Knie fallen.

„Oh Herr, bitte gebt mir eine neue Seele! Diese rote Hexe, Sie hat mich mit dem Feuerschwert verletzt. Ohne eine neue Seele bin ich verloren! Bitte ...

„Schweig! Du Narr! Du wagst es ohne den Stein zu kommen" zische eine kalte Stimme.

Mit schlürfenden Schritten kam eine enorm Große Gestalt die Stufen herunter, welche in mitten der Halle zu einer kleinen Säule führten. Auf der Säule leuchtete ein schwarzes Licht.

Die Gestalt trug eine schwarze Kutte welche mit goldenen Zeichen bestickt war.

Sie ergriff den verbundenen Arm.

„Aaaaah" stöhnte der Kniende.

Die große Gestalt betrachtete die Wunde sehr genau.

„Haha, du hast recht! Du bist verloren. Diese Verletzung heilt nicht einmal mehr eine neue Seele. Ich hätte dieses rothaarige Bist töten solle, schon lange. Sie wird zur Bedrohung."

„Uaaaaa" noch ein Aufschrei des Knienden und er wurde von schlagartig aus seinem Körper ausbrechenden Würmern gefressen, welche dann plötzlich in Flammen aufgingen.
Entsetzt betrachtete der Mann in der Kutte das Geschehene.
„Ich muss Sie töten, schnell" zischte er.

Fürst Karl lief aufgeregt hin und her. Sein sonst immer fröhliches Gesicht sah fahl aus. Schweißperlen standen auf seiner Stirn.
Veronika saß blass und regungslos in einem der großen hölzernen Stühlen welche im Thronsaal links und rechts aufgestellt waren. Ihr gegenüber saßen einige sehr wichtig aussehende Männer, welche wie Beduinen gekleidet waren.
Ihre Gesichter waren verschleiert, dennoch erkannte man eine Wettergegerbte arabisch aussehende Haut darunter. Quer über Ihren Knien lagen mit bunten Steinen verzierte Krummschwerter.

„Ah, endlich der Junge" schrie der Fürst und rannte auf Marius zu.

„Ich hoffe es geht dir gut!?? Ich möchte mich bei Dir entschuldigen"

„Wieso? Sie haben ja nichts getan." Sagte Marius

„Äh ja, aber ich fühle mich schuldig"

Plötzlich kam Zsora in den Thronsaal gerannt: „Er spricht die ALTE SPRACHE" schrie sie.

Fürst Karl geriet ins Wanken und taumelte. Marius konnte ihn gerade noch stützten.

„Jetzt helft halt mal, so leicht ist euer Vater nun auch wieder nicht." Rief der Junge.

Harms war jedoch schon zur Stelle. Gemeinsam mit Marius schleppte Harms den benommenen Fürsten auf ein mit Gold verziertes Sofa.

Die Beduinen gaben keine Regung von sich. Veronika kniete sich neben ihren Vater hin wären Zsora sich gelangweilt in einen Stuhl fallen ließ.

Veronika hatte Tränen in den Augen: „Papa was ist mit dir?" stammelte Sie. So hilflos hatte Marius die sonst so starke Fürstin noch nie gesehen.

„Harms, hohl sofort Dr. Eule! Mach schon!" schrie Sie.

Fürst Karl öffnete die Augen: „Ist schon gut, mein Kind, es geht wieder. Ich möchte dass Ihr Marius und mich allein lasst."

„Aber ..."

„Nein, bitte sofort, geht alle"

Plötzlich hatte der Fürst einen sehr energischen und willensstarken Gesichtsausdruck.

Alle verließen wortlos den Raum.

„Ach Veronika, den Arzt lass kommen" rief Fürst Karl der jungen Fürstin hinterher.

„Mein Junge, bitte hol dir einen Stuhl und setzt dich zu mir."

„Marius hängte sich die Steintasche, welche er keine Sekunde aus der Hand gab, um und schob einen der schweren Stühle durch den Saal zu Sofa des Fürsten.

Der kleine Junge war nicht ängstlich. Allein ging er durch den dunklen Wald. Der Mond war nicht zu sehen, deshalb war es umso dunkler. Beherzt ging er seines Weges.

Dunkle Nebelschwaden stiegen aus den Baumwipfeln empor als er auf die Lichtung trat.

Dort stand ein riesiger Obelisk welcher schon stark an seiner Senkrechten verloren hatte und mit einer dicken Schicht Moos bewachsen war.

Dem Jungen viel zuerst das Feuer welches ca. 2 m vor dem Obelisken brannte nicht auf, da es mit einer dunkelblauen Flamme brannte.

„Meister seit Ihr hier?" keuchte er und warf sich auf den Boden.

„Aaahh, mein treuer Diener, nun brauche ich deine Dienste früher als geplant" Zischte die Gestalt, welche plötzlich hinter dem Obelisken hervortrat.

„Du musst dieses rothaarige Bist töten, sonst gerät die Mission in Schwierigkeiten und du weist wir haben nicht mehr viel Zeit"

„Wie soll ich es tun, Meister?" fragte der Junge mit fester Stimme.

„Gift, hohl es in der Stadt. Wir haben Freunde dort, und Deine Position gibt dir Gelegenheit" zischte die Dunkle Gestalt.

„Und wenn es mehr als die eine trifft?"

Die Gestalt lachte und verschwand so schnell sie gekommen war und mit Ihr die Blaue Flamme.

Marius hatte die Fenster zum Tal hin geöffnet und die frische nach Bärlauch duftende Frühlingsluft schien dem kränkelnden Fürsten neue Lebensenergie zu geben.

Fürst Karl setzte sich auf: „Nun setz dich"

Marius setzte sich auf den Stuhl.

„Ich versuche mich kurz zu fassen und bitte dich erst zu fragen wenn ich fertig bin"

Marius nickte.

„Gut! Mein Junge du bist ein Hüter des GRÜNEN STEI-
NES, wie alle deine Vorfahren. Leider konnte dir dein
Vater noch nicht das Geheimnis der Steine und alles
über unsere Welt anvertrauen. Die Hüter der GRÜNEN
STEINE sind etwas Besonderes. Sie können auch die
Macht und Kräfte der anderen Steine beherrschen. Aller
Steine!"

„Aller Steine?"

„Ja, aller!! Du weißt nun von der Prophezeiung und wir
alle glauben, dass du der Kämpfer auf dem Bild in der
Kapelle sein wirst. Aber unsere Gegenspieler auf der
Bösen Seite glauben dies auch und versuchen nun alles
um den GRÜNEN STEIN zu besitzen.

Seit 1000 Jahren gab es keinen Angriff in Niangeala,
und seit 5000 Jahren keinen in Er´Paralelle. Er merkt,
dass wir schwach sind."

„Wer ER?"

„Der Herr der Unterwelt, das Böse in Person: Er ist der
Hüter des GAUEN STEINES der Macht und Herrscher
über den SCHWARZEN STEIN des Bösen. Auch diese
widerliche Kreatur vermag die Kraft aller Steine zu beherrschen.

„Was ist geschehen, warum werdet Ihr schwach?" wollte der junge wissen.

„Ja, wie du erlebt hast werden die Steine mit jedem Mal,
wo ihre Macht benötigt wird kleiner.

Ich und meine Vorfahren können nur über die ROTEN STEINE der Liebe herrschen. Die Große Aufgabe der Verteidigung von Niangeala und die Kämpfe gegen das Böse in eurer Welt haben die Steine fast aufgezerrt. Aber auch die dunklen Steine sind wohl erschöpft.

„Aha, und ihr habt Harms und das Töchterchen geschickt unseren Stein sicherzustellen?"

„Hohoho" lachte der Fürst „Ja, und ich fand es amüsant mit welchen Schwierigkeiten Veronika konfrontiert wurde. Hut ab Herr Gruber du hast dich tapfer geschlagen."
Plötzlich wurde der Fürst wieder ernst.

„Zurück! Sie werden versuchen dich zu töten Marius und den Stein zu hohlen. Wie ich es dir bereits angeboten habe könntest du dich ausbilden lassen. Zu einem Steinkämpfer! Du hast die Beduinen gesehen, das sind Steinkämpfer, sie werden nun Er`Paraelle verteidigen.
Und dann musst Du alle noch versteckten Steine suche. Dir Marius Gruber werden Sie gehorchen und das Böse wird vernichtet."

Fürst Karl hatte einen roten Kopf, Speichel tropfte aus den Mundwinkeln: „Wasser!" ächzte er
Marius rannte zu dem kleinen Tisch welcher links neben der großen Eingangspforte stand und reichte dem Fürsten einen Schluck Wasser.

„Ah, danke. Was ich dir jetzt sage musst du für dich behalten. Ich werde sterben. Ja ich spüre es, meine Zeit zu meinen Vätern in den Nexus zu gehen ist nahe. Meine Kinder wissen es nicht, und so soll es bleiben. Versprich mir dieses Geheimnis zu hüten!"

Der Fürst drückte die Hand des Jungen und dieser nickte stumm mit Tränen in den Augen.

Plötzlich wurde die Tür aufgerissen und Johann rannte hinter einem kleinen Mann mit sehr vielen grauen Haaren her.

Der kleine Mann hatte die Haare zu einem Zopf zusammen gebunden und grüßte nicht einmal.

„Äh ja, das ist Doktor Eule, bitte lass uns jetzt allein Marius und denke über alles nach"

Marius machte einen Knicks, was dem Fürsten ein Lächeln entlockte. Der Junge wusste auch nicht ob es der Anstand oder die Absicht den Fürsten aufzumuntern war was ihn den Knicks machen ließ.

Mittlerweile machte sich bei Marius der Hunger bemerkbar. Er beschloss dieses Problem auf eigene Faust zu lösen und machte sich auf den Weg zur Küche.

Dort wurde er von Tinett begrüßt.

„Mon dieu. Junger Torgänger. Isch abe das Essen noch nich fertig. Setz disch ier in."

„Hallo Marius" begrüßte ihn eine bekannte Stimme.

„Saduj! Wie ich mich freue. Was machst du hier?" rief Marius.

„Ich arbeite ab jetzt in der fürstlichen Küche. Weißt du ich möchte Koch werden!" antwortete Saduj.

„Jetzt werden wir uns sicherlich öfters sehen!" Marius fühlte sich nun etwas mehr zu Hause. Saduj war ja sein Freund.

Es war dunkel. Nichts außer gewöhnliches in der Nacht. Doch etwas war anders. Plötzlich stank es wieder. Marius richtete sich auf und rannte die Treppe hinauf. Er riss die Tür zur kleinen Küche auf. Zwei blutverschmierte Kreaturen hielten seine Mutter fest. Einer würgte sie, und Frau Gruber brachte nur einen erstickten Schrei hervor, bevor sie leblos zu Boden fiel.

Marius schrie und wollte sich auf eine der Kreaturen stürzen und viel aber auf etwas Hartes.

Als Marius die Augen öffnete stand Veronika mit einem riesigen Kerzenleuchter und einem entsetzten Gesichtsausdruck vor ihm. Sie trug nur ein violettfarbiges seidenes Nachthemd.

Marius hingegen lag bäuchlings über einem der Stühle mitten in seinem Schlafzimmer.

Er rappelte sich auf: „Was ist passiert?"

„Ich weiß nicht, ich hörte ein Geräusch, und äh ist alles in Ordnung" sagte Veronika.

„Ja, ja ich habe nur geträumt" erwiderte der Junge hastig.

„Ich glaube ich mache uns einen Tee, O.K.?" schlug Veronika vor.

„Na gut"

Marius setzte sich aufs Bett. „Es war kein Traum!" dachte er und fasste einen Entschluss.

Endlich kam Veronika mit einem Tablett und Zwei großen Tassen dampfenden Tee.

Veronika setzte sich zu Marius auf das große Himmelbett.

Sie durchbrach als erste das Schweigen: „Hör mal, ich denke es war einfach zu viel in letzter Zeit. Irgendwie geraten die Dinge aus den Ruder, seit Papa mich geschickt hat den Grünen Stein zu hohlen."

Sie unterdrückte eine Träne.

Zum ersten Mal sah Marius die sonst so starke und selbstbewusste Fürstin verzweifelt. Er legte seine Hand um Ihre Schulter und drückte Veronika an sich. Ein komisches Gefühl der Wärme durchströmte seinen Körper. Es war ein Gefühl das vertraut und doch neu war. Erst Jahre später wurde Ihm bewusst was es für ein Gefühl war und wie lange er es nicht mehr fühlen durfte.

Veronika rappelte sich wieder auf. „Lass uns unseren Tee trinken. Ich habe dir das noch nicht gesagt, aber ich bin froh, dass du da bist!"

Marius nickte. Er fühlte sich Veronika sehr nah, und doch würde er ihr weh tun müssen. Er hatte sich entschieden.

Es war nun eine Stunde vergangen als Veronika zurück in Ihr Gemach gegangen war. Marius war angezogen und hielt die Tasche mit dem Stein fest in der Hand. Er stand auf und schlich durch das nächtliche Schloss. Gott sei Dank schien der Mond durch die hohen Fenster und er sah wenigstens etwas.

Im Schlosshof war es Ihm fast zu hell und als er vor Harms Turm stand verlor er jeden Mut.

Auf den Wehrgängen patrouillierten jede Menge Wachen. Langsam öffnete er die schwere Tür.

Das Schnarchen von Harms war deutlich zu hören, wurde jedoch vom Brummen des Bären übertönt.

Marius schlich sich auf Brommi zu. Er setzte sich vor den großen Kopf und hielt die Schnauze des Bären fest.

„He Brommi" flüsterte der Junge und schüttelte den Kopf, so gut es ging. Brommis öffnete seine Augen welche einen panikartigen Blick auf Marius warfen. Seine Hinterbeine scharten auf dem Boden.

„Schschsch" Marius ließ die Schnauze los.

„Ich brauche deine Hilfe"

„Wozu?"

„Komm!"

Missmutig schlich der Bär aus Harms Turm hinter Marius her.

„Was ist los?" wollte Brommi wissen.

„Ich hau ab" sagte Marius

„Wie du haust ab, warum und wohin?"

„Nach Hause, ich muss meiner Mutter helfen und dann kann ich ja zurückkommen."

„Weis jemand davon, O. K. blöde Frage, natürlich nicht!"

„Deshalb brauche ich ja deine Hilfe, um das Tor zu öffnen und die Wachen K.O. zu schlagen!"

„Ach, ja, wenn`s nur das ist" Brommi wirkte geschockt.

„Bist du verrückt? Wachen K.O. schlagen. Veronika reißt mir den Kopf herunter"

Marius ließ sich nicht beeindruckten. Er wusste genau was zu tun war.

„Du schaffst es doch die Zugbrücke hochzuziehen, oder?"

„Hach, natürlich ein Klacks, für einen Bären, aber trotzdem wir sollten vielleicht mit Veronika reden und...."

„Brommi, jetzt! Ich habe keine Zeit mehr! Und du weißt sie würden mich nicht gehen lassen."

Brommi dachte kurz nach. „Na gut, aber ich komme mit"

„Das geht nicht, Sie werden mich suchen und mit dir falle ich auf wie ein Clown auf einer Beerdigung."

Brommi war mürrisch: „Das gefällt mir gar nicht! Was ist wenn die Kreaturen dir auflauern?"

Marius klopfte auf seine Tasche: „Dann bin ich nicht allein!"

An der Großen schweren Kette stand nur eine Wache. Im Gang unter dem Torturm brannten Fackeln. Marius schlenderte unbekümmert auf die vor sich hindösende Wache zu.
„Einen schönen Abend wünsche ich" sagte der Junge unbekümmert.
Der Mann erschrak und richtete seine Hellebarde auf Marius. Als er erkannte dass es nur ein Junge war senkte er seine Waffe. „Oh Junge, du solltest schon lange im Bett sein. Was machst ... ah"
Brommi hatte Ihm einen leichten Tatzenschlag versetzt. Er war K.O.
„Gut gemacht!" sagte der Junge. „Hilf mir jetzt die Zugbrücke zu öffnen".
Brommi zog an der Kette als hinge nichts daran. Die Zugbrücke ging nach unten in einer atemberaubenden Geschwindigkeit.
„Langsam Brommi sonst weckt der Krach das ganze Schloss auf" flüsterte Marius.
Brommi ließ die Brücke sanft als wäre es eine Feder auf das Widerlager fallen.

Nun wurde es still. Brommi machte eine bedrückte Miene. „Was ist wenn du Hilfe brauchst!?" Er drückte Marius an sich. „Du wirst mir fehlen."

Marius drückte eine Träne weg, dann umarmte er seinen Freund. „Wir sehen uns bald wieder"
Es dämmerte bereits und die ersten Vögel sangen Ihr Lied als Marius über die Zugbrücke trat.
Er wusste noch nicht was dieser Schritt bedeutete noch was Ihn erwartete. Aber er war sich sicher das Richtige zu tun.

Zum ersten Mal hatte er eine Wichtige Entscheidung entgegen aller Ratschläge getroffen, von der er Überzeugt war. Er hatte keine Angst, aber das Gefühl von Freiheit erfüllte Ihn und von Stärke.

Er war nun erwachsen.

Kapitel 4

Lernen und Verstehen

Der Morgen graute bereits. Marius musste sich beeilen, er wollte ja so weit wie möglich vom Schloss entfernt sein wenn seine Flucht entdeckt wird. Er rannte den Abhang hinunter und stürzte.

„Mist" stöhnte er. Offensichtlich war er über eine Wurzel gestürzt. Marius rappelte sich wieder auf und ging nun etwas vorsichtiger den Bergwald hinunter. Da er ja den Weg nicht bewusst gekommen war hatte er eigentlich keine Ahnung in welcher Richtung sein Ziel lag.

Unbemerkt bewegte sich etwas an der Wurzel. Nein es war die Wurzel. Sie stand auf und sah nun wie ein kleiner verschrumpelter Zwerg aus. Aus den Taschen seiner grünen verschlissenen Hose zog es ein Blasrohr. Mit der anderen Hand krittelte es etwas auf ein Stück Papier, welches es in den Mund steckte und nach etwas Kauzeit in Kügelchenform in das Blasrohr steckte und abfeuerte.

Der Wind wehte noch frisch am Morgen. Die Fahnen bewegten sich am Großen Turm in rhythmischen Formen. Eine kleine zierliche Gestalt stand allein auf dem Turm. „Tod den Feinden" murmelte sie abwesend. Sie hob die Armbrust, zielte... als Sie eine starke Hand packte und zu Boden riss.

„Kind, was tust du? Komm ich helfe Dir! Lass uns nach unten gehen und Du nimmst Deinen Trank, ja!" Tränen liefen über die Wange des Fürsten als er die zierliche Gestalt langsam die Wendeltreppen nach unten trug.

Zsora war bereits seit 2 Stunden wach und in der Uhren Halle. Es war eine kleine Uhr aus Porzellan. Neben einem Ziffernblatt hatte die Uhr noch eine Anzeige für das Datum. Still betrachtete Zsora mit zusammengekniffenen Augen das filigrane Gerät. Langsam bewegte sich der golden Zeiger. Die Zeit verging. Zu langsam, dessen war sich die Fürstin sicher.

Mit Ihren bleichen Fingern, welche durch das Purpurrot Ihrer Nagelfarbe noch bleicher wirkten öffnete Sie eine weiße Schatulle aus weißem Porzellan. Darin lagen zwei Schlüssel und eine kleine Rolle Pergament.

„Bedenke Wächter der Zeiten was du tust, es ist nicht umkehrbar"

Diese Satz hatte Sie nun schon so oft gelesen. Doch Sie war sich sicher es war Zeit den langen Schlüssel in die

Öffnung zu Stecken. Allen Konsequenzen war Sie sich bewusst, zu oft stand sie Nächtelang vor der Uhr.

Ein großer Silberfarbener Greifvogel setzte sich neben dem Tisch aus Kristall wo Zsora die Uhr abgestellt hatte.

„Junge Herrin, einen Eingriff in die Zeit hat es seit 1000 Jahren nicht mehr gegeben, ich bitte Euch. Es wird schrecklich" sagte das Tier mit sanfter Stimme.

Mit barscher Stimme brummte die Rothaarige „Hau ab".

Der Greifvogel rührte sich nicht. Langsam steckte Zsora den Schlüssel in die Öffnung, ein leises knacken und ein kleines goldenes Rädchen schwenkte aus der Seite der Uhr. Zsora wusste ein Zögern würde Sie scheitern lassen und so drehte sie unbarmherzig am Rädchen, biss die angezeigte Jahreszahl sich um 18 erhöht hatte. Sie drückte nun das Rädchen zurück.

Plötzlich riss ein greller Lichtstrahl die Fürstin von den Beinen und ein eiskalter Luftstrom schien Ihr die Atemluft zu rauben. Zsora war bewusstlos.

Langsam öffneten Sie die Augen. Wie war es? Hatte es funktioniert? Sie zog sich mit aller Kraft am Kristalltisch empor und erschrak.

Auf dem Tisch lag das Skelett eines Vogels. Nun mischte sich wieder die Enge ihre Brust in Ihr Bewusstsein. Bekam Sie schon wieder keine Luft. Zsora griff instinktiv an Ihre Brüste.

„Aber, … das kann nicht sein" stammelte Sie und rannte zum Spiegel.

Dort sah Sie eine junge Dame um die 30 Jahre mit üppigen Brüsten roten Haaren, welche in zu kleinen Kleidern steckte.

Es hatte funktioniert, Sie und alles in dieser Welt waren nun mit einem Schlag 18 Jahre älter.

Zsora riss Ihr Kleid auf, griff den Rucksack und das 2 Händerschwert und verließ die Halle.

Sie musste Marius finden.

Der kleine Wurzelgnom rannte. Schon oft hatte er Nachrichten überbracht. Doch dieses Mal war es anders. Ein Gefühl sagte Ihm das ihm keine Zeit mehr blieb.

Die Zahlreichen Risse im Gewölbe eigneten sich bei seiner Größe hervorragend als Abkürzung. Nun begann es zu stinken. Er war nah dran. Er mochte die Gewölbe nicht aber weh ihm wenn er sich wieder setzte.

Nun drückte er sich durch den letzten Spalt und war in der Halle. Fackeln und dampfende Gefäße erhellten den Raum in ein dünnes Violett. Es war da. Zu gerne hätte der Gnom das Papierkügelchen nur auf den Altar gelegt. Aber Es war da.

„Ah, Gnom bring mir die Botschaft" zischte Es. Es drehte sich dabei nicht mal um. Es hatte Ihn auch so bemerkt. Die große dunkle Gestalt streckte Ihre bleich skelettartige Hand aus um das Kügelchen in Empfang zu nehmen als plötzlich ein greller weißer Lichtstrahl alles erhellte.

„Aaaaahhh, grgl" stöhnte die Gestalt und wurde umgerissen.

Die Fackeln waren erloschen. Es war still.

Dunkle modrige Kreaturen in Kutten rannten in die Halle und zündeten die Fackel wieder an.

„Herr, was ist geschehen" stammelte eine der Kreaturen. Die Große Gestalt zog sich mit aller Kraft am Altartisch nach oben. Schweiß rannte im die Wange entlang. Mit seinem Fuß schob er das Skelett des Wurzelgnoms beiseite.

wortlos drehte er sich zum Hochaltar um. Mit gefestigten Schritten stieg er die kleinen Stufen empor. Mit einem schwarzen Schlüssel, welcher er unter seiner Kutte hervor holte öffnete er

den kleinen Schrein, welcher im Altar eingelassen war. Schwarzer Rauch quoll heraus und stieg empor. Nun zog er eine Schatulle aus Gold aus dem Schrein und öffnete diese.

„Neiiiiiin!! Dieses rothaarige Miststück! Nun werde ich Sie eigenhändig töten. Sie wird leiden" schrie Es.

Ein sehr blasser kleiner Mann stieg ebenfalls die Stufen zum Altar empor.

„Herr was ist geschehen?" fragte er mit sehr ruhiger Stimme.

„Schau Dich an, Anatoll. Du bist um Jahre gealtert. Wir alle sind um Jahre gealtert. Dieses rothaarige Weib hat uns Zeit gestohlen. Viel Zeit. Und die Schwarzen Steine sind geschrumpft, seht!" schrie der Herr.

„Anatoll, unsere Macht schwindet ich brauche den Grünen Stein. Jetzt!" schrie Es im Befehlston.

Ruhig antwortete Anatoll: „Seht Herr, eine Nachricht der Gnome" und reichte das Kügelchen der großen weinenden Gestalt.

Es sah wie ein Forstweg aus. Nein es war ein Forstweg! Es konnte gar nichts anderes sein. Also eine Straße war es nicht, und denn noch gab einen Wegweiser. Marius sah sich vorsichtig um und beschloss dem Wegweiser „Nexlingen 1,5" Stunden zu folgen. Es blieb Ihm ja nichts anderes übrig. Mürrisch trottete er des Weges. Nach einiger Zeit führte der Weg Ihn aus dem Wald. Eine aus gedehnter Feldlandschaft erstreckte sich vor Ihm. In der Ferne ragte ein großer Kirchturm mit einer Zwiebelhaube empor.

„Heeee da" Marius erschrak und konnte gerade noch zur Seite springen. Ein von zwei Ochsen gezogener Holzwagen polterte an ihm vorbei.

„Brrrr" brummte der Fuhrmann zu seinen Ochsen. „Sag mal Junge, träumst du in den Tag. Das Gepolter meines Wagen hört man doch schon von weit her" Der Fuhrmann stieg ab und half Marius wieder auf die Füße. „Danke" stammelte dieser. Marius fühlte sich unwohl und wusste nicht was er sagen sollte. Der Fuhrmann setzte sich auf den Feldrain und zündete sich eine Pfeife an. „Na mein Junge, wo soll es denn hingehen"
„Äh Nexlingen" stammelte Marius und zeigte auf den Kirchturm. Der Fuhrmann nickte stumm. „Wenn du willst kannst du auf meinem Wagen mitfahren. Setz dich einfach auf einen der Stämme, aber halte dich gut fest." Mit einem" Danke" stieg der Junge auf den Wagen. Der Fuhrmann ließ ein lautes und ruhiges „Hü ja" über seine Lippen kommen und der Tross setzte
sich in Bewegung.

Zsora zwängte sich durch die engen Gänge der Kasematten. Das Zweihänderschwert war doch länger als es für die niedrigen Gänge praktisch wäre. Sie wusste dass sie den Haupausgang nicht nehmen konnte. Unter Aufbietung all ihrer Kraft drückte sie die kleine dicke Holztür auf. „Endlich" seufzte die junge Frau. Zsora ließ ihren Blick schweifen. Spinnweben so dick wie ein Leichentuch. Jahrhunderte war niemand mehr hier unten.

Nein ganz stimmte es nicht. Sie ist hier gewesen, nur Sie kannten jeden Stein der Burg. Wissen ist Macht, und nie würde Sie mehr machtlos sein, nie mehr.

Sie wusste wie der Mechanismus in Gang kam. Also legte Sie ihr Gepäck ab. Sie zog am Seil und ein kleiner Wasserstrahl floss langsam in eine Art Mühlrad. Dieses drehte sich und eine Menge an kleine hölzernen Zahnrädern setzte sich in Bewegung.
Mit einem Ächzen und knarren öffnete sich fast unbemerkt eine kleine hölzernen Rampe in der Mauer. Tageslicht fiel in den Raum und frische Luft vertrieb den Modrigen Geruch.
Plötzlich ein Knacken und alles Stand still.
„Mist" fluchte Zsora.
Ein Zahnrad war gebrochen.

Oben im Burghof wollte Brommi gerade seinen Durst stillen. Ja in Kürze würde Marius Flucht entdeckt und Veronika würde mit ziemlicher Sicherheit zuerst Ihm unbequeme Fragen stellen.
Plötzlich hörte das Plätschern des Brunnens auf; der Wasserstrahl versiegte und das Wasser im Trog floss ab.

Ungläubig betrachtete der Bär das Geschehen. Dann rannte er los, in Richtung Kasematten.

Unten versuchte Zsora die Rampe mit Gewalt zu öffnen.

„Du bist einfach zu zierlich" brummte plötzlich eine Stimme.

Blitzschnell drehte sich Zsora um und hatte bereits das 2 Händerschwert in der Hand. Die Spitze zeigte auf Brommis Nase.

„Es ist gefährlich Bär wenn man seine Nase zu Tief in Sachen steckt die einem nichts angehen" zischte die Rothaarige.

„Nun, wie es scheint könnt Ihr etwas Hilfe gebrauchen, oder" murmelte der Bär

Zsora senkte etwas das Schwert.

„Ihr wollt fliehen, oder zumindest die Burg ohne lange Erklärungen verlassen. Und wie es scheint wäre etwas Muskelschmalz jetzt hilfreich." Sagte der Bär mit einem süffisanten Lächeln.
Brommi drückte das Schwert mit seiner Tatze zur Seite. Dann zog er an einer der Ketten, welche die Rampe sicherten. Ein lautes Knacken, die Kette brach und die Rampe öffnete sich.

„Voila, das Tor ist geöffnet"

„Woher wusstest Du dass ich hier bin?" wollte Zsora wissen.

„Wusste ich nicht! Aber ich wusste, dass jemand hier ist, als das Wasser im Brunnen weg war."

„Du kennst den Mechanismus und die Fluchtrampe?"

„Ja"

„Woher"

„Ich stöbere gerne"

„Für heute hast Du ausgestöbert, und wage es nicht dich mir in den Weg zu stellen"

Zsora griff Ihr Gepäck. Sie schnallte sich den Rucksack um und sprang. Nach einigen Sekunden öffnete sich der Gleitschirm und sie flog der Mittagsonne entgegen.

Brommi schaute Ihr noch nachdenklich hinterher.

„Mürrisch, ja das war Sie schon immer! Kein Wort des Dankes, na ja Ärger bekomme ich sowieso, was macht es also, dass ich nun bereits schon 2 zur Flucht verholfen habe." Brummte der Bär.
Er verschloss die Rampe und trabte zurück, zurück um sich dem ÄRGER zu stellen.

Die warme Thermik ließ Zsora entspannt dahin gleiten. Sie hatte sich eine versteckte Waldwiese als Landeplatz auserkoren. Den Gleitschirm verstaute Sie wieder im

Rucksack. Obwohl Nähen ihr nicht lag hatte sie in un-zähligen Nachtstunden den Schirm genäht. Zeit hatte Sie ja, denn Sie schlief ja nie mehr. Nie mehr, seit jenem Tag.

Also nun musste nur noch der Junge gefunden und überzeugt werden. Sie fragte sich was wohl schwieriger sein würde. Das Finden oder das Überzeugen. Sie kram-te in Ihrer Tasche und holte eine kleine Kristallkugel hervor. Mit dem Ärmel Ihres schwarzen Seidenkleides rieb sie in konzentrischen Kreisen die Kugel bis diese leuchtete. Ein schemenhaftes Gesicht erschien in dem Kristall.
„Herrin, den welchen Ihr sucht ist auf dem Weg in die Stadt der Fürsten, aber gebt acht Dunkle Schatten fol-gen Ihm" und das Leuchten erlosch.

Marius brachte den Mund vor Staunen nicht mehr zu. Langsam stieg er von dem Wagen herunter. Fachwerk-häuser eines schöner wie das andere gesäumt von einer viel Zahl von bunten Markständen.
Und erst die Menschen! Alle waren etwas altmodisch gekleidet. Ja wie eigentlich? Marius kam auf keine Ant-wort, aber es war ein bunter Haufen. Es waren alle Hautfarben und Herkünfte vertreten. Marius verstand

die Sprache, wusste aber gleichzeitig, dass es eine andere Sprache war welche er gewohnt war.

„Ein Danke! Würde mich erfreuen" brummte der Fuhrmann.

„Äh, ja, vielen Dank!!" stammelte ein immer noch verwirrter Marius.

„Dann mach`s gut" der Fuhrmann wollte gerade die Ochsen zum losfahren antreiben als der Junge die Zügel festhielt.

„Entschuldigung, aber wissen Sie in welcher Richtung eine enorm große Weide steht?" fragte Marius.

Der Fuhrmann schaute ihn ruhig aber durchdringend an.

„Eine große Weide?" murmelte er vor sich hin.

„Ja eine sehr große Weide, in mitten einer Wiese"

„Westen, ungefähr 4 Tage zu Fuß, hü ja"

Die Ochsen rissen sich los und das Fuhrwerk knatterte dahin.

Marius war zu Boden gestürzt und rappelte sich gerade wieder empor.

„Westen, gut also los" dachte er.

Jedoch waren 4 Tage ohne Proviant zu gefährlich und letztlich nicht zu schaffen. Er überquerte den großen Platz und lief langsam eine der vielen von hier abzweigenden Gassen entlang als plötzlich eine tiefe Stimme ihn ansprach.

„Na mein Junge, du siehst hungrig aus"

Marius blickte auf und unter eine schmiedeeisernen Schild mit der Aufschrift Elisabeth stand eine sehr große und kräftig gebaute Frau mit weißem schulterlangem Haar.

„Nein Danke" antwortete Marius wissend dass dies eine Lüge war. Natürlich hatte er Hunger aber auch kein Geld.

„Papperlapap" sagte die Frau und schon wurde der überraschte Marius in die Taverne gezogen und in eine der Nischen auf eine Holzbank gesetzt.

„Weißt du, ich sehe wenn jemand Hunger hat. Wie lange war er unterwegs, den ganzen Tag!?"

„Ja schon, aber ..."

„.... und keine Hunger?"

„Doch aber ich habe kein Geld" stammelte Marius.

Plötzlich herrschte eine absolute Ruhe in der Taverne alle starrten auf Marius.

Die Frau sah auch etwas verdutzt aus und musterte den Jungen nun sehr genau. Langsam zog Sie eine Zigarette hervor und setzte sich zu Marius in die Nische.

„Du bist nicht von hier, oder?"

„Nicht direkt"

„In ganz Niangeala wird kein Geld, Gold oder sonst etwas in dieser Art benötigt. Jeder macht seine Arbeit weil es seine eigene Erfüllung ist. Etwas was Ihn ausmacht und einem Glück und Zufriedenheit gibt. Ich bin Elisabeth, und ich führe eine Taverne und ich hohle dir

jetzt eine Portion Maultaschen, die Besten in ganz Nian-geala"
Elisabeth stand auf und verschwand hinter dem Tresen.

Da war es wieder, das Gefühl totaler Verwirrtheit. Mari-us konnte nicht glauben was er gehört hatte. Kein Geld!
Na ja eigentlich konnte er ja in den letzten Tagen vieles nicht verstehen.
Marius schaute durch die kleinen Butzenfenster dem Treiben auf der Straße zu.

Plötzlich sah er einen Bekannten. Saduj! Vielleicht konnte er Ihm helfen. Marius wollte aufstehen und hi-nausrennen als er einen Stoß bekam und zurück auf die Bank geschubst wurde.

Es brannte nur eine Kerze in dem dunklen Gewölbe. Eine dunkle Kreatur saß, den Kopf auf die Hände ge-stützt an einem kargen Tisch.

Die Tür wurde fast unbemerkt aufgeschoben.

„Herr was sollen wir tun?" flüsterte eine kalte Stimme.

„Komm, begleite mich tief in den Berg, hinunter ins Ver-ließ" Die Gestalt stand auf und ging hinaus.

Schritt für Schritt, und immer tiefer stiegen sie hinunter. Die Luft wurde modrig, warm und stank nach Fäulnis.

Endlich öffnete sich der Gang zu einer kleinen Halle. Die größere Gestalt schnippte mit dem Finger und alle Fackeln an den Wänden begannen zu brennen.

Entlang der rechten Wand waren mehrer mit Gittern gesicherte Öffnungen. Plötzlich wand sich eine Hand durch das Gitter. Die Hand sah aus als gehörte sie einem Toten oder zu einer Leiche welche bereits mehrere Wochen im Wasser gelegen hatte. Gelbweiße Haut mit eitrigen Exemen und von Hämatomen übersäht. Den Kopf der Gestalt bedeckte giftgrünes lockiges Haar.

„Anatoll öffne diesen Käfig" zischte die große Gestalt.

„Aber Herr, ich ..."

„Sofort!"

Anatoll öffnete den Käfig. Zuerst war es still. Es war als würde die Stille einem die Luft zum Atmen nehmen. Dann folgte ein gellender Schrei und ein wahnsinniges Lachen.

Eine Frauengestalt kroch auf allen vieren aus dem Verließ. Sie war nackt, nur um den Hals trug sie ein sehr breites Halsband aus Eisen.

„So, so, so! Habt ihr euch an uns erinnert" krächzte die Frau und begann wie laut zu lachen.

„Nein, ihr steckt in Schwierigkeiten" fuhr sie fort „wie können wir da helfen?"

Die große Gestalt packte die Frau am Halseisen und hielt Sie so lange in der Luft bis sie ihre Augen verdrehte. Dann ließ er Sie fallen und mit einem lauten krachen zu Boden fallen.

Die Frau wollte schreien doch ihre Stimmbänder waren noch geschwollen.

„Gut, du hast verstanden und wirst mir nun zu hören" zischte die große Gestalt.

Die Frau nickte.

„Nimm deine Schwestern und so viele Seelenjäger wie Ihr brauchen könnt und bringt mir den GRÜNEN STEIN. Tötet alle die sich Euch wieder setzen. Kommt ihr nicht zurück, so ist es um die 7. von Euch geschehen."

Die Augen der Frau wurden starr vor Schreck.

„Nein bitte tötet meine Schwester nicht, wir tun was ihr wollt!"

„Ihr findet den Stein in Nexlingen"

„In der Stadt der Fürsten, wir werden sterben" schrie die Frau.

„Nein, die Macht der Fürsten schwindet. Tötet! Tötet die Rothaarige und bringt mir den Stein"

Anatoll öffnete noch weitere 5 Käfige und noch mehr Frauen kamen heraus gekrochen.

Sie waren in noch erbärmlicherem Zustand wie die erste. Teilweise ohne Zähne und abgemagert auf die Knochen. Die letzte Türe, die 7. blieb zu.

„Bitte, lasst auch unsere 7 Schwester mit uns ziehen" flehte die 1.

„Nein Sie ist mein Pfand und nun geht und Tötet" zischte die Große Gestalt.

Zsora warf ihren Rucksack auf die Holzbank und setzte sich zu Marius.

„Ehrlich du warst nicht leicht zu finden"

„Zsora, bist du es" fragte Marius ungläubig.

„Na hör mal, kennst Du mich nicht mehr"

„Schon aber du siehst etwas älter aus"

„Ja, du auch! Ungefähr 18 Jahre. Solltest mal in den Spiegel sehen"

Elisabeth kam mit den Maultaschen.

„So einen guten Appetit. Möchte Ihre Hoheit auch eine Portion?"

„Danke, das wäre nett"

Marius aß hastig.

„Also ich komme nicht zurück, sonder ich gehe nach Hause und ihr macht Euren Mist alleine." Brummte Marius mit vollem Mund.

Zsora sagte kein Wort. Sie beobachtete den zum Mann gewordenen. In Ihrer Brust wurde das Feuer stärker. Bereits beim ersten Mal, als er zur Ihr und den Uhren kam hatte Sie es gespürt. Aber nun noch stärker. Dieses Mal wollte Sie die Gefühle.

Zsora as ohne ein Wort Ihre Portion Maultaschen.

Da Zsora keine Wieder Worte von sich gab fühlte sich Marius als Sieger. „Sie hat es kapiert. Tja man muss

sich manchmal einfach behaupten" dachte ein selbst-
bewusster Marius.

Als Zsora mit ihrer Portion fertig war stellte sie eine
kleine Kiste aus poliertem Nußbaumholz auf den Tisch.
Sie öffnete diese und holte die kleine Porzelanuhr hervor, drehte langsam an dem kleinen goldenen Rädchen.

Trotz vollem Mund fragte Marius „Wooos mooochst dou
daa"

Plötzlich war alles still. Keiner der anderen Gäste sagte
etwas und sie bewegten sich auch nicht mehr.
Marius verschluckte sich und musste erst einmal hus-
ten.

Zsora schaute noch eine Weile still zu und ergriff nun
das Wort.

„Wusste ich doch dass du nicht freiwillig mir zu hören
würdest. Jetzt haben wir Zeit, denn ich habe die Zeit für
uns beide angehalten. Du solltest wissen ich bin eine
Fee der Zeit."
Zsora ließ Marius nicht zu Wort kommen.
„Also, du verlierst keine Zeit, wenn du mir nun zuhörst.
Ich verstehe dass alles was du hier in unserer Welt
siehst und auch was du erlebt hast einfach zuviel ist. Du
willst nach Hause in dein altes Leben, ja"
Marius nickte.

„Dein Leben gibt es gar nicht mehr. Die Seeelenjäger haben es dir genommen und meines auch. Sie haben deinen Vater getötet und meine Mutter. Hilflos musste ich zusehen wie sie zuerst Ihr Leben und dann auch noch Ihre Seele nahmen. Du kannst Niangeala verlassen, aber Sie werden dich jagen und töten. Marius die wollen deinen Stein, die wollen alle Steine und dann wollen Sie dieses Land zerstören und Eure Welt versklaven. Wir werden Sie aufhalten! Du Marius hast Macht über den Stein, und vielleicht auch Macht über alle Steine. Es gibt einen Ort an dem du lernen kannst. Du musst lernen die Macht zu lenken und dich zu Wehren. Ich kann dir Zeit verschaffen ohne dass wirklich Zeit vergeht. Meine Schwester und mein Vater wollten Dich benutzen. Du bist frei und ich lasse Dir nun die freie Entscheidung. Komm mit mir Torgänger Marius Gruber und hilf das Böse zu zerstören bevor es uns zerstört und tötet."

„Wer sind DIE" wollte nun Marius wissen.

„Seelenjäger! Es sind Untote. Menschen die vor langer Zeit, nach einem bösen Leben gestorben sind und nur durch das stehlen von guten Seelen weiter existieren können. Man sagt der Teufel selbst besitzt den SCHWARZEN STEIN und führt sie an. Solche die uns neulich überfallen haben."

Marius lächelte „Gut, natürlich! Der Teufel. Ich kann also selbst entscheiden, ja?"

„Ja!"

„Dann möchte ich nach Hause, und bitte lass die Zeit wieder laufen"

Brommi wollte nun endlich etwas Wasser trinken, nach dem der Brunnen nun wieder lief.

„Bär!!" rief eine ihm vertraute und sehr wütende Stimme.

„He, ich rede mit dir" schrie Veronika gesäumt von 12 arabischen Kriegern, welche alle Ihre Krummsäbel gezogen hatten.

„Also, wo ist Marius, du Verräter" schrie Veronika.

„Verräter, hör mal so ist es nicht" brummte Brommi

„Du hast die Wache K.O. geschlagen"

„Jaaaa, aber ..."

„Ergreift ihn und sperrt ihn in der Kerker" schrie eine hysterische Fürstin.

„Ergreifen, Kerker, nur das nicht" dachte Brommi und packte den ihm am nächsten stehenden Krieger und benutzte ihn als Keule. Nach der Ersten Runde lag die Hälfte der Krieger am Boden. Dies war seine Gelegenheit! Brommi rannte so schnell er konnte zu den Kasematten.

Er öffnete die Luke und nun? Ja was nun?

Schweren Herzen und mit einem Fluch packte er den letzten Gleitschirm zog ihn an und
sprang.

Zsora ließ die Zeit laufen. Sie war enttäuscht. Aber sie hielt Ihr Wort.
„Wo willst du jetzt hin" fragte Sie mit einer Träne in den Augen Marius.
„Zu der Großen Weide. Dort ist ein Portal!"
„Weist du wo die ist?"
„Die find ich schon"
Zsora ergriff Marius Hand „Ich bring dich hin" Und da war es wieder, diese komische Gefühl. Eine Art Blitz durch schoss die junge Frau als stünde sie neben sich. Wärme durchströmte ihren Körper. Zsora genoss das Gefühl.

Es war Abend geworden als die zwei auf die Gassen aus der Taverne stiegen. Ein laues Lüftchen strich an Marius Nase vorbei und es Duftete nach Frühling. Eine Mischung aus frischem Graß und Blütenstaub.
Plötzlich ein Donnergrollen in der Ferne.
Zsora blickte auf. Dunkle Wolken schoben sich in rascher Weise vor den blutroten Horizont.
Der Wind frischte auf und es begann zu stinken.

„Komm, wir müssen weg" schrie Zsora und packte den jungen Mann an der Hand.

Doch es war bereits zu spät. An einigen stelle war das Kopfsteinpflaster bereits rissig und gelber Dampf stieg empor. Aus dem Dampf entwickelten sich langsam und unaufhörlich Gestalten. Seelenjäger.

Marius war bleich und Wortlos.

Die Stille wurde durch ein metallisch teuflisches Gelächter durchbrochen.

„So, so! Nun bringe ich zu Ende was mir versagt blieb" krächzte eine bis auf die Knochen abgemagerte Frau mit krausem grünen Haaren. Sie kam langsam auf das junge Paar zu.

„Eine der 7 Todeshexen! Leg dich auf den Boden Marius" schrie Zsora und drückte Marius zu Boden.

Zsora griff das Zweihänderschwert und zog es aus der Scheide. Die Klinge glühte als wäre sie eben erst geschmiedet worden.

Die Seeelenjäger erschraken merklich beim Anblick des Schwertes. Auch die Hexe erstarrte etwas, fasste sich jedoch schnell wieder.

Zsora zögerte keine Sekunde. Blitzschnell hatte sie mit einer Umdrehung 7 Seelenjäger verwundet. Diese begannen zu schreien und wurden ausgehen von den Wunden von Feuer langsam und qualvoll verbrannt.

„Ah, das Flammenschwert" krächzte eine zweite Hexe.

Es half nichts. Je mehr Seelenjäger von Zsora vernichtet wurden um so mehr stiegen empor.

„Dieses Mal du rothaariges Bist werde ich mich an deiner Seele laben schrie eine dritte Hexe und richtete einen dunklen Stab auf Zsora.

Es war genug dachte Marius. Er musste helfen. Er nahm den GRÜNEN STEIN und … Ja und … Es passierte nichts. Was war los. Der Stein gehorchte im nicht.

Plötzlich platzte der einen Hexe der Kopf. Zwei starke Bärenpranken hatten Ihn zerquetscht. Doch Brommi war unvorsichtig. Ein sehr großer Seelenjäger holte mit seiner rostigen Hellebarde aus und wollte gerade dem Bären den Kopf abschlage als Marius laut schreiend den GRÜNEN STEIN auf den Seelenjäger warf.

Nun glühte der Stein, viel zu Boden und eine unheimliche Stille entstand. Kein Windhauch, kein Vogelgezwitscher.

Und plötzlich ein Brummen. Es Vibrierte die Erde so stark, dass Marius erneut zu Boden fiel.

Die dritte Hexe lachte und wollte den Stein hohlen als Sie er starrte und Bewegungslos stehen blieb.

Zsora hatte Ihren Rucksack auf den Boden geworfen, die kleine Uhr ausgepackt, und das Uhrwerk angehalten.

„Nie mehr hilflos" schrie Sie und stand auf.

Das Zweihänderschwert fest umklammert ging sie auf die dritte Hexe zu deren Auge blankes Entsetzen enthielt.

Sie ritzte! Langsam und nur etwas ritzte Zsora an dem Arm der Hexe. Zsora drehte sich um und wollte zur nächsten als eine weiße gesichtslose Gestalt schwebend aus einem sich langsam öffnenden Lichtportal auf Sie zukam.

Er sah sie an. Ein mitleidiger trauriger Blick. Lange schaute er Zsora an. Und Sie wusste es. Ihr Schicksal war nun vorbestimmt.

Das weiße Wesen öffnete Seine Mund und atmete aus!

Ein heißer Atem der plötzlich zum Feuersturm wurde und alles Verzehrte.

Marius erwachte. Er lag auf einer Holzbank am Kachelofen in Elisabeths Taverne. Brommi hatte einen kleine Topf oder eine große Tasse vor sich aus der er schlürfend trank.

Zsora führte eine rege Diskussion mit Elisabeth.

Marius richtete sich auf.

„Wa..was war los"? stammelte er.

Zsora kam in sehr energischen Schritten auf ihn zu und knallte ihm den Stein auf den Tisch.

„Da du Torgänger! Super Idee den Stein wegzuwerfen, du hättest ihn ja gleich denen schenken können."

„Er hat nicht funktionier" gab der Torgänger kleinlaut zurück.

Zsora holte tief Luft und wollte gerade mit einer Moralpredigt loslegen als Elisabeth einschritt.

„Jetzt setzt euch erstmal und trinkt einen Tee"

So saßen Sie mindestens eine halbe Stunde als Elisabeth das Wort ergriff.

„Also Marius, wie du gemerkt hast ist alles nicht so einfach. Du solltest mit Zsora gehen und eine Ausbildung machen. Eine Ausbildung zu einem Steinkrieger. Egal wo du dich versteckst, Sie werden dich finden und töten."

„Dann gebe ich den Stein halt ab, hier" Marius schob den Stein zu Zsora über den Tisch.

„Deine Schwester wollte ihn ja schon lange"

„Du enttäuscht mich Marius" sagte nun Elisabeth mit energischer Stimme.

„Ich dachte du willst helfen?"

„Ja, meiner Mutter, sie ist in Gefahr"

„Wie willst du Ihr helfen? Ohne Stein? Ohne Wissen?

„Ohne Stein lassen die Kreaturen uns in Frieden!"

„Oh nein! Du bist und bleibst ein Torgänger. Du hast Macht über den GRÜNEN STEIN und auch vielleicht über die anderen. Sie werden Dich töten!"

Nun wurde es still. Marius unterdrückte einige Tränen. Zsora starrte auf den vor Ihr liegenden Stein und Elisabeth zündete sich eine Zigarette an.

Sehr, sehr leise kam ein gequältes „Na gut" über Marius Lippen.

Brommi sprang auf packte Marius und stellte ihn auf die Füße.

„Worauf warten wir noch" brummte der Bär

Zsora lächelte.

„Halt" schrie Elisabeth. „Eine Sache noch! Lasst die Uhr erst wieder laufen wenn Ihr außerhalb der Stadtmauern seid sonst wimmelt es hier von Soldaten".

Zsora nickte und genoss die aufsteigende Wärme in Ihrer Brust. Sie würde mit Marius zu Master Cain gehen. Sie und Marius!

Als sie erneut auf die schmale Gasse traten graute schon der Morgen. Marius hatte ganz schön zu schleppen, da Elisabeth sie mit jeder Menge Proviant ausgestattet hatte.

Brommi war quietsch fidel und sogar Zsora schien ausnahmsweise gute Laune zu haben.

Sie liefen rasch die alte Steige hinab und überquerten die große Steinbrücke. Brommi musste das Stadttor mit einer Steinfigur welche auf der Brücke stand aufbrechen.

Es stellte sich heraus dass der Bär doch ganz nützlich war.

Als Sie auf der kleinen Anhöhe in mitten von alten Obstbäumen standen packte Zsora die Uhr aus und ließ sie laufen. Marius schaute noch einmal zurück. Dort lag die Stadt der Fürsten, friedlich und sehr schön. Doch bald würde es nur noch Aufregung und Furcht geben. Er hatte die richtige Entscheidung getroffen. Er würde dem Einhalt gebieten.

Doktor Eule war ein sehr alter Mann. 867 Jahre, aber das wusste nur er. Er war deshalb auch der Beste. Alle Arten von Krankheiten welche in Niangeala überhaupt existierten kannte er.

Eigentlich gab es ja keine Krankheiten. Aber im Laufe der Jahre, mit dem Schwinden der Macht der Fürsten gelang es jenen die in der Dunkelheit gefangen waren, Krankheiten nach Niangeala zu bringen. Für manche hatte Doktor Eule bereits Gegenmittel und Heilungen gefunden, aber für die Meisten gab es keine Chance auf Heilung.

Er setzte sich auf das kleine barocke Sofa und griff in seine Jacke. „Einen kräftigen Schluck"

Dachte er würde Ihn schon wieder aufbauen.

Er wusste nun auch warum er die Kranke mitten in der Nacht aufsuchen musste: Niemand durfte Ihn sehen.

„Der Fürst erwartet Euch, bitte mir zu folgen" wisperte Johann der Butler.

Doktor Eule stand auf und folgte Johann nur ungern.

Fürst Karl erwartete ihn im alten Kaminzimmer. Ein warmes Feuer prasselte im Kamin und Doktor Eule setzte sich in den gepolsterten Sessel neben den Fürst. Er sagte nichts.

Lange saßen Sie so schweigend da. Dem Doktor wäre auch lieber gewesen, das wäre so geblieben.

„Nun wissen Sie es!"

„Ja" sagte der Arzt

„Keine Hilfe?"

„Nein, unmöglich!"

Stille!

Innerlich zitterte der Arzt. Der Fürst war eine Seele von Mensch, konnte aber auch sehr wütend werden, sollte etwas nicht nach seinen Vorstellungen laufen. Und doch musste er das Wort ergreifen und von der Gefahr berichten.

„Mein Fürst, da ist noch eine Sache" stotterte der Arzt

Fürst Karl antwortete nicht.

„Ich kann die Krankheit nicht nur nicht heilen sonder wir müssen die Patientin wegbringen. Sie muss zu denen. Hier ist sie eine Gefahr! Vor allem für Euch. Für Sie ist kein Platz mehr in Niangeala!"

Fürst Karl sagte nichts. Er nahm die kleine Glocke vom Beistelltisch und läutete. Johann kam herein. „Sie dürfen gehen Herr Doktor" sagte dieser und hielt ihm die Tür auf. Doktor Eule ging ohne sich von Fürst Karl zu verabschieden.

Johann öffnete die Eingangspforte.

„Der Fürst möchte Sie noch einmal an Ihre Schweigepflicht erinnern" sagte er und schob Doktor Eule in den Hof. Dieser schüttelte nur den Kopf und stieg schwerfällig in die Kutsche die für Ihn bereitstand.

Die große Gestalt zitterte. Fassungslos stand er vor der Kristallscheibe, welche mitten im Raum in den Boden eingelassen war.

„Alle 6 tot! Schon wieder versagt." dachte er. Es lief nicht gut! Dieser Marius war eine Gefahr. Jetzt da er ein junger Mann war noch viel mehr. Er stützte sich auf seinen Stab aus getrockneten schwarzen Schlangen. Ohne diesen Stab konnte er kaum noch laufen. Er brauchte neue Kraft, neue Energie, neue Seelen.

Die war nun die Erste Sache um die er sich kümmern musste. Dabei durfte er nicht auffallen, denn er war geschwächt.

Den ganzen Tag waren Sie gelaufen, nein eigentlich gerannt. Marius war es ja gewohnt im Wald zu sein. Auch lange Wanderungen hatte er schon bestritten aber jetzt konnte er nicht mehr. Auch war es erstaunlich wie es Zsora, welche das Tempo vorgab, in Ihren Lederstiefeln mit hohen Absätzen überhaupt so lange aushielt.

„Feierabend!" keuchte Marius

„Ach, bis Sonnenuntergang sind es noch 2 Stunden. Also weiter" lachte Zsora

„Keinen Meter mehr"

„Ich hätte da auch Hunger" brummte der Bär.

„Hier ist kein geeigneter Lagerplatz, lass uns noch eine Stunde laufen" murmelte Zsora.

„Doch, komm" schrie Marius und zeigte auf eine große Fichte.

Es war wirklich eine sehr große Fichte. Der Torgänger schätzte ihre Höhe auf gute 38 Meter.

Das erstaunliche daran war dass der Baum bis fast nach ganz unten Äste hatte. So bildete sich eine art Zelt unter welchem es sich einrichten ließ.

„Na, wie findet Ihr unser Nachtlager?" sagte ein sichtlich stolzer Marius.

Zsora ließ sich nur zu einem gequälten „Hmmm" herab und Brommi reagierte nicht.

Zsora setzte sich auf eine große Wurzel und begann in Ihrem Rucksack zu kramen.

„Also, ich sammle Brennholz und Brommi sucht Wasser, O.K.?"

Die Fichte stand etwas erhöht und so konnte man der untergehenden Sonne an der gegenüberliegenden Bergseite zusehen.

Der Himmel war in eine Mischung aus Rot und Gelb getaucht als stünde er in Flammen.

Zsora beobachtete Ihn. Wie geschickt er das Feuer entfachte. Aus Sicherheitsgründen hatte er einen Ring aus Steinen angelegt. Gut sah er aus. 3 Tagebart, na ja daran war sie wohl Schuld.

Blaue, schöne Augen, und die Muskeln. Ja er war ein Mann, er war Ihr Mann und doch musste Sie sich die Sache aus dem Kopf schlagen.

Brommi kam nicht nur mit einer Kanne Wasser sonder auch mit jeder Menge Fisch zurück und so gab es gebratene Forelle.

„Werden wir morgen ankommen?" wollte Marius wissen

Zsora nickte nur. Sie wollte nicht ankommen. Sie wollte für immer hier unter der Fichte sitzen und bei Marius sein. Seit langer Zeit hatte sie wieder ein Gefühl der Liebe und nicht des Hasses.

Ein Dutzend der Kreaturen hatten sich bereits versammelt als die barocke Kutsche welche von 8 Kreaturen in Halseisen gezogen wurde ankam.

Annatoll sprang vom Kutschbock und öffnete die Türe. Die Große Gestalt stieg sichtlich geschwächt aus. Am Wegesrand stand eine 2 Meter hohe Steinsäule.

„WER DIESE GRENZE IN FEINDSCHAFT RUCHLOSIGKEIT UND EIGENÜTZIGKEIT ÜBERTRITT DEN WIRD DER FLUCH DER GERECHTIGKEIT TREFFEN UND VERNICHTEN"
Fürst von Niangeala Marius der 1.

stand dort in roter Schrift.

„Marius der 1." Grummelte die große Gestalt. „Ja dein Fluch! Doch du bist der der Tod ist. Ich habe sie alle betrogen und vernichtet!" schrie er und seine bleiche knochige Hand strich über die Schrift. Dann erhob er seinen Schlangen Stab gen Himmel und schrie erneut „Nun bin ich zurück!" Er machte einen großen Schritt und überquerte die Grenze.

Am Himmel zogen dunkle Wolken auf.

Veronika war die ganze Nacht wach. Schon seit Tagen konnte sie nicht schlafen. Sie hatte ihr Fenster geöffnet und spähte in den Burghof.

„Dok Eule! Schon wieder. Vater muss doch ernsthaft krank sein" dachte Sie als es klopfte.

„Herein"

Harms trat in Veronikas Kammer.

„Du schläfst ja nicht" sagte er.

„Na Du offensichtlich auch nicht" konterte die junge Frau.

„Nein. Irgendetwas ist im Busch! Das merke ich!"

Erst jetzt bemerkte Veronika dass Harms seine Waffe dabei hatte.

„Ja ich weiß. Alle Wachen wurden verdoppelt."

Harms setzte sich. „Ich denke eher an die Grenzen, die Orte, Höfe und vieles mehr. Wir haben ja nur noch die Schlosswachen und die Araber. Wir sind zu wenige!" murmelte Harms.

„Du weißt ja, Vater hat die Armee abgeschafft. In Niangeala herrsch die Liebe und die braucht keine Soldaten, so ist sein Motto" antwortete die Fürstin.

„Schon aber das Böse ist mächtiger geworden. Der schwarze Fürst bedient sich alter und mächtigen Flüchen, Wesen und den schwarzen Seelen der Menschen. Diese nähren Ihn und machen Ihn stark. Wir sind schwächer geworden, seit ..."

„.... seit er meine Mutter ermordet hat, ich weiß Harms" sagte Veronika mit erstickter Stimme.

„Lass mich nach Hause und die meinen zurück hohlen"

„Jetzt willst du mich auch noch verlassen" Veronika konnte die Tränen nicht länger unterdrücken.

Harms nahm sie in seine starken Arme. „Aber nein, nicht doch. Ich komme zurück! Mit jeder Menge Kelten!"

„Das wird Vater nie zulassen" schrie Veronika.

„Hmmm, gut! Aber ich bleibe von jetzt an in deiner Nähe und Cranford hält über uns Wache!"

Veronika nickte.

„Gut" Harms zeigte sich wenigstens etwas erleichtert. „Lass uns weitermachen wo wir aufgehört haben. Wir brauchen den Jungen, ähm den jetzt erwachsenen Jungen und den GRÜNEN STEIN. Dann haben wir eine Armee der Engel"

„Aber wir haben keine Spur"
„Doch, es gab einen Vorfall in Nexlingen, wir sollten mit Elisabeth sprechen!"
Veronika trocknete ihre Tränen und folgte Harms hinunter in den Burghof.
Es wurde bereits Hell. Ein schöner Tag sollte sich ankündigen, doch in der Ferne hörte man bereits das Grollen eines Gewitters.
„Na das wird ein Tag! Gewitter und Sturm am Morgen" brummte Harms. Er sollte recht behalten.

Marius reckte sich. Er gehörte immer zu den Frühaufstehern. Nütze den Tag hatte sein Vater immer gesagt. Er war bereit dies auch heute zu tun. Doch es stimmte was nicht! Das Wetter! Es würde wohl schon früh Sturm geben. Er musste die andern wecken.
„Hee, aufstehen" Marius rüttelte relativ grob an Zsora welche automatisch nach dem Zweihänderschwert griff und es blitzschnell auf Marius richtete. Dieser strauchelte und stürzte rücklings zu Boden. Diese Gelegenheit nutzte Zsora und setzte sich auf den Torgänger.
Auch Brommi war nun wach und schüttelte beim Anblick der Situation nur den Kopf.

„Also ehrlich, so einen Liebesbeweis am Morgen von Dir Zsora, das ist man ja sonst nicht gewohnt" sagte der Bär.

Blitzschnell stand Zsora wieder auf ihren Füßen „Was gehr dich das an, Bär!?"

„Nun, wenn alle wieder bei Sinnen sind schaut euch das mal an" Brommi zeigte mit seiner Tatze in den Himmel Richtung Osten. Dort wo jetzt eigentlich ein schöner roter Sonnenaufgang sein sollte war alles schwarz und grelle Blitze zuckten am Himmel entlang.

Zsora war blass. „Nein, nur das nicht! Das kann nicht sein" dachte sie.

„Wir müssen sofort weg, vielleicht schaffen wir es noch, aber ..."

„Ca. 20 Minuten, im besten Fall, dann ist das Gewitter hier" unterbrach Marius die hyperventilierende Zsora.

„Woher willst du das Wissen?" sagte Zsora

„Oh glaub mir ich bin im Wald aufgewachsen und beobachte das Wetter schon mein ganzes Leben lang! Also jetzt noch 18 Minuten!"

„O.K. ihr Streithähne also zu Meister Cain schaffen wir es nicht mehr. Es gäbe aber hier ganz in der Nähe Höhlen, wo wir...."

„Folgt mir, Beeilung!" dieses Mal war es Brommi der unterbrochen wurde.

Also rannten sie nun ziellos, wie Marius fand durch den Wald hinter Zsora her, die Ihnen immer 3 Schritte voraus war.

Marius fand dass man vor einem Gewitter ja schon Angst haben sollte aber derart panische Angst wie Zsora fand er übertrieben.

Der Himmel verfinsterte sich zunehmend und der Wind blies bereits in Orkanstärke. Auch war das Unterholz und Gestrüpp so dicht, dass Marius kaum die Hand vor Augen sehen konnte.

Plötzlich wurde er von 2 starken Pranken gepackt.

„Aaaa" schrie er.

„Holla, langsam. Fast wärest Du abgestürzt" sagte der Bär und hielt Marius fest im Griff.

Marius starrte in die Tiefe. Vor ihn brach die Bergkante steil mehrere hundert Meter tief ab.

In der Mitte der Schlucht ragte eine Felsspitze empor auf deren ein Märchenhaftes kleines Schloss stand. Das Schloss wurde von einem runden Bergfried überragt. Alle Fenster waren aus buntem Glass und putzig klein.

Der einzige Zugang war eine hochgezogene Zugbrücke, welche über die Schlucht führte.

Ohne Zeit zu verlieren rannte Zsora auf eine sehr alte und große Eiche zu. Dort griff sie zielsicher in ein Astloch und zog an etwas.

Ein plötzliche knarren und ächzen verriet, das die Zugbrücke sich in Bewegung setzte.

Marius hatte ungefähr 1000 Fragen, sah aber ein dass jetzt keine Zeit war.

Also rannte er hinter dem Bären über die Zugbrücke in den Innenhof des Schlosses, welcher anhand der Größe diesen Nahmen kaum verdiente.

„Zugbrücke hoch" schrie Zsora.

Brommi bediente die Kurbel und unter neuerlichem ächzen klappte die Brücke wieder hoch.

Zsora hatte in der Zwischenzeit die dicke Eingangspforte mit einem riesigen Schlüssel aufgeschlossen.

Gerade noch rechtzeitig schafften die 3 es die Türe zu schließen als das Unwetter zu seiner vollen Größe sich steigerte.

Harms schaffte es gerade noch Veronika in die Taverne zu ziehen als ein Blitz mitten in die enge Gasse einschlug und Pflastersteine wie Geschosse in die Luft wirbelten.

„Was zum Teufel war das" schrie er durch die Taverne.

Der Sturm nahm alles Licht. Es wurde dunkler als in der tiefsten Nacht.

Harms griff fest nach seinem Spieß.

„Verbarrikadiert die Tür und die Fenster" befahl er den Gästen, welche ohne zu zögern ans Werk gingen und

mit allem was zu finden war Fenster und Türen verna-
gelten.

Irgendetwas brannte auf Ihrer Brust. Veronika griff unter Ihre Bluse.

„Aua"

„Was ist los" Harms rannte auf die Fürstin zu

Auf dem Tisch vor ihr lag Veronikas Amulett mit dem
ROTEN STEIN. Der Stein glühte.

„Was hat das zu bedeuten" wollte der Krieger lautstark
wissen.

„Gar nichts, gar nichts! So nun setzt euch und trinkt
einen Tee" sagte Elisabeth und servierte allen heißen
Tee.

„Doch es bedeutet nichts Gutes" Unterbrach nun die
Fürstin Ihr Schweigen.

„Heute sind die Seelenjäger in Niangeala. Sie haben die
Grenze nach all den Jahren überschritten und werden
gute Seelen töten und der Ewigen Verdammnis zufüh-
ren."

Veronika ballte Ihre Fäuste: „Und Schuld bist nur Du
Marius Gruber, nur Du. Verdammt wo bist du!"

Er war alleine gegangen. Zuerst musste er sich laben.
Er war wichtig. Ein kleiner Bauernhof. Wie schön! Wie
viele? Egal genug für Ihn!

Die letzten Seelen, ja wie lange war es her. Zu lange. Doch die Seele der Fürstin hatte lange gehalten und auch die andere, die Seele der Jüngeren hatte er vergiftet. Auch diese gehörte Ihm. Sie war seine beste Waffe.

Er würde nun Kraft tanken und dann den GRÜNEN STEIN sich hohlen und eine Armee der dunklen Engel würden Ihm den Sieg bringen und alle vernichten.

Ewiges Leben, Macht, bedingungslose Macht. Er würde entscheiden, über alles, nur er.

Seine Phantasie schweifte in der Zukunft und der Sturm tobte in der Gegenwart.

Er drückte die Tür ein, so leicht, so einfach! Er ging hinein, schreie, Kinder, eine Frau, gut!

Es dauerte nur kurz, doch es würde lange halten! Er ging hinaus, ein paar Schritte und der Bauernhof stand in Flammen, in grünen Flammen. Flammen ohne Rauch die alles verzehrten und vernichtete was er übrig gelassen hatte.

Zsora entfachte ein Feuer im Kamin. Marius setzte sich erschöpft auf ein mit rotem Plüsch gepolsterten Stuhl neben den Kamin.

Die dicken Mauer dämpften das Grollen des Sturmes und es entstand eine sehr stille Atmosphäre.

Marius betrachtete Still das Werken von Zsora. Zsora eine Frau, mit vielen fraulichen Formen.

Solche Gedanken waren neu für Marius, auch das dazu gehörige Gefühl war neu und gut.

Als die Flammen knisterten erstrahlte die Halle im rot-gelben Licht.

Marius ließ sein Blick schweifen. Mehrer große Gemälde an den Wänden sowie allerlei Waffen, vor allem Schwerter und Rüstungen, welche lange Schatten in den Raum warfen.

„So ein Gewitter habe ich noch nie erlebt. Totale Dunkelheit morgens um halb zehn." Begann er das Schweigen zu brechen.

„Das ist kein Gewitter" sagte Zsora ohne dabei Marius anzusehen

„Nicht!? Nun es Blitzt und Donnert. Es regnet, also ist es ein Gewitter, haha"

„Bitte mach dich nicht lustig" Zsora hatte eine Träne in den Augen.

Marius verstand die Welt nun gar nicht mehr. Tränen von Zsora der sonst so Starken. Er setzte sich zu Ihr vor das Kamin und legte den Arm um Sie.

„O.K. erkläre es mir. Ich höre zu!"

Zsora genoss das in den Arm genommen werden. Ein Gefühl dass seit dem Tod ihrer Mutter nie mehr in Ihr war. Liebe. Sie liebte diesen jungen Mann. Es war Ihr Marius.

Brommi kam fröhlich brummend mit einem Bündel Holz in die Halle. Als er sah wie die beiden jungen Menschen verschlungen vor dem Feuer saßen beschloss er den geordneten Rückzug anzutreten. „Es ist hier eh zu warm, für einen Bären" dachte er.

Brommi schloss die Türe so leise es nur ging bei einer schweren Eichentür. Aber er würde wachen. Ja das würde er, denn irgendetwas stimmte hier nicht. Und angefangen hatte es als der junge Marius hier ankam.

Das Knarren der Türe hörte Zsora gar nicht. Ihr Körper war warm. Ihr Puls raste und ihr Blut pulsierte. War es das Feuer? Nein! Es war Marius.

„Also, wie gesagt, ich höre zu, und ..." zu mehr kam er nicht mehr, Zsora legte Ihren Finger auf seinen Mund.

„Sch..." flüsterte Sie leise. Zsora spreizte die Beine und setzte sich auf den Schoß von Marius.

Auch der Puls von Marius begann zu raßen. Ein Kribbeln begann sich in dem jungen Mann auszubreiten. Ganz langsam. Von den Extremitäten aus fand es langsam den Weg um nun den ganzen Körper von Marius in Besitz zu nehmen. Auch in der Hose von Marius machte sich seine Erregung bemerkbar.

Zsora nahm mit beiden Händen den Kopf von Marius und begann ihn zärtlich zu küssen. In diesem Moment fühlte Marius eine Explosion. Ja es war als würde sein Körper explodieren und er würde neben sich stehen. Er fühlte sich frei als schwebe er in den Wolken.

„Hmm, Zsora ich hab noch nie ...“
„Schh...“

Zsora nahm Marius bei den Händen und zog in die Höhe. Erneut küssten sie sich und die junge Frau begann damit langsam den Gürtel von Marius zu öffnen und ihm die Hose nach unten zu streifen. Nun nahm sie seine Hände und legte sie an ihre Hüfte. Auch Marius Hände suchten nun ihren Weg immer mehr nach unten.

Nun packte Marius Zsora, hob sie hoch und ließ sich sanft mit ihr auf den geknüpften Läufer vor das prasselnde Kaminfeuer fallen. Gegenseitig entledigten sie sich ihrer Kleidung, wobei es bei jedem Kleidungsstück immer schneller ging. Endlich waren Sie nackt. Marius lag aufrecht neben Zsora. Die junge Frau lag auf dem Rücken. Sie war schön. Ihre Haut war weiß, sehr hell. Ihre Brüste waren klein aber umso mehr anziehend. Zwischen ihren Brüsten schlängelte sich eine grüne Drachentätowierung über den Bauchnabel bis auf die rechte Pobacke.

Die Erregung von Marius hatten nun Ihren Höhepunkt erreich und es bahnten sich bereits kleine Mengen von Sperma ihren Weg ins Freie.

Zsora hatte Ihre Augen geschlossen. Sie genoss das Feuerwerk an Gefühlen dass Ihr Körper ihr gerade gestattete.

„Komm!“ flüsterte Zsora packte Marius und zog ihn zu sich rüber.

Der Körper von Marius war so heiß, dass ihm der Schweiß über den Rücken lief. Auch fand sein edles Körperteil sofort seinen Weg. Zsora stöhnte auf und Marius war Erlöst.

„Zsora, ich...''

„Schh, mein kleiner Torgänger es war wunderschön, und nun schlafe ein wenig''

Kraftlos ließ Marius sich zur Seite fallen und schlief sofort ein.

Ein Reptil! Halb Mensch halb Scheusal! In der einen Hand hielt es das Zweihänderschwert. Langsam schritt es auf den Steinaltar zu. Dort lag Zsora. Nackt und angekettet. Das konnte doch nicht sein. Das Scheusal drückte den Kopf von Zsora nach unten und begann langsam mit dem Schwert den weißen hellen Bauch aufzuschneiden. Blut lief den grauen Stein des Altares herunter.

Marius rannte! So schnell er konnte rannte er! Er würde das Scheusal aufhalten. Er würde Zsora retten.

„Aaaaaahhhh" Marius schreckte schweißgebadet hoch.

„Marius was ist los" schrie Zsora

Mit lautem Getöse stieß der Bär die Eichentüre welche in die Halle führte auf.

„Was ist passiert" schrie nun auch Brommi.

Marius der zuerst kein Wort herausbrachte und sich sammeln musste winkte beruhigend.

„Ich, ich habe nur geträumt" stammelte er.

Zsora welche noch immer nackt war nahm ihn in den Arm.

Brommi runzelte die Stirn. „Ähm, also wenn ihr fertig seid, bei was auch immer ihr getrieben habt, dann gäbe es in der Küche Abendbrot" Der Bär trottet davon

Zsora lachte „Ich glaube wir sollten uns anziehen"

„Ja das glaube ich auch" lachte nun auch Marius.

Als die Kleidung wieder ordentlich angezogen war stiegen sie die enge Wendeltreppe in die Küche hinab.

Die Küche war ein gewölbter Raum in deren Mitte in einer offenen Feuerstelle ein großer Kessel zischte. Eine große Fensterfront auf der gegenüberliegenden Seite würde im Normalfall den Raum in ein sonniges Licht tauchen. Doch der Sturm tobte ohne unterlass weiter und Regen klatschte an die Fenster.

„Also es gibt Gemüseeintopf. Ich habe jede Menge von frischem Gemüse hier gefunden. Komisch, oder? Im Übrigen tobt das Gewitter nun schon seit 8 Stunden ohne schwächer zu werden. Das ist das längste Gewitter meines Lebens." Sagte Brommi.

„Es ist kein Gewitter" zischte Zsora, die nun offensichtlich wieder Ihre alte abweißende art wieder gefunden hatte.

Marius setzte sich auf die spartanische Holzbank. „Nun bei einem Teller Suppe hören wir Dir gerne zu, übrigens was ist das hier."

Mürrisch setzte sich Zsora während Brommi allen Eintopf servierte.

„Mein Schloss"

„Dein Schloss?"

„Na ja, eigentlich das Schloss meiner Mutter. Sie war eine Fee der Zeiten und hierher hat sie sich zum Lernen und experimentieren zurückgezogen. Ich habe es in ihren Unterlagen vor 3 Jahren entdeckt"

„Und Du kommst regelmäßig hierher?"

Zsora nickte.

„Deshalb das Gemüse" lachte Brommi

Je mehr Eintopf die junge Fürstin in sich hineinstopfte umso gesprächiger wurde sie.

„Nachher zeige ich euch das Labor. Na ja es ist eigentlich kein Labor, aber ich habe diesen Raum so genannt. Dort befinden sich uralte Pergamente und Bücher mit allerlei Magischen Sprüchen. Auch gibt es viele Uhren, die Meisten sind jedoch bereits zum Stillstand gekommen."

„Und das Gewitter?" wollte Marius nun wieder wissen.

„... ist kein Gewitter. Sonder die Seelenjäger sind in Niangeala eingefallen. Es ist wie das letzte Mal als er meine Mutter Getötet hat."

„Wer ER??"

„Der Satan, Teufel, Belzebub oder wie du Willst"

„Der Teufel hat deine Mutter getötet?"

„Nein nicht nur getötet, er hat ihre Seele genommen, damit er wieder Kraft bekommt. Das ist was die Seelenjäger tun. Sie nehmen andere Seelen sonst würden sie zerfallen. Nur so bleiben Sie bestehen. Diejenigen welche Seelen Sie rauben existieren nicht mehr, nicht in Niangeala oder sonst wo. Sie sind weg!" Zsora weinte.

Marius nahm ihre Hand.

„Unsere ROTEN STEINE sind mächtig und haben die Kreaturen von uns ferngehalten. Aber jedes Mal wenn wir ihre Hilfe, übrigens auch für eure Welt, in Anspruch genommen haben sind sie geschrumpft. Nun ist ihre Mach nicht mehr so stark und mein Vater hat Veronika beauftragt die anderen Steine zu suchen. Denn wenn wir alle vereinen, dann wachsen auch die ROTEN STEINE wieder. Sie wollte mit dem GRÜNEN STEIN anfangen, denn dies ist einer der mächtigen. Aber Sie ist auf Probleme gestoßen, sie ist auf dich gestoßen Marius Gruber" Zsora schaute Marius durchdringen an.

Marius hatte plötzlich einen Kloß im Hals und konnte nichts sagen. Jetzt wusste er warum sein Stein, der

Stein seiner Familie so wichtig für die Fürsten und alle Leute in Niangeala war.

„Äh, oh, das habe ich alles so nicht gewollt" krächzte er nun halblaut

„Natürlich hast du das nicht gewollt, aber die haben ja auch nicht mit dir gesprochen, oder Zsora" warf Brommi ein.

Zsora schüttelte den Kopf.

„Wer hätte schon an eine Paralellwelt geglaubt. An magische Steine, Engel und so viele mehr" Sie richtete ihren Blick wieder auf Marius.

„Ihr hättet es versuchen können" brummte der Bär

Nun schüttelte auch Marius den Kopf. „Nein, ich hätte es wohl nicht geglaubt, also gut, dann lass uns zurückgehen und den Stein deinem Vater bringen.

„Das geht jetzt nicht mehr, kommt ich muss euch was zeigen" Zsora packte die Hand von Marius und zog ihn hinter sich her. Brommi folgte und stapfte langsam die Wendeltreppe empor. Zsora zog Marius quer durch die Ritterhalle bis vor ein mannsgroßes Gemälde. Sie holte ihren ROTEN STEIN hervor und drückte ihn in eine kleine Nische am rechten unteren Bilderrahmen.

Ein kleines Klicken verriet dass etwas entriegelt war. Nun ließ sich der Bilderrahmen wie eine Tür aufschwingen.

Und schon stand er da. Mitten in Zsoras Labor.

„Es ist so, dass außer Euch niemand weiß dass ich eine Fee der Zeit bin. Durch mein Wissen, dass ich mir langsam erarbeitet habe kann ich nun die Zeit manipulieren. Ich habe hier über 30 Jahre gelernt, geforscht und gearbeitet."

„Allein?" wollte Marius wissen

„Fast, bis auf die Zwerge" sagte Zsora, die sich nun nicht mehr allein fühlte.

„Was für Zwerge" brummte der Bär

„My Lady immer zu Diensten" ein kleiner Mann welcher in einer mittelalterliche Ritterrüstung steckte stand plötzlich mitten in der Halle und verneigte sich vor den dreien als wollte er den Boden küssen.

„Ich grüße dich Olam Chef der Zeitzwege" sagte nun auch Zsora und verneigte sich auch so tief.

„Olam ist ein Zeitzweg, ich habe ihn bei meinen Zeitverschiebungen zufällig getroffen. Eigentlich lebt er in einer längst vergangenen Zeit. Er hat mir geholfen, und tut es immer noch"

„Zeitverschiebung, du hast uns alle älter gemacht, ja" wollte nun einärgerliche Marius wissen.

Zsora nickte.

„Warum?"

Zsora sagte nichts, sie gab aber ihren ROTEN STEIN Marius.

Plötzlich wurde dieser ganz warm und glühte.

„Wa... waaa waas soll das" stammelte dieser.

„Du bist der einzige seit 1.000 Jahren der mehr als ein Stein gehorcht! Wenn es stimmt dann gehorchen dir alle Steine und ihre Mächte. Dann kannst du das Böse nicht nur abhalten, sonder vernichten."

Brommi musste sich setzen. Das war alles zuviel.

Der Zwerg nickte. „Und er muss lernen zu kämpfen und seinen Gegner voraus zu sein. Er muss zuerst zu den Porzellanmenschen" sagte nun dieser in einem Akzent der Marius irgendwie Französisch vorkam.

„Wenn wir den Stein meinem Vater oder Veronika bringen, dann wird das Böse zwar für eine kurze Zeit aufgehalten, aber Er wird die anderen Steine suchen und gegen uns verwenden, oder vernichten und dann mit dem SCHWARZEN STEIN das Grauen aufkommen lassen." ließ nun Zsora alle wissen.

„Gut, gut! Aber was ist wenn Marius nicht zu irgendwelchen Porzellanmenschen will und schon gar nicht kämpfen?" schrie Brommi.

„Dann werden sie mich töten, oder?" flüsterte Marius.

Zsora nickte und konnte gerade noch ihre Tränen unterdrücken.

Vor seinen Augen sah Marius die Kreaturen wie sie töteten und verderben brachten und vielleicht seine Freunde ebenfalls töteten oder verletzten. Ja auch Zsora, mit ihrer weichen weißen Haut deren Duft er liebte. Er hatte außer Herrn Hofer nie Freunde gehabt. Jetzt hatte er welche und sie brauchten seine Hilfe. Er würde sie nicht enttäuschen.

„Also gut!" schrie Marius laut durch das Schloss. „Also gut dann werden die mich kennen lernen. Ich werde

mich denen in den Weg stellen, mit deiner Hilfe" Marius
nahm Zsora in den Arm und drückte sie ganz fest.

„Lasst uns alle noch was essen und nach dem Wetter
schauen" brummte ein schon wieder hungriger Bär.

Alle nahmen gerne den Vorschlag von Brommi an und
stiegen die Wendeltreppe in die Küche hinunter. Zsora
wollte gerade die Geheimtüre schließen als ihr Blick auf
eine kleine golden Uhr fiel, welche unter einer dicken
Glashaube in einer Nische des Labors stand. Die Uhr
lief langsam, sehr langsam. Und sie lief rückwärts. Zsora liefen die Tränen über die Wange, es war ihre Uhr.

Harms war der erste der mit seinem Spieß vor die Türe
wagte. Nexlingen war nicht wieder zu erkennen. Überall
lagen Trümmer, Dachziegel und Schutt. Veronika folgte
ihm.

„Mein Gott" schrie sie

Einige Häuser standen in Flammen.

„Der Atem des Todes hat die Stadt gestreift" sagte
Harms seinen Spieß nun noch fester umklammert.

„Was sollen wir bloß tun?" Veronika ging in die Hocke.
Ihr Kreislauf drohte zu kollabieren.

„Zu Meister Cain" sagte plötzlich eine Stimme.

Harms drehte sich blitzschnell um. Dort stand Elisabeth.

„Was?"

„Zu Meister Cain bringt sie den Torgänger"

„Die ist total übergeschnappt" schrie nun Veronika. Nun musste sie sich setzen.

„Wer ist Meister Cain?" fragte Harms verblüfft.

„Das Oberhaupt der Porzellanmenschen."

„Hmmm, gut dann wissen wir jetzt wo wir hin müssen."

„Das geht nicht, die sind schon seit 10.000 Jahren tot"

„Tot?"

Veronika sah Elisabeth an. „Sie manipuliert die Zeit, habe ich recht?"

Elisabeth nickte.

„Mist!"

Harms griff die Hand von Veronika. „Also hohle ich mein Volk, wir brauchen hier jeden Kämpfer."

Veronikas Blick war glasig und sie nickte stumm.

„Und ich berichte meinem Vater, von nun an wird in Niangeala die Sonne sinken." Sie griff die Hand von Harms. „Bitte beeile dich"

Harms nahm seine Spieß schwang sich auf ein Pferd und galoppierte wortlos dahin.

Er fühlte sich stark. Es war leicht gewesen. So leicht. Keinen Widerstand. Die ROTEN STEINE waren wohl fast am Ende.

Lautlos betrat er das Lager. Sie waren ihm gefolgt und hatten sich gelabt. Viele Seelenjäger waren erstarkt.

Was soll es.

„Herr Ihr seid zurück!" flüsterte Anatoll.

„Ihr ward unartig"

„Verzeiht aber wir waren am vergehen, wir brauchten Leben! Verzeiht, bitte!" stammelte dieser und warf sich auf den Boden.

Aber er beachtete ihn nicht. „Habt ihr eine Spur von Marius?"

„Nein er und das rothaarige Bist sind wie vom Erdboden verschluckt."

„Sucht sie!"

„Ja Herr, wir tun alles was in unserer Macht steht.

„Ach und Anatoll, wir brauchen die Seelenlosen. Alle! Bis morgen früh!"

Es war Zeit. Was brauchte er die anderen Steine. Der SCHWARZE war offensichtlich nun stärker als der zersplitterte ROTE. Er würde nun die Vernichtung über alle bringen. Morgen!

Das Unwetter war vorbei! Es hatte einen ganzen Tag gedauert. Fürst Karl war bleich. Er wusste was es bedeutet hatte. Auch wusste er warum die ROTEN STEINE so schnell geschrumpft waren.

Da der GRÜNE nun auch wieder verschwunden war musste Veronika zurück zu den Menschen und die anderen suchen. Sie brauchten einen und zwar schnell.

Fürst Karl stand am geöffneten Fenster und starrte pfeiferauchend in den Azurblauen Himmel.

Wie sollte er vorgehen?

Er musste die Wachen verdoppeln und die Burg auf einen Angriff vorbereiten.

Ja!

Aber wie?

Er wollte nie einen Kampf. Nein nicht einmal nach dem ER seine Frau getötet hat. Das würde sich nun rächen. Es gab zu wenig Kämpfer und die Ausrüstung war vernachlässigt und veraltet.

Und er war Schuld, dass die ROTEN STEINE so klein wurden. Sie waren nicht sein Eigentum, und doch hat er sie benutzt.

Plötzlich bemerkte er einen Schatten, er drehte sich um doch es war zu spät!

„Aaaa" jemand hatte einen rostigen Dolch von hinten mitten in sein Herz gestoßen.

Er brach zusammen.

Sie hatten recht, aber er wollte es so. Nun starrte er in die Augen seines Mörders. In Augen die ihm vertraut waren. Tränen liefen über seine Wange und vermischten sich mit dem Blut das aus seinem Mund quoll.

Veronika war bis vor das große Portal geritten. Sie musste zu ihrem Vater. Jetzt sofort! Sie hatte Harms losgeschickt und er würde mit den Druiden, einer keltischen Armee und dem WEIßEN STEIN der Freiheit zurückkommen. Jetzt musste nur noch der Dickschädel von Vater überzeugt werden.

Veronika rannte die Treppe empor.

„Johann?"

„Komisch, wo war der bloß" dachte Sie. Sonst war Johann wie ein Schatten. Immer zur Stelle, auch wenn man es nicht erwartete.

„Johann, Vater?"

Wo waren bloß alle?

Veronika stürmte in den Frühstückssaal und versteinerte.

Sybyll stand blass und regungslos am Fenster. In ihrer Hand hielt sie eine Helebarde von welcher das Blut tropfte.

Johanns Körber lag vor ihr und sein Kopf rollte gerade vor die Füße von Veronika. In seiner Hand steckte noch das rostige Messer.

„Vater" schrie Veronika verzweifelt. Sie stürmte zum Fürsten. Fürst Karl atmete schwer. Dennoch versuchte er immer etwas zu sagen, doch seine Stimme fand kein Laut.

Sybyll bewegte sich nicht. Ihr Blick war eisig und starr.

„Sybyll, wir brauchen einen Arzt" schrie Veronika. Doch Sybyll bewegte sich nicht.

„Hilfe, Hilfe! Ich brauche Hilfe!!" schrie nun Veronika durch das Fenster in den Innenhof.

Sekunden später wimmelte es im Saal von Arabischen Kriegern.

Ein junger Mann trat auf Veronika zu, die ihren Vater in den Armen hielt.

„Ich bin Mediziner königliche Hoheit. Lassen Sie mich helfen"

Veronika nickte.

Er untersuchte die Wunde.

„Wo ist der Dolch" rief er.

Ein sehr dicker Krieger riss den Dolch aus der Hand von Johann und reichte ihn dem Arzt.

Dieser warf einen kurzen Blick darauf, dann beugte er sich zu Veronika. In diesem Augenblick flackerten die Augen des Fürsten kurz auf und schlossen sich.

„Wir können nichts mehr tun. Seht es ist der SCHWAR-ZE DOLCH!" sagte der Mediziner.

Veronika verstand nichts mehr. Sie hörte die Umgebung als wäre es Kilometer weit weg in einem dumpfen Ton.

Plötzlich packte irgendjemand Ihre Hand und zog sie auf die Füße.

„Vater, mein Vater" stammelte Veronika.

Veronikas Hand wurde nach oben gezogen.

„Fürst Karl ist tot. Es lebe die neue Fürstin und Gebiete-rin der Steine, es lebe Fürstin Veronika"

Alle vielen auf die Knie. Aber das bemerkte die junge Fürstin nicht mehr, auch bemerkte sie nicht die dicke

Elster, die aus dem Fenster flog, denn Ihre Knie und ihr Bewusstsein gaben nach.

Kapitel 5

Tugenden

Der Tag war nahtlos in die Nacht übergegangen. Nach dem Unwetter ist es gar nicht mehr hell geworden. Sie hatten noch lange geredet, bis Zsora vor Übermüdung eingeschlafen ist. So wie Olam es berichtet hatte hat Zsora seit dem Mord an ihrer Mutter nicht mehr geschlafen. Und nun lag sie in seinen Armen und schlief tief und fest. Sie war schön! Ja, richtig schön. Ihre langen roten Haare hatte sie wie immer zu einem Zopf geflochten, welchen Marius in der rechten Hand hielt.

Er fühlte sich gut. Irgendwie fühlte er sich sogar zu Hause. Aber das war komisch, hier war er nicht zu Hause. Er war noch nie hier gewesen. Und doch fühlte er sich geborgen. Lag es an Zsora. Er würde sie beschützen gegen alle Kreaturen und was es sonst noch so gab.

„Pah" dachte er „die sollen bloß kommen".

Eigentlich war es blöd zu diesem Cain zu gehen. Das Beste wäre es direkt mit dem GRÜNEN STEIN zu diesen Monstern zu gehen und diese zu vernichten.

Aber Zsora legte Wert darauf. Es war Ihr sehr wichtig. Und damit war es ihm auch wichtig.

Die Tür knarrte und Brommi steckte seinen großen Kopf durch den Türspalt.

„He, pst. Marius" flüsterte er.

„Zsora schläft" sagte Marius

„Ich weiß, aber du solltest langsam Frühstücken"

„Frühstücken, ist es schon Zeit?"

„Ja wir müssen früh los, und lass sie noch eine Weile schlafen"

„Ich habe keinen Hunger"

„Hmmm, dann trink einen Tee"

Marius trottete wieder willig hinter dem Bären her.

In der Küche wimmelte es nur so von Zwergen.

Es war ein bunter Haufen von kantigen Kreaturen, alle nicht größer als 1 m und alle in mittelalterlicher Kleidung und Rüstungen. Einige hatten lange rote Bärte und sahen aus als wären sie mindestens 100 Jahre alt. Marius musste an Harms denken. Auch er ist Ihm zum Freund geworden.

„Ähm, Olam hatte noch ein paar Freunde mitgebracht und dass ist auch unser Begleitschutz" stotterte der Bär als er den Blick von Marius sah.

„Hab ihr die ganze Nacht Gewürfelt?" wollte Marius nun wissen. Marius mochte keine Glücksspiele egal welcher Art.

„Nicht die ganze Nacht ehrenwerter Torgänger. Nur eine Weile, es blieb auch noch Zeit für eine Menge Met. Hohohoh!" sagte einer der Zwerge währen er ununterbrochen Rülpste.

Die anderen stimmten zum Gelächter ein.

Marius hatte genug. Er stapfte die enge Treppe hoch in den Rittersaal und ging in den kleinen Burghof. Dort war es still. Über den Baumwipfel begann es bereits zu dämmern. Marius war nun allein. Endlich! Seit er hier angekommen war waren immer jemand um ihn herum und redete auf ihn ein. Eigentlich müsste er in seinem Bett liegen. Zu Hause. Stattdessen hat er es nun mit Bären die redeten und rülpsende Zwergen zu tun.

Und Zsora! Ja, er hätte Zsora ja nie kennen gelernt.

Freunde, das hatte er nun und er würde keinen Enttäuschen.

„Marius?" Zsora war wach und kam noch schlaftrunken in den Burghof gelaufen.

„Du bist wach!?" sagte Marius, doch Zsora antwortete nicht sonder nahm ihn zärtlich in den Arm und küsste ihn leidenschaftlich.

„Bist du immer noch bereit?" flüsterte die junge Frau in sein Ohr.

„Jaa Zsora! Für dich und alle meine Freunde" stammelte Marius.

„Du in der Küche ist eine Horde Zwerge und..."

Zsora lachte „Gut dann können wir los".

Es war ein langer Ritt. Harms tat der Hintern weh, aber er war da. Die See war rau heute Morgen, doch das war egal. Er pochte gegen die Tür von dem schäbigen kleinen Fischerhaus, das einzige weit und breit.

„Heda, aufmachen! Ich brauche den Fährmann!" Harms Trommelte weiter. Es war einfach blöd den WEIßEN STEIN zu seinem Volk zu bringen und dieses nach Niangeala.

Aber er wollte sein Volk nicht in der Welt der Menschen lassen, die welche noch übrig waren. Ihre Zeit dort war vorbei. Und der Fürst wollte keine zwei Steine auf dem Schloss. Blöd, denn er war der Torgänger. Natürlich hätte er auch seinen Stein nehmen können und mit seinem Volk auf die Insel ziehen. Hätte. Doch er konnte Veronika nicht verlassen. Er war auf diesem Schloss zu Hause.

„Wenn du nicht augenblicklich diese Türe aufmachst schlage ich Sie ein" schrie er nun. Geduld war nicht seine Stärke.

„Ist ja schon gut. Ich komme ja" brummte nun eine Stimme aus der Hütte.

Die Tür wurde entriegelt und ein aufgedunsenes Gesicht mit roten Rändern um die Augen starrte auf Harms.

„Was willst du?"

„Ich muss sofort auf die Insel"

„Ach lass mich in Ruhe, komm morgen wieder"

Jetzt war es genug! Harms packte den Fährmann mit einer Hand und warf ihn ins eiskalte Wasser.

„Na, nüchtern" fragte Harms neckisch.

„Du, du dass wirst du mir büßen" der bullige Mann stürmte auf den Krieger zu. Harms packte seinen Spieß, ließ ihn wie eine Keule kreißen und schlug zu. Der bullige Mann ging zu Boden.

„K.O. in der ersten Runde. Na ja, dann leihe ich mir halt dein Boot aus." Sagte ein lachender Harms.

Harms haste Boote und wurde schnell Seekrank. Aber dieses Mal musste es sein. Die See wurde noch rauer und es pfiff ein eisiger Ostwind. Er ruderte und ruderte. Es war nicht weit. Bereits nach 2 Stunden sah man die Klippen der Insel. Stunden die Harms wie eine Ewigkeit vor kamen.

Der alte Mann mit dem langen weißen Haar beobachtete ihn. Trotz seines hohen Alters sah er Harms bereits seit einer Stunde. Auch hatte er es seit Tagen gefühlt dass er kommen würde.

Nach 3 Stunden schob ein entkräfteter Harms das Boot an den Strand. Jetzt musste er sich doch übergeben. „Mist" dachte er.

„Willkommen zurück Krieger Harms" sagte plötzlich eine Stimme wie aus dem Nichts.

Harms drehte sich blitzschnell um und wollte seinen Spieß greifen doch dieser wurde ihm bereits entgegengereicht.

Harms lachte.

„Suchst du diesen?" sagte der Mann mit den langen weißen Haaren. „Ich habe dich doch gelehrt umsichtig, schnell und vorausschauend zu kämpfen? Hast du dieses vergessen?"

„Nein mein Oham, aber ihrs seid immer noch der Beste. Der Meister." sagte Harms.

„Hmm, dann bist du Zurück weil du noch mehr lernen willst?"

„Nein, Oham, ich brauche den Stein, Niangeala ist in Gefahr"

Der alte Mann nickte und gab Harms seinen Spieß zurück. Gemeinsam stiegen sie den felsigen Weg vom Strand empor. Harms freute sich sein Volk nach so langer Zeit wieder zu sehen, mit ihnen Lieder zu singen, zu Trinken und zu Lachen. Diese Raue Insel war nun ihr Zu Hause. Es war fast wie in der Heimat, doch für Harms wurde die Insel nie zum zu Hause, er war auf diesem Schloss zu Hause, bei Veronika.

Sie lag im Bett. Vor ihrem Zimmer hörte sie ein Stimmengewirr. Offensichtlich wollte man Sie nicht wecken. Veronika wollte aufstehen, doch sie schaffte es nicht. Das geschehene lief immer wieder vor ihren Augen ab. Johann, der treue Diener ein Verräter! Ihr Vater tot. Sie war allein. Nein, Sybyll! Veronika nahm alle Kraft zusammen und stand auf. Erst jetzt bemerkte sie, dass sie bekleidet im Bett lag. Wahrscheinlich hatte es niemand gewagt sie auszuziehen. Mit langen Schritten ging sie zur Zimmertür und öffnete diese ruckartig. In der großen Goldenen Halle wurde es plötzlich totenstill. Alle verneigten sich und einer schrie „Lang lebe die Fürstin, Herrscherin über Niangeala" Doch dieses war Veronika egal. Sie rannte durch die Halle ins Treppenhaus nach oben zu Sybyll.

„Veronika" Sybyll kam ihr entgegen und nahm Sie ganz fest in den Arm.

Sybyll lag nicht in ihrem Bett. Sybyll war stärker denn je. Ihre Schwester war sonst schüchtern und zurückhaltend. Oft lag sie depressiv in ihrem abgedunkelten Zimmer. Oft Tagelang. Doch jetzt nach so einem Vorfall war sie stark. Veronika konnte nicht mehr. Tränen brachen aus ihr heraus. „Sybyll, Vater, unser lieber Vater" weinte Veronika.

„Der Mörder ist tot und gerichtet, dafür habe ich gesorgt, nun herrscht wieder Frieden auf Er´Paralelle unserm Schloss" sagte Sybyll mit fester Stimme.

„Vater ist in der kleinen Kirche aufgebahrt"

„Gut" sagte Veronika, „lass ihn uns besuchen."

„Ja, ich komme sofort nach"

Niemand bemerkte den kleinen Schwarzen Raben, der von zwei zierlichen Händen aus einem Fenster geworfen wurde, sich emporschwang und in Richtung Osten seinen Flug fortsetzte.

Fürst Karl lag aufgebahrt in der Kirche. Seine sonst so roten Backen waren blass. Er Trug seine prachtvolle Rüstung. Veronika verneigte sich vor Ihm, dann gab sie ihm einen Kuss.

„Oh Vater es tut mir so leid" Sie öffnete die Schnallen am Brustharnisch und griff darunter. Dort war es das Medaillon mit einem der Bruchstücke des ROTEN STEINES. Langsam zog sie es unter dem Harnisch hervor. Nun würde Sie es tragen müssen. Veronika wurde plötzlich aschfahl. Das Stück des ROTEN STEINES, welches Ihr Vater getragen hatte war nur noch ein winziges Krümel. Wie, und vor allem für was konnte es so geschrumpft sein.

Anatol hatte sich beeilt. Es wäre besser gewesen wenn der Mond geschienen hätte. Doch das tat er nicht. Auch fragte er sich ob in diesem Seitental der Mond oder sonst ein Licht irgendwann scheinen würde. Nun stand er vor dem Moor. Dort lagen sie. Verfressen von Würmern und Maden, und doch zur ewigen Existenz verdammt. Sie hatten gemordet, gestohlen vergewaltigt und Schlimmeres. Es waren viele und es kamen immer Neue hinzu.
Unter seinem Umhang verborgen holte er einen kleinen Stab hervor und steckte ihn in den Boden. Dann öffnete er einen roten Lederbeutel, entnahm eine Fußballgroße Kugel. Diese leuchtete als würde sie glühen in violetten Farben. Anatol setzte die Kugel auf den Stab. Augenblicklich bebte die Erde so heftig, dass er von den Füßen

gerissen wurde. Aus dem brackigen Moorwasser erhob sich nun eine dunkle Gestalt ohne Füße und Arme. Es sah aus als würde eine Mönchskutte schweben. Lautlos kam sie auf Anatol zu in einer rasenden Geschwindigkeit.

„Du wagst es uns zu stören Fremder! Jeder der uns erweckt ist zu unserem Schicksal verdammt." schrie plötzlich die Erscheinung.

Anatol wich entsetzt zurück. Die glühende Kugel hatte nun das ganze Moor erhellt und es begann zu brodeln als würde es aufgekocht.

„Der Meister befielt Euch zu sich! Sofort!" keuchte Anatol.

Nun herrschte Stille. Die Erscheinung bewegte sich nicht, noch gab sie einen Laut von sich.

„So, er befielt. Wir haben nichts zu verlieren, wir müssen niemanden mehr gehorchen" durchbrach nun die Erscheinung die Stille.

„Er schickt alle noch einmal ins Leben zurück, die zu ihm kommen" konterte Anatol mit erstickter Stimme.

Die Erscheinung antwortete nicht und blieb totenstill. Dann erhob sich die Kutte als hätte die Erscheinung die Arme erhoben und das Lärmen begann.

Vor seinen Augen entstiegen die Untoten ihren Gräbern. Zu Hunderten, Männer und Frauen. Teilweise hatten sie noch Waffen in ihren Händen. Die Haare klebten an den verfressenen Köpfen. Teilweise hatten die Schädel keine Augen mehr und ihre letzten Kleidungsstücke hingen in Fetzen an den Skeletten oder den vermoderten Körpern.

Anatol nahm die Kugel ab und verbarg diese zusammen mit dem Stab unter seinem Mantel. Nun war es wieder stockfinster. Doch der Tross an Untoten setzte sich in Bewegung um dem Ruf des Meisters zu folgen.

Das Wetter war wie immer. Bewölk, windig und es regnete leicht. Die Luft roch nach frischem Moos und nassem Graß. Die umher liegenden Felsen waren grau und mit bunten Flechten bewachsen. So wie immer. Harms war zu Hause. Zu Hause bei den Kelten seinem Volk. Nach einem kleinen Fußmarsch sah er das Dorf. Kleine aus aufgestapelten Findlingen errichteten Häuser. Aus den Strohdächern allenthalben Rauch. Die Kinder sahen ihn zuerst. „Harms der Große Krieger ist zurück" riefen Sie und hüpften um die beiden ankommenden Männer herum. Doch es war keine Überraschung mehr. Die Ankunft von Harms hatte sich schneller als der Wind herum gesprochen. Moran, ein Vetter von Harms war nun der Clanführer. Er legte beide Hände auf die Schultern von Harms und begrüßte ihn. „Sei willkommen zu Hause. Heute gibt es ein Fest, und morgen besprechen wir dein Anliegen" sagte Moran. Harms nickte und legte auch seine Arme auf die Schultern von Moran. „So sei es" sagte Harms und dachte daran wie sehr die Zeit drängte. Doch für ein Fest bei seinem Clan musste einfach noch Zeit sein. Heute! Mitten auf dem zentralen Platz im Dorf hatten die Frauen ein großes Feuer entfacht. Mehrere Fässer mit Met waren aufgefahren und der Met floss in Strömen. Auch Harms nahm einen der größeren Krüge und schütte diesen in Rekordzeit in sich hinein. Dann zückte er seinen Dolch und schnitt sich ein sehr großes Stück des am Spieß bratenden Hirsches ab. Dass tat gut.

„Schön dich zu sehen Fremder" sagte plötzlich eine Stimme. Harms drehte sich um.

„Elijana"

„Du kennst ja noch meinen Namen"

„Nun ich, äh.. na ja.." stammelte Harms doch das interessierte Elijana nicht. Sie griff nach der rechten Hand von Harms zog ihn zu sich her, küsste Ihn leidenschaftlich.

„Tanz mit mir!" Harms nahm ihre Hand und tanzte um das Feuer zu der Musik der Alten, der Musik der Freiheit.

Der weiße Druide beobachtete die Zwei. „Ein gutes Paar, findet ihr nicht Oham?" sagte Moran und reichte einen Krug Met an Oham, welcher danken ablehnte.

„Die Zeit ist noch nicht reif! Harms hat noch einen weiten Weg vor sich. Er ist in einer Mission hier!" Moran klopfte Oham auf den Rücken.

„In einer Mission, so. Na ja, das hat Zeit bis Morgen"

Doch Oham sah die Zeichen schon lange. Zeit, ja die Zeit würde gegen sie laufen. Noch einen Sturm der Seelenjäger würde sein Volk nicht überleben. Sie waren geflohen, hierher auf diese nordische Insel in Niangeala. Ein Ort den die Seelenjäger nicht erreichen konnten. Doch sie waren hier! Er spürte es. Er spürte die Gefahr, und Harms allein war seine Hoffnung. Die Hoffnung für ein freies Volk. Ein Volk der Natur und der Stärke. Ein Volk dem die Tugenden der Ehrlichkeit über alles ging.

Einem kleinen Volk!

Die Vögel zwitscherten und versprachen einen schönen Frühsommertag. Das Laub der Buchen ging nun von Hellgrün bereits in seine Sommerfarbe von Dunkelgrün über. Brommi hatte die Zugbrücke herunter gekurbelt und die Zwerge schleppten bereits irgendwelche Kisten über die Holzbrücke. Einige torkelten dabei und Marius war sich sicher, dass dies nicht an der Schwere der Kisten lag, sonder eher an dem vorhanden Restalkohol in den kleinen Köpfen.

„Ich freue mich auf Meister Cain" sagte Zsora und schlang dabei zärtlich ihre Hände um den Bauch von Marius herum.

„Na ja, aber brauchen wir den die da" Marius zeigte auf die Zwerge.

„Wir brauchen Schutz"

„Wir haben ja den Stein!"

„Marius, jedes Mal wenn du den GRÜNEN STEIN benutzt wird er kleiner und verliert an Macht. Das war nicht immer so, aber die Steine können sich nicht erholen. Wir müssen sparsam sein. Und glaub mir, diese kleinen Männer sind sehr effektiv."

Marius nickte mürrisch und schritt nun auch über die Zugbrücke. Dort stand Olam und verneigte sich wieder vor Zsora. „Meine Herrin der Wagen ist gerichtet"

Marius stand wie versteinert da.

„Was ist das!!!" rief er. Olam öffnete gerade die Tür einer roten Kutsche welche mit einem bunten Wappen verziert war. Gezogen wurde die Kutsche von 12 Hirschen mit goldenen Geweihen.

„Herr Torgänger, dies ist die Kutsche der Fee der Zeit. Die Kutsche von Fürstin Zsora"

Nun bekam Zsora sogar rote Backen und Marius fand die Ähnlichkeit zu Zsoras Vater Fürst Karl nun als absolut.

„Ich würde eigentlich meine Füße vorziehen Herr Olam" konterte der Torgänger.

Unbemerkt bewegte sich eine kleine Gestalt. Sie kletterte an einem dicken Buchenstamm empor. Dann schoss der kleine Wurzelgnom mit seinem Blasrohr eine kleine Papierkugel über das Blätterdach empor. Blitzschnell griff ein schwarzer Rabe das Kügelchen und flog weiter in Richtung Osten.

„Papperlapapp! Einsteigen!" Zsora schob den verdutzten Marius in die Kutsche.

„Glaub mir Olam ist der Beste Kutscher den es gibt"

Da es an diesem Morgen nichts gab was nach seinen Vorstellungen ablief war nun die Laune von Marius auf dem Tiefpunkt angelangt. Doch es würde noch schlimmer kommen.

Olam stieg auf den Kutschbock, zwei weitere Zwerge auf das Dach und die Hirsche setzten sich nach einem Zungenschnalzer von Olam in Bewegung. Zuerst klapperte es und rumpelte. Zsora öffnete ihren Rucksack und holte die kleine Uhr aus Porzellan hervor. Marius schaute aus dem Seitenfenster und sah wie die Kutsche auf die Schlucht zufuhr.

„Zsora, dieser Mistkerl will uns alle umbringen" Marius war aufgesprungen schlug mit dem Kopf nun an den Kutschrahmen und fiel Bewusstlos auf den Schoß von Zsora. Zärtlich nahm diese Marius und legte ihn in seinen Sitz zurück. Sie musste nun sich um die Uhr kümmern.

Mittlerweile schwebte die Kutsche über der Schlucht. Brommi beobachte alles sehr genau.

Plob! Weg waren Sie. Hoffentlich kommen Sie bald zurück. Der Bär und der Rest der Zwerge machten sich nun auf zurück zum Schloss. Als alle über die Brücke gegangen waren wurde diese nun wieder emporgezogen. Er sollte sie erst bei der Rückkehr von Zsora wieder herunterlassen. Dies würde er strickt befolgen.

„He Bär, lass uns die Zeit mit den Würfel verkürzen" schrie ein kahlköpfiger Zwerg mit einem langen weißen Bart.

„Ja gut!" brummte der Bär. Doch er würde bis zur Rückkehr wachsam sein. Der Feind war dort draußen und er würde ihn zermalmen, wenn er sich ihm in den Weg stellte.

Die Zwerge hatten einen großen ovalen Tisch mitten im Rittersaal des Schlosses aufgebaut. Mehrere Krüge Met standen bereits auf dem Tisch. Doch Brommi winkte ab. Er war nun für das Schloss verantwortlich und musste nüchtern bleiben. Seine dicke schwarze Schnauze juckte. Ein Zeichen für Gefahr!

Der Morgen graute. Im Kopf von Harms musste eine ganze Gruppe von Schmieden sitzen und hämmern. Der Met war gut und doch machte er sich nun bemerkbar. Harms setzte sich auf und ließ seinen Blick in der Hütte umherschweifen. „Ja Hütte, wessen Hütte war dies bloß" dachte er als eine zärtliche Hand ihn wieder nach unten zog.

„Mein Krieger" sagte eine schöne Frauenstimme.

„Elijana!"

Erst jetzt bemerkte Harms dass er nackt war. Er beobachtete Elijana. Sie war schön, sehr schön. Ihr langes weißblondes Haar hatte sie zu einem Zopf geflochten welcher ihr fast bis zu den Fersen reichte. Auch war sie groß, fast größer als Harms. Seit fast 10 Jahren war er nicht mehr hier gewesen. Er hatte ihr gesagt er würde Sie hohlen, und sie hatte auf ihn gewartet. Bis jetzt. Und nun musste er sie erneut zurücklassen, doch er würde sie hohlen. Dieses mal würde er zurückkommen und er würde sie in seinen Turm hohlen.

„Krieger Harms, kommt heraus! Der Rat tritt zusammen" rief eine Stimme.

Harms küsste die noch schlaftrunkene Elijana und zog sich an und trat vor die Hütte.

Von dort aus ging er flankiert von zwei Kriegern einen kleinen Hügel empor, auf dessen Anhöhe sich eine kleine Gruppe von mächtigen Bäumen befand. In der Mitte der Bäumen Stand ein Megalith, ein mächtiger Fels. Aus dem Fels entsprang eine kleine Quelle. Das Wasser sammelte sich in einem Steintrog vor dem Megalith. Auf diesem Trog saß Oham, der Druide. Rechts von ihm stand Moran der Clanführer und links eine komische Gestalt in einer Kutte. „Wer zum Donner war das?" dachte Harms.

„Nun tragt dem Rat euer Anliegen vor Krieger Harms" sagte Moran. Seine Stimme klang feindlich, und abweisend.

„Nun edler Moran und ehrenwerter Oham ich komme im Auftrag von Fürst Karl. Die Gefahr für Niangeala wächst. Seelenjäger sind eingedrungen und machen

Jagd in Niangeala. Die Macht der ROTEN STEINE ist zu schwach. Ich muss den WEIßEN STEIN hohlen und ihn mit den ROTEN vereinen um weitere Angriffe zu unterbinden." sagte Harms

„Ihr Lügt!" sagte nun die Gestalt mit der Kapuze.

Harms griff nach seinem Spieß: „Ihr wagt es mich einen Lügner zu nennen! Gebt euch zu erkennen" schrie der Krieger.

Die Kapuze wurde zurückgeschlagen und es war Fürst Karl.

„Der Fürst sagt ihr wollt den Stein gegen seinen ausdrücklichen Befehl auf das Schloss bringen um ein Komplott gegen ihn zu schmieden" schrie nun Moran.

„Herr, eure Tochter und ich haben gehandelt, es tut mir leid. Alles sollte zu Eurem Besten sein"

„Seht er gibt es zu! Gebt mir den Stein und tötet den" der Fürst zeigte auf Harms. Doch zu mehr sollte er nicht kommen, denn Oham hatte ihn mit seinem Dolch den Bauch aufgeschlitzt.

Harms und die anderen Krieger waren fassungslos. Ihr Druide hatte gerade Fürst Karl getötet.

Harms wollte gerade zum Fürsten rennen als eine Gestalt aus dem Toten Fürst emporstieg.

„Ihr seid verdammt. Ihr alle. Der Meister wird euch alle töten und vernichten" krächzte die Gestalt. Harms erkannte gerade noch die Fratze der 7. Hexe bevor Oham diese mit dem Wasser der Quelle bespritzte und kleine Feuerzungen die Hexe aufzehrten.

Harms konnte sich gerade noch auf seinen Spieß abstützen. Das Geschehene war fast zuviel.

Oham lächelte. „Ich habe es schon lange gespürt. Die Seelenjäger sind wieder da. Doch sie vermögen nicht mich zu täuschen." Auch Moran lächelte. „Wir wollten, dass sie sich enttarnt nach dem Sie ihr Vorhaben preisgab. Harms, du warst nie in Gefahr"

Harms war nun auf die Knie gesunken. „Aber wisst ihr nicht was das bedeutet. Es bedeutet, dass der Fürst tot ist" stammelte der Krieger und brach zusammen.

Marius wollte die Augen nicht öffnen. Er war schon wieder K.O. gegangen. Eigentlich ist ihm das ja jetzt egal. Wo würde er aufwachen? Die Sonne schien, dass konnte er trotz der geschlossenen Augendeckel erkennen. Auch hörte er viele Vögel zwitschern. Vielleicht lag er ja im Wald?

Nein, dafür war das worauf er lag zu glatt. Es war glatt und warm. Eine schöne wohlige Wärme, die seine n Körper durchzog. Sollte er es wagen die Augen zu öffnen. Nein! Das letzte was er gesehen hat war diesen widerlichen Zwerg, der auf den Abhang zufuhr.

Aber tot war er wohl nicht. Dazu fühlte er sich zu gut! Also Augen auf! Aber zuerst nur eines.

Marius blinzelte und erschrak. Mit einemmal riss er die Augen auf, wollte sich aufrecht hinsetzten und rutschte wieder nach unten.

„We,we, we, wer sind sie? Ein Engel?" stammelte Marius

Gegenüber von Marius saß eine Frau. Sie hatte ein fast durchsichtiges weißes Kleid besetzt mit Diamanten an. Ihr Haar war weiß und reichte bis auf den Boden. Doch das was Marius am meisten erschreckte waren ihre Hände. Sie waren aus Porzellan, und doch konnte sie sie bewegen.

„Seid unbesorgt ehrenwerter Torgänger, ich heiße Liween und ihr seid hier sicher" sagte die Frau mit einer flüsternden friedlichen Stimme.

„Wo bin ich"? fragte Marius der immer wieder nach unten rutschte.

„Ihr seid im Porzelanland, einem Land dass nur wenige der Menschen je gesehen haben"

„Im Porzelanland!?"

Eigentlich sollte es nicht mehr geben was Marius verwunderte. Doch täglich wurde er aufs Neue auf eine Probe gestellt.

„Ja, Herr, hier herrscht Frieden und Eintracht. Kommt auf den Balkon und seht!" sagte die Frau

„Also doch! Ich bin tot und im Paradies!" dachte nun Marius. Er rappelte sich auf und stieg von der Liege als er bemerkte, dass auch diese aus weißem Porzellan war.

Liween stand an der Balkontür und wies mit ihren Händen Marius an nach draußen zu treten.

Marius war überwältigt von dem was er zu sehen bekam.

Die strahlende goldgelbe Sonne schien von einem azurblauen Himmel in eine grünes Tal. Das Tal glich einem Garten. Üppige Obstgärten folgten Weingärten, Gemüsebeeten und Getreidefeldern eingesäumt von Palmen und Orangenbäumen. Viele kleine Bäche und Kanäle durchzogen die Gärten in denen kristallklares Wasser plätscherte. Das Tal war eingesäumt von schneebedeckten schroffen Berggipfeln.

„Wow" schrie Marius.

„Ihr seht Herr, es wird Euch an nichts fehlen" sagte Liween und verneigte sich vor Marius.

„Warum sagt ihr immer Herr zu mir? Ich bin kein Herr, ich bin Marius Gruber! Nicht mehr und nicht weniger" sagte der Torgänger.

„Aber ihr seid der Auserwählte." Nach diesen Worten zog sich Liween rückwärtsgehen zurück und ließ Marius alleine.

Doch die Ruhe währte nur kurz und Zsora stürmte in den Raum.

„Marius, es tut mir soo leid" sie umarmte und küsste ihn leidenschaftlich. Auch Marius genoss das Gefühl der Nähe und Wärme. Er hatte sie vermisst, obgleich er nicht wusste wie lange er Zsora nicht gesehen hatte. 1 Stunde, 1 Tag, er wusste es nicht. Auch seine Wut darüber, dass man ihm immer erst hinterher sagte was los war wurde kleiner.

„War ja nicht so schlimm. Aber bitte, zukünftig möchte ich über alle Aktionen vorher, und ich betone vorher Bescheid wissen! O.K.? sagte Marius und zwinkerte der rothaarigen jungen Frau zu. Zsora nickte zustimmend.

„Also, wo sind wir und wozu?" wollte nun Marius ganz seriös wissen.

„Wir sind in der Vergangenheit. 10.000 Jahre vor unserer Zeit Marius im Porzellanland. Hier sind die Steine Entstanden um den Menschen zu Helfen und auch ihre Welt zu einem Garten Eden zu machen. Doch die Menschen sind egoistisch und missbrauchten die Macht die Ihnen gegeben wurde. Sie zerstörten das Porzellanland und die Steine schrumpften. Erst meine Vorfahren wurden zu neuen Hütern und das Niangeala entstand, ein neuer Garten Eden."

„Und um einen Missbrauch zu vereiteln versteckten die Fürsten die Steine einzeln. So hatte nun kein Einzelner mehr die absolute Macht!?" sagte Marius.

Zsora nickte. „Doch das Böse wurde zu Stark und konnte nun nicht mehr kontrolliert werden. Das Böse steckt in uns allen, und wenn es Ausbricht sind wir verloren. Nur wenn wir alle Steine zusammen tun können diese wieder wachsen und das Böse für alle Zeit Vernichten. Aber das kann nur ein Torgänger der Macht über alle Steine besitzt und bisher gab es diese Person nicht"

„Bisher?"

„Bisher!"

„Ihr denkt ich kann das?"

Zsora nickte und ihre Wangen färbten sich rot. Marius mochte das, eigentlich mochte er es noch mehr wenn Veronikas Wangen sich rot färbten. Ein verwirrendes Gefühl.

Marius wollte gerade etwas sagen als Zsora ihren Finger zärtlich auf seinen Mund legte und ihn zum Schweigen verdonnerte.

„Meister Cain ist der Herrscher der Porzellanmenschen. Er wird es herausfinden ob du es kannst und er wird dich lehren dich gegen deine Feinde zu verteidigen. Lass uns zu ihm gehen"

Marius folgte Zsora. „Deinen Feinden" Hatte er Feinde? Und wer waren DIE? Er wusste es nicht.

Obwohl die See ruhig war musste sich Harms nach der Rückfahrt von der Insel erneut übergeben. Schifffahrten waren einfach nicht sein Ding. Nur 200 Krieger konnte sein Volk aufbieten. Es war klein geworden das Volk der Kelten und einen Rest musste Moran noch zum Schutz der Familien zurücklassen. 200! Es musste reichen. 200 und den WEIßEN STEIN. Alle waren bis an die Zähne Bewaffnet und mit blauen und weißen Streifen bemalt.

Es waren Krieger, welche nie zurückweichen würden. Er musste sie anführen Moran war zurückgeblieben.

Nach der Landung teilte Harms die Krieger in 10 Gruppen ein. Sie würden durch die Wälder streifen und dabei unsichtbar bleiben und doch miteinander verbunden um im Ernstfall den Feind zu vernichten. Sehen und nicht gesehen werden, dass war sein Motto. Oham hatte Harms in seine Gruppe eingeteilt. Auch wenn Harms der Torgänger war, so hatte es sich der Alte Druide nicht nehmen lassen in die Schlacht zu ziehen. Dabei ließ er den WEIßEN STEIN nicht aus den Augen. Harms Gruppe ging als erste. Sie verließen den Strand und gingen langsam in den nebligen dunklen Wald. Der Wind frischte auf und es begann leicht zu nieseln. Ein leichtes Unbehagen überkam ihn. Keiner seiner Krieger sagte ein Wort. Ihre Hände hatten Sie fest um ihre Waffen geschlossen. Ihr Blick war starr und wachsam. Sie würden jede Änderung in dem natürlichen Gefüge sofort sehen, hören und riechen. Nun waren sie wie wilde Tiere. Wachsam, scheu und auf der Hut. Der Feind würde keine Chance haben sich unerkannt zu nähern.

Veronika hatte sich hingelegt. Sonst war sie die Starke, doch das Erlebte hatte ihre Kräfte schwinden lassen.

„Gut dass wenigstens Sybyll da war und Sie vertrat" dachte die junge Fürstin.

„Errin, isch abe etwas gekocht. Ihr müscht etwas essen" sagte Nelly und setzte sich ans Kopfende von Veronikas Bett. Veronika setzte sich auf, doch gleich rebellierte ihr Körper wieder. Starke Kopfschmerzen, Übelkeit und Mattigkeit ließen sie sogleich wieder ins Bett sinken.

„Ihr müscht Errin" sagte Nelly erneut.

„Ihr habt ja recht, doch ich kann nicht! Vielleicht in einer Stunde" flüsterte Veronika.

Nelly schüttelte den Kopf. „Isch omme wieder, in halbe Stunde" Beim hinausgehen wurde Sie fast umgerannt als die Tür im Sturm aufgestoßen wurde.

„Veronika" schrie eine starke Stimme. Veronika setzte sich erneut auf und sah Cranford in ihr Gemach eilen.

„Cranford, euch schickt der Himmel" Veronika sprang aus dem Bett und wollte Cranford umarmen doch ihre Beine wollten Sie nicht tragen und gaben nach. Cranford schnappte die junge Frau mit seinen starken Händen und trug sie zurück ins Bett.

„Es tut mir leid! Es tut mir so leid und es ist unverzeilich" brach es nun aus dem Krieger hervor. „Euer Vater hat uns, seine Leibwache in die Wälder am Plateau geschickt um für Eure Schwester Kräuter zu suchen"

„Cranford, ihr seid mir keine Rechenschaft schuldig! Niemand konnte dies Ahnen. Das Böse ist stärker als wir es erahnten." Sagte nun Veronika.

Cranford fiel auf die Knie. „Nun seid ihr meine Herrin. Ich werde mein Leben für Eures geben!"

Veronika lächelte. Seit dem Tod ihres Vaters war es das erste Mal, dass sie wieder lächeln konnte. „Nun alter Freund, das Hoffe ich doch braucht ihr nicht zu tun. Und nun steht auf, es wird mir peinlich" Cranford richtete sich auf. „Wie ich sah wird bereits alles für die Ein-äscherung des Fürsten vorbereitet" sagte der Krieger

„Ja, morgen bei Sonnenuntergang auf den Wiesen vor dem Burgberg. Sybyll kümmert sich um alles" sagte Veronika.

„Sybyll?" fragte Cranford

„Ja, sie war es die den Mörder gerichtet hat. Seitdem ist ihre Krankheit verschwunden. Vielleicht kannst du ihr helfen?"

„Und Ihr müsst essen und zu Kräften kommen" Cranford verabschiedete sich und begab sich auf die Suche nach Sybyll.

Von allen unerkannt brannte ein kleines giftgrünes Feuer in einem der Bastiontürmchen. Der junge Mann der eintrat hatte alle Vorsichtsmaßnahmen auf sich genommen um unerkannt zu bleiben. Sollten Sie ihn erwischen wäre er des Todes.

„Ich habe lange gewartet" zischte eine Stimme aus dem Feuer. Der junge Mann viel auf die Knie . „Herr es wird nicht wieder vorkommen".

„Nein wird es nicht. Morgen zum Abendbrot, wenn die meisten bei der Einäscherung sind. Dann ist es zu tun!" Das Feuer war verschwunden.

Cranford lief schnellen Schrittes den Burgweg herunter als er Saduj von der Bastion kommen sah. „He da, habt ihr Ihre Hoheit Fürstin Sybyll gesehen?" wollte er nun wissen. Doch Saduj schüttelte nur den Kopf und Cranford schritt nun noch übellauniger weiter den Burgweg in Richtung Torturm hinunter. Er würde die junge zierliche Frau schon finden. Aber zuerst musste er noch Wachen aus seinem Team Veronika zur Seite stellen. Das neue Oberhaupt von Niangeala musste geschützt werden und er und sein Team waren die Besten. Cranford hatte alle selbst ausgesucht und geprüft. Sie waren unterschiedlicher Herkunft aus allen möglichen Ländern. Sie waren ein Team und doch waren es alles Individualisten mit einem eigenen Charakter, Stärken und Weißheiten. Es waren Söldner die selber entschieden für wen und wie lange sie arbeiteten. Cranford hielt seine Herkunft geheim. Er war äußerst Muskulös hatte einen Stoppelhaarschnitt welchen er aber meistens unter seinem mit Brillianten besetzten Stirnband, dass er oft wie ein Kopftuch trug verbarg. Seine Waffe war die Armbrust. Eine Armbrust mit Pfeilen aus Silber. Absolut tödlich.

Die Nacht hörte nicht auf. Der Rückweg kam Anatol viel weiter vor als der Hinweg. Vielleicht lag es auch daran das der Tross der Untoten wie eine blinde Kuh torkelnd und schwanken sich vorwärts bewegte. Dass sah alles andere als wie eine Armee aus. Unbemerkt scherte eine Gruppe zerlumpter Gestalten aus und verschwand im dichten Wald.

Er brauchte keinen Schlaf, schon lange nicht mehr. Deshalb stand die große Gestalt gestützt auf den Schlangenstab schon die ganze Nacht auf dem Felsvorsprung über dem Tal um voller Erwartungen die Rückkehr von Anatoll mit den Untoten zu sehen. Nun begann die Sonne aufzugehen und noch immer war nichts zu sehen. Viel Zeit blieb nicht. Der Angriff musste morgen Abend beginnen, genau dann wenn alle versammelt waren um dem Fürsten das letzte Geleit zu geben. Dann konnte er sie überraschen. Ein Angriff war riskant. Er hatte noch gut den letzten in Erinnerung. Der ROTE STEIN konnte nicht geraubt werden und er hatte für lange Zeit viel Macht eingebüßt. Aber seine Seelenjäger waren nicht untätig. Ständige Sticheleien hatte die Macht des Fürsten geschwächt, insbesondere das Große Geheimnis, dass nur er und der Fürst kannten. Es verband sie wie Brüder und doch blieben Sie Todfeinde. Nach dem der Fürst nun tot ist gibt es nur noch Ihn der das Geheimnis kennt.

„Nein!" viel es ihm plötzlich ein. Noch jemand kennt das Geheimnis. Der Arzt. Die große Gestalt hob den Arm und winkte eine Gruppe Seelenjäger zu sich. Sie würden das Problem beseitigen. Schnell!

Zsora nahm die Hand von Marius und führte ihn aus dem Zimmer. Im Flur stand der Zwerg Olam und sein Team.

„Was machen die den hier" fragte Marius voller Abscheu. Aus irgendeinem Grund mochte er die Zwerge nicht.

„Mensch Marius, das ist die Leibgarde der Zeitfee. Und das bin halt ich. Olam ist echt in Ordnung, wenn du ihn erst näher.." sagte Zsora

Doch Marius winkte ab.

Zsora führte ihn ins Freie. Einen Schwall schwülwarmer Luft umspülte sein Körper. Es duftete mediterran nach Kräutern und reifen Früchten. Die kleinen Gartenwege waren mit hellem Kies gesplittet und mit Buchstreifen eingefasst. Alle erdenklichen Kräuter und Früchte konnte Marius auf dem kurzen Weg erkennen. Auf einer leichten Anhöhe stand ein Pavillon aus rotem Holz. Dort führte Zsora Marius hin. Im Pavillon saß im Schneidersitz ein Mann. Das konnte man aber auf den Ersten Blick nicht erkennen. Auch er hatte Bodenlanges weißes Haar. Er drehte sich nicht um und malte weiter mit dem Finger Formen in eine Kiste mit Sand.

„Seid willkommen Marius Gruber, Torgänger des GRÜNEN STEINES der Hilfe. Seid willkommen an einem Ort des Friedens und der Stille. Setzt euch zu mir" seine rechte Hand aus Porzellan wies Marius den Platz neben ihm zu. Marius setzte sich und erschrak zu Tode als der Mann ihn ansah. Nicht nur seine Hände, nein auch sein Gesicht war aus weißem Porzellan. Die Augen waren nicht mehr als kleine runde Löcher, die wie Höhlen auf Marius wirkten. Der Mund war starr und doch sprach der Mann in angenehmen Tönen zu Ihm.

„Was erschreckt Euch junger Torgänger?"

Marius konnte fast nichts sagen. So etwas hatte er noch nie gesehen. Der Mann, oder war es eine Puppe war aus Porzellan. Marius drehte sich suchend zu Zsora um aber diese war wie vom Erdboden verschluckt. Verdutzt ließ sich Marius auf die Erde plumpsen, sagte jedoch nichts.

„Nun, seid ihr plötzlich stumm geworden?! Die Zwerge hatten mir berichtet, dass ihr sehr wohl des Sprechens mächtig seid. Und sogar der Flüche".

184

Nun hatte Marius erstrecht einen Kloß im Hals.

„Ich äh ich ähh ...“ stammelte er.

Der Porzellanmann schob Marius einen Holzrahmen mit Sand hinüber.

„Hier“ sagte er „Lass den Sand einfach durch deine Finger streifen“ Marius hatte den Eindruck, dass der Porzellanmann dabei lächelte obwohl sich sein Gesicht natürlich nicht veränderte. Langsam begann er den Sand durch seine Hände rieseln zu lassen. Er drückte ihn leicht und lies ihn wieder rieseln. Erneut nahm er ihn auf und strich dabei mit der anderen Hand im Holzrahmen auf und ab. Je länger er das Tat umso ruhiger wurde Marius dabei.

„Nun edler Torgänger ihr schuldet mit eine Antwort. Mein Name ist übrigens Cain“ sagte nun der Porzellanmann.

„Ihr seid kein Mensch. Ich habe so etwas noch nie gesehen“ Antwortete nun Marius ohne aufzusehen.

„Haha, ja wahrlich ich bin kein Mensch und ich möchte auch keiner sein“ lachte nun Cain als er plötzlich wieder ernst wurde. „Verzeiht, es gibt natürlich auch unter euch Menschen gute und ehrenwerte Personen. Ihr müsst wissen wir Porzellanmenschen haben mit eurer Rasse nicht viele gute Erlebnisse“.

Marius blickte auf. „Zsora sagte ich müsste zu Master Cain und dann würde ich das Böse besiegen. Also hier bin ich“ sagte nun Marius mit einem sehr entschlossenen Ton.

„So sagt sie dass. Nun Zsora ist eine der Menschen vor denen ich Achtung habe. Und sie liebt euch junger Torgänger. Ich sie schon lange, aber diese Veränderung in Ihr habe ich sofort bemerkt. Zsora würde Ihr Leben für euch geben!" Cain starrte mit seinen kleinen Augenlöchern nun Marius an. Dieser wusste nicht was er jetzt antworten sollte. Zsora war in Ihn verliebt! Mann! Ja aber liebt er sie auch? Genug? All diese Fragen kreisten in seinem Kopf und begannen nun Kopfschmerzen zu produzieren.

„Die Steine, welche die Freude und den Frieden bringen wurden von unserem Volk erschaffen. Wir gaben sie den Menschen damit auch diese die Freude erhalten. Doch diese sind von Habgier und Egoismus zerfressen und nutzten die Macht um uns zu töten. Doch wir entkamen in der Zeit. Sieh dies ist unsere Zeit, unser Frieden und unser Leben. Kein Unglück, kein Verbrechen noch sonst was kann hier geschehen." Cain war aufgestanden und offensichtlich seiner inneren Ruhe beraubt.

„Lasst uns ein paar Schritte gehen, Marius" sagte Cain. Marius stand auf und ging neben Cain her. „Vor all der Zeit ist uns ein Fehler unterlaufen, wir erschufen den SCHWARZEN STEIN der Macht. In Ihm vereinigt sich nun all das Böse. Und es wird immer stärker. Wir sind hier in unserer Zeit, aber wir sind auch die Gefangenen unserer Zeit. Wir können den Fehler nicht korrigieren. Unser einziger Kontakt aus der Zeit war und ist die Zeitfee. Nach dem Tod von Zsoras Mutter war unser Kontakt unterbrochen. Niemand konnte eine Neue Zeitfee einlernen. Doch das Glück war uns hold. Zsora schaffte das Unmögliche und lernte sich selber ein und plötzlich hatten wir wieder Kontakt. Jedoch muss der Fehler immer noch korrigiert werden. Dazu ist jemand erforderlich der in der Zeit reisen kann und eine Macht über alle Steine hat, so wie wir sie hatten. Doch diesen Jemand gibt es nicht! Bis jetzt! Denn Zsora denkt Ihr Marius Gruber Ihr seid so jemand." Cain nahm beide Hände von Marius in die seinen. Es fühlte sich warm und weich an. „Sagt mir Torgänger Marius Gruber, glaubt ihr dass es sich so verhält? Seid ihr unsere Rettung? Könnt ihr alle Steine beherrschen und das Böse vernichten?" Cain sah Marius mit seinen Augenlöchern an. Marius wusste nicht was er Antworten sollte.

„Ich weiß es nicht Master Cain" sagte er nun.

Cain nickte „Gut! Ehrlichkeit ist das Wichtigste. Lass uns die Antworten auf all diese Fragen gemeinsam finden!"

Es war ein kleiner Bauernhof mitten in einer großen Lichtung. Umgeben von Wiesen und Weiden auf denen mehrer Kühe weideten. Die zerlumpte Gruppe hatte den Hof nun schon fast einen halben Tag beobachtet. Fünf Menschen. Zwei Erwachsene und 3 Kinder. Nicht genug für alle. Doch für den Anfang reichte es. Töten und die Seele rauben um mehr Kraft zu erhalten. Rodriguez war sich sicher. Der Meister war er. Er allein. Er würde die Gruppe anführen.

„Also gehen wir!" befahl Rodriguez. Die Sonne war bereits untergegangen und die Waldwiese war in ein dunkelrotes Licht getaucht. Am linken Arm hatte Rodriguez fast kein Fleisch mehr. Der Arm war bei der Dürre der letzten Sommer aus dem Wasser aufgetaucht und die wilden Tiere hatten das faule Fleisch abgenagt. Einige in der Gruppe waren nur noch Skelette. Aber Anatol hatte sie befreit. Befreit vom Sumpf des Verderbens in dem sie für ihre Gräueltaten für alle Ewigkeiten zur Buße gefangen waren. Den Anderen hatte er befohlen das Haus zu umzingeln. Er würde durch die Türe gehen und mindestens zwei Kinder Töten. Aufhalte konnte man sie nicht. Sie waren bereits tot.

Rodriguez trat mit einem lauten Knall die Türe ein. Es brannte kein Licht, kein Feuer im Kamin. Es war dunkel und doch saß jemand am Tisch.

„Willkommen in der Hölle, du Missgeburt" schrie die Gestalt und schlug die Kapuze zurück.

Harms stand auf und schlug Rodriguez mit seinem Spieß zu Boden. Dieser konnte keinen Laut mehr von sich geben, denn der Zweite Stoß durchschlug seinen Kopf. Er ließ den Spieß stecken und zog die Missgeburt ins Freie. Dort hatten bereits die anderen Krieger den Rest von Rodriguez Gruppe umzingelt. Als diese sahen was mit Ihrem Anführer geschehen war vielen Sie auf die Knie und jammerten. Rodriguez wurde bereits von dem Silber mit dessen die Lanze von Harms ummantelt war langsam aufgezehrt.

Doch eine Gestalt blieb stehen „Ihr könnt uns nicht töten. Selbst das Silber wird uns nicht vernichten. Vielleicht für 100 Jahre. Doch dann stehen wir wieder auf aus unserem Grab und werden wieder Morden. Vielleicht gleich Kinder!" Er lachte. Ein Lachen dass Harms durch Mark und Bein ging.

„Nun wollen wir doch mal sehen ob wir dieses Problem nicht in den Griff bekommen" sagte nun Oham der sich seinen Weg durch die Krieger bahnte. Oham legte ein Bündel Stoff auf die Erde, hob die Arme du sprach in der Alten Sprache:

„Notaria atremo ducetraa eso nuria "

Nun öffnete Oham das Bündel. „DER WEIßE STEIN" rief Harms. Der Stein glühte und fing plötzlich an zu Dampfen. Weißer Rauch stieg empor und erfasste die Gruppe der Todgeweihten. Das Entsetzten stand ihnen im Gesicht, doch es half nichts. Als alle von weißem Rauch und Dampf eingeschlossen waren gab es einen lauten Knall und die verbrecherischen Kreaturen wurden von Flamen für alle Zeiten vernichtet. Zurück blieb ein Häufchen Asche. Plötzlich frischte der Wind auf und die Asche wurde hinweg geblasen, dann wurde es Still.

„Gut, Männer der Kelten dem Bösen konnten wir heute eine Wunde zufügen. Jedoch werden noch viele Kommen seid wachsam" rief Harms seinen Kriegern zu.

„Danke, vielen Dank" sagte Andreas Böhms der Vater der Kinder und der Eigentümer des Hofes zu Oham. „Woher wusste ihr?" Oham lachte „Meine Krieger haben die Kreaturen schon vor Zwei Tagen gerochen. Seit einem Tag beobachten wir Sie. Der Wald ist der Freund der Kelten. Nichts in Ihm bleibt uns verborgen. Aber ihr seid hier nicht sicher. Folgt uns nach Nexlingen. Böhms bedankte sich und lehnte doch ab. „Hier ist unsere Heimat und unser Haus, wir bleiben"

„Denkt an die Kinder" sagte Argais ein junger Krieger.

„Genau daran denke ich. Wir können nicht immer davonlaufen! Wir bleiben hier und werden uns verteidigen." Sagte Böhms.

Mit einem unguten Gefühl setzten die Kelten Krieger ihren Marsch zum Schloss fort. Dass sie es nach diesem Vorfall nun sehr eilig hatten war allen bewusst.

Eigentlich war es ein sehr schöner Frühlingstag. Nein, eher war es ein schon sehr schöner Frühsommertag. Das Thermometer zeigte bereits morgens um 10 Uhr 24 Grad Celsius an. Cranford war nun durch das Tor hinaus den Burgberg hinunter auf die dem Berg vor gelagerte

Wiese gelaufen. Alles schien in Ordnung. Wäre da nicht der große Scheiterhaufen auf dem Fürst Kars Leichnam morgen Abend in die Unendlichkeit emporsteigen würde. Fast alle Soldaten der Burg waren hier mit den Vorbereitungen beschäftigt. Mit Hochdruck wurden Hölzer gestapelt, Stühle und Bänke für die geladenen Trauergäste aufgebaut und Unterstände für schlechteres Wetter errichtet. Alle erweckten den Eindruck als würde eher ein Fest als eine Bestattung stattfinden. Nur die Stille der Arbeiter, die weder Witz noch Flausen im Kopf hatten zeigte den Ernst der Situation. Nun Fürst Karl war sehr beliebt gewesen. Und der Tod hatte erst seit einigen Jahren den Weg nach Niangeala gefunden. Erst als die Macht der Roten Steine nachgab, erst dann konnte er sein Werk auch in diesem Land vollbringen.

Sybyll war in ihrem Element. Sie kommandierte wild umher. Nichts war ihr gut genug.

„Herrin, wollt Ihr es euch mit den Soldaten verderben, oder warum schlagt ihr einen so rüden Ton an" wollte Cranford wissen. Sybyll richtete ihren Blick auf Cranford. Ein Blick so hätte er töten können es auch getan hatte.

„So der Herr Leibwache. Wie immer nicht zur Stelle wenn er gebraucht wird. Ja zum Beispiel wenn Jemand einen Ermorden will. Der Fürst welchen ihr geschworen habt zu schützen ist Tod. Schert Euch zum Teufel" schrie die sonst so stille Sybyll.

Die Worte trafen den selbstsicheren Legionär tiefer als er es sich eingestehen wollte. Doch seine Pflicht war eine andere.

„Ich weiß Herrin und es tut mir leid, aber es war der Befehl des Fürsten, der mich aus seiner Nähe brachte"

„Schert euch zum Teufel, sagte ich"

„Ich war noch nicht fertig, und nun ist Eure Schwester die die ich geschworen zu beschützen. Sie ist die Einzige von der ich und die meinen Befehle akzeptieren werden. Und noch ein Wort mehr der Sicherheit. Ihr lass das Burgtor offen? Ihr sammelt alle Soldaten zum Holztragen und stellt dabei nicht einmal Wachen um die Wiese auf? Seid ihr toll oder Lebensmüde oder beides?"

Sybyll kochte vor Wut. Ihr Gesicht schwoll rot an. „Ihr wagt es mich zu beleidigen, und zu kritisieren, ich werde Euch ..." ein dumpfer schlag und Cranford hatte den von Sybyll ausgehenden Schlag pariert und die junge Frau zu Boden geworfen. Dann setzte er sich auf Ihre Brust. Sybyll keuchte und versuchte die Wachen zu rufen brachte jedoch kein Wort heraus.

„Wie ich sagte, nur Eure Schwester gibt mir Befehle! Und nun sichert Ihr die Baustelle ab und schließt das Tor der Burg. Sofort!"

Sybyll nickte wieder willig.

„Gut, braves Mädchen" sagte Cranford. In diesem Augenblick spuckte ihn Sybyll an.

Nachdem Sie, seine Befehle befolgte ging er in sich geschwächt zurück zur Burg. Eine Frau umzuwerfen war eigentlich gegen seine Ehre. Doch hier ging es um mehr, und diese Sybyll hatte er noch nie leiden können. Zuerst immer die Kranke und dann die Chefin. Jetzt würde er ein dunkles Bier in der Burgschenke benötigen. So ein Disput setzte ihm mehr zu als ein Kampf allein gegen 30 Seelenjäger. Beim Aufstieg wählte er nicht den Weg sonder ging Querfeldein durch den Wald.

Knatsch! In irgendetwas war Cranford getreten. Leise fluchte er vor sich hin während er seine Sohlen nach dem vermeintlichen Dreck absuchte. Doch was er sah war kein Dreck. Das was er zertreten hatte besaß eine schmutzige Hose und Jacke und daneben lag ein Blasrohr. Cranford wusste dass er das Geschöpf kannte. Doch er hatte es schon lange nicht mehr gesehen.

„Ein Wurzelgnom!" schrie er. „Mist wo kommen die bloß her" Er zog ein Tuch aus seiner Hosentasche und wickelte den Rest des Geschöpfes darin ein als ein leichtes Knacken eine blitzschnelle Reaktion hervorrief. Der silberne Armbrustbolzen hatten den Auslöser des Geräusches bereit durchbohrt bevor die letzte Schallwelle das Ohr von Cranford erreicht hatte. Langsam ging er zu eine dicken Eiche und betrachtete seinen Bolzen welcher in der Borke des Baumes steckte. Genau genommen steckte der Bolzen in einem weiteren Wurzelgnom und hatte diesen beim Aufprall mit sich in die Borke gezogen. Cranford betrachtete sein Werk nachdenklich. Dann zog er seinen Bolzen heraus und ging schnellen Schrittes den Hang hinauf. Am großen Tor angekommen bemerkte er das Sybyll bereit wie er geheißen die Wachen verstärkt und das Tor geschlossen hatte. Es dauerte fast eine Viertelstunde bis die Zugbrücke unten das Fallreep oben und er in der Burg war. Inzwischen war die Dämmerung bereits herein gebrochen und er begab sich in die Schenke, welche gleich neben dem 2.Torturm im Kellergewölbe des Zwingers eingerichtet war. Cranford ging zur Theke und ohne ein Wort der Bestellung stellte die blonde Wirtin ihm einen großen Krug mit 2 l dunklem Bier hin.

„Wohl bekomm`s!"

Cranford nickte dankend. Seine Gedanken kreisten. Er wusste dass die Zeit ablief. Aber was stand ihnen bevor. Er lauschte den keltischen Klängen welche eine Gruppe Musiker im hinteren Teil der Schenke zum besten gaben.

„Mehr" mit einem Rums stellte er den Krug auf den Tresen.

„Oh, war wohl ein harter" sagte Artep die keltische Wirtin.

„Nicht zu vergleichen was noch kommt" brummte der Söldner.

Artep legte ihre Hand auf Cranford. Sie wusste dass diese nie Gefühle zeigte und doch im innersten sehr weich war. Diese kurze Form der Zuneigung tat ihm gut.

„Entspannt euch und lauscht den Klängen meiner Heimat"

Cranford nickte und ging an einen der Tische die in den Nischen der Schenke standen.

„Artep, leistet mir Gesellschaft und bringt gleich noch einen Krug" rief der Krieger.

Dies hatte Cranford noch nie getan. Sie errötete leicht zapfte ein Bier und setzte sich zu Cranford.

„Ihr macht mir heute Sorgen, mein starker Freund" sagte Artep.

Cranford nickte.

„Seit nun mehr 200 Jahren bin ich und die meinen die Leibgarde des Fürsten. Gerne war ich hier. Ein Ort des Friedens. In den letzten Wochen ist mehr Blut geflossen als in den 200 Jahren davor. Der Tod hat nicht nur den Weg nach Niangeala gefunden sondern lechzt nach mehr. Und nicht genug er wird nicht nur Tod sonder Leid und verderben bringen. All das haben wir in unserer Heimat erlebt. Und wir wollen dies nie mehr erleben. Menschen die wir gerne haben werden gemeuchelt, verstümmelt und ihrer Seele beraubt. Wir könnten weglaufen und Niangeala sich selber überlassen. Aber das werde ich nicht tun. Nie mehr! Wir werden uns der aufziehenden Gefahr in den Weg stellen. Egal ob dies für uns gut oder böse ausgeht. Und sollte es gut ausgehen, so komme ich zurück und werde Euch wenn Ihr es auch wollt zu meiner Frau nehmen." Dann küsste Cranford die verdutzte Artep, trank seinen dritten Krug dunkles Bier in einem Zug aus und verließ ohne ein weiteres Wort die Schenke.

Artep sah ihm nach, lange und hörte die Rufe der anderen Gäste nicht. Ihr Herz raste und sie bekam fast keine Luft.

„Ja edler Freund, ja ich will es auch. Sehr sogar und ich werde auf Euch warten" flüsterte Artep und eine kleine Träne kullerte Ihr über die Wange.

Veronika lag wach. Sie sollte schlafen aber sie konnte nicht. Und doch war sie zu schwach zum Aufstehen. Dieses Gefühl kannte sie nicht. Immer war sie stark und selbstsicher gewesen. Doch der Tod ihres Vaters hatte sie aus der Bahn geworfen. Plötzlich war alles anders. Karl war tot. Zsora und Marius verschwunden und Sybyll so selbstsicher wie nie.

Und es drohte Gefahr. Woher wusste sie nicht aber es war eindeutig zu spüren. Nun war sie die Fürstin der Steine die Herrscherin über Niangeala und sein Volk. Sie sollte aufstehen. Aber ihre Beine gehorchten nicht. Plötzlich hörte sie ein Geräusch als ob eine Tür geöffnet würde. Veronika setzte sich in ihrem Himmelbett auf. Nein die Tür war verschlossen.

„Entschuldigt die Störung My Lady aber es ist wichtig" Veronika machte einen Satz aus ihrem Bett. Vor ihr stand Cranford.

„Was fällt euch ein in das Schlafgemach eurer Fürstin einzudringen" schrie die junge Frau und hatte blitzschnell einen Dolch unter ihrem Bett hervorgezogen.

Cranford setzte einen Schritt zurück. „Gemach Herrin, ich wollte keineswegs, aber seht selbst!" sagte Cranford und warf die Überreste des Wurzelgnoms auf den schwarzen Parkett.

„Was ist das?"

„Ein Wurzelgnom Herrin"

Veronika überlegte. Irgendwann hatte sie schon von so etwas wie einem Wurzelgnom gehört. Doch nur wann.

„Spione des Todes, Herrin. Der ganze Burgberg und vielleicht ganz Niangeala wimmelt es davon. Also bitte folgt mir" sagte der Legionär.

„Wohin und wie seid ihr herein gekommen?" wollte Veronika nun wissen.

„Edle Herrin, seit hunderten von Jahren bin ich und die meinen nun schon im Dienste der Fürsten. Glaubt mir ich kenne jeden Geheimgang der Burg. Auch jenen die ich nicht errichtet habe" Cranford lächelte.

„Ihr habt einen Geheimgang in mein Gemach anlegen lassen, warum?"

„Um Euch zu schützen!"

„Ward ihr schon oft hier?"

„Es ist das erste Mal, glaubt mir!"

„Hmm, und wohin bringt ihr mich?"

„Bringen?!" schrie Cranford entsetzt. „Ihr seid meine Herrin, ich bringe Euch nicht, ich bitte Euch zu einen geheimen Versammlung! Bitte, es eilt"

„Gut, dann sollten wir keine Zeit verlieren, wo ist meine Schwester?"

„Wir möchten nur mit Euch sprechen"

Widerwillig folgte Veronika, die immer noch keinen Sinn darin sah dem Legionär durch die in der Wandvertäfelung eingelassenen Tür. Cranford schloss die Tür wieder hinter sich.

Sie gingen tief in den Berg hinunter durch enge Gewölbe. Veronika konnte fast nichts sehen bis sie in eine hohe Halle kamen die von hellem Fackellicht erleuchtet war. Zuerst war sie geblendet, doch dann erkannte sie um die 20 Gestalten mit Kapuzen.

„Nehmt die Kapuzen ab und verneigt Euch vor Eurer Herrin" raunte Cranford laut.

Nun erkannte sie Veronika. Es waren 3 Frauen und 17 Männer von unterschiedlicher Nationalität und Alter. Es war die Leibwache ihres Vaters.

„Nun Cranford sagt mir was wollt ihr von mir?"

„Herrin es droht eine große Gefahr. Wir alle hier glauben, dass die Seelenjäger das Schloss angreifen und die ROTEN STEINE rauben wollen"

„Wie kommt ihr drauf. Nie würde dieser Abschaum es wagen. Die Macht der Steine ..."

„.... ist zu schwach" rief Cranford. „Sie wurden verbraucht!"

Veronika schluckte. „Ihr wisst!"

„Ja, der Stein eures Vaters hat nicht einmal mehr die Größe der Stücke die er seinen Töchtern gab. Marius und der GRÜNE STEIN ist weg. Herrin wir sind schutzlos. Wenn der Herr des Bösen dies erfährt bricht er mit Höllenqualen über uns herein."

Plötzlich war wider alle Kraft dahin. Die Beine der Jungen Fürstin gaben nach. Gerade noch rechtzeitig konnte Adermitt ein sehr alter weißhaariger Krieger sie vor dem Aufschlagen auf den Boden bewahren.

„Wein, gebt mir einen Becher Wein" rief Cranford „Hier Herrin trinkt"

Veronika nahm einen kräftigen Schluck. „Danke, es geht wieder" stammelte Veronika und versuchte wieder aufzustehen. Sie sah sich in der versammelten Runde um.

„Ihr habt einen Plan? Oder etwa nicht?" flüsterte die junge Frau.

„Ja um ehrlich zu sein keinen guten. Aber wir haben einen!" sagte nun Almira eine junge Kriegerin welche höchstens um die 20 war.

Veronika nickte „Ich höre!"

„Die Steine und ihr edle Herrin müsst fliehen. Jetzt sofort. Wir geleiten Euch hinaus in die Wälder und dann fliehen wir in die Menschenwelt" sagte Cranford.

Nun war sie plötzlich wieder da. All ihre Kraft richtete die junge Fürstin auf.

„Fliehen" schrie sie „Und das aus Eurem Mund! Nie, nie ist die Stunde so dunkel als dass wir fliehen müssen."

Cranford erstarrte. „Hört Herrin er darf nicht in den Besitz eines zweiten Steines kommen, sonst..."

„Das ist mir bewusst! Und auch ich habe einen Plan. Schon vor einiger Zeit habe ich Harms losgeschickt um den WEIßEN STEIN und eine Armee seiner Leute zu hohlen. Jetzt muss die Burg nur noch gehalten und gesichert werden bis sie da sind. Cranford bringt mich in meines Vater Zimmer. Wie ich Euch einschätze gibt es einen Abkürzung dort hin, oder nicht?"

Cranford nickte „Folgt mir" sagte er. Er würde dem Befehl seiner Fürstin folgen und hoffen dass es nicht zu spät war. Die anderen verneigten sich und zogen sich in die engen Gänge zurück.

Seit dem Tod des Fürsten hatte Doktor Eule kein Auge mehr zu gemacht. Zwar ging er tagsüber noch seinen Geschäften nach, doch nachts schloss er sich in sein Schlafgemach ein und beobachtete die Verbarrikadierte Tür. So auch diese Nacht. Der Mond schien besonders Hell, dies hatte er schon lange nicht mehr getan. Natürlich hätte er im Schloss Hilfe bekommen. Doch dann hätte er sein Wissen preisgeben müssen und er hatte es geschworen niemanden zu sagen. Vielleicht würde man ihm auch nicht glauben. Fliehen, ja fliehen, aber wohin. Sie würden ihn finden. Hier in Nexlingen war er vielleicht sicher. Aber wusste es ja besser. Der Fürst hatte die Macht des ROTEN STEINES geschrumpft, ja missbraucht. Für seinen privaten Zwecke. Er hatte ihn gewarnt. Und es hatte nicht geholfen. Es hatte nur zeitlichen Aufschub gebracht und die Steine geschrumpft.

Seine Gedanken kreisten und er wurde etwas müde. „Ja schlafen das würde gut tun" dachte der Arzt. Plötzlich stank es. Es stank nach verfaultem Fleisch und Innereien. Er als Arzt kannte den Geruch. Raus jetzt musste er raus. Doch die Tür war immer noch verbarrikadiert.

„Der Arzt gehört mir" zischte einen Stimme aus der Ecke wo Doktor Eule gerade noch gekauert hatte. Wie war das Möglich. Eine verfaulte Hand griff nach seinem Hals. Er Schrie doch es kam kein Laut aus seiner Kehle. Er griff nach der Hand die sich um seinen Hals gelegt hatte und bekam nur verfaulte Masse zu Greifen.

„Auch ich habe ein recht auf einen Teil der Seele" zischte nun einen andere Stimme. Doch diesen Streit hörte der nette Doktor Eule nicht mehr. Er war tot. Seine Seele wollte den Körper verlassen und wurde dabei von den Seelenjäger aufgesaugt. Was blieb war eine leere Hülle nicht mehr als ein Kadaver eines abgezogene Tieres.

„Feuer wird den Rest zerstören", zischte der eine und entzündete das Bett des Doktors. Nun brachen sie in Gelächter aus in ein Teuflisches Gelächter.

Er hatte alles beobachtet. Zufrieden setzte er sich und legte den Kristallspiegel neben sich. Nun war sein Trumpf allein in seiner Hand. Der Sieg war nah.

Plop!

Er sah auf. Ein kleines Kügelchen lag vor Ihm auf dem Boden, eine Nachricht. Er hob sie auf und entfaltete das Kügelchen. Er wurde blass. Die Freude über den Tod des Doktors war wie weg.

„Anatoll" rief er

„Herr was wünscht ihr?"

„Die Gnome berichten dass eine Gruppe eurer Menschen versucht hat sich meinem Befehl zu widersetzen und auf eigene Faust auf Seelenjagd gingen."

„Herr ich werde…"

„Sie sind tot und vernichtet. Aber das Schlimmste ist dass der WEIßE STEIN auf dem Weg ins Schloss ist. Dann hätten sie zwei und wir keine Chance. Sagt Saduj er muss es heute noch erledigen."

„Ja Herr"

„Wir brauchen die Karte, sonst finden wir die anderen Steine nie" seine Fäuste ballten sich.

Mit großen Schritten ging er zu den verfaulten und teilweise skelettierten Menschen. Es war der Abschaum einer Rasse die die Werte und Tugenden des Lebens vergessen und Egoismus, Selbstsucht und Ignoranz zu seinen neuen Göttern macht.

Den ersten den er sah packte er und schnitt ihm den Kopf ab. Dann nahm er eine Fackel und zündete die

Überresten an. Seine Stimme erklang als würde er einen Lautsprecher benutzen laut über dem Lager. „Weh euch, wenn ihr euch meinem Befehl und Gesetz widersetzt."

Dann drehte er sich um „Anatol, die Vampire! Holt die Vampire."

Veronika setzte sich an den goldenen Schreibtisch ihres Vaters. Sie suchte. Irgendwo war der Knopf in den Tisch eingelassen. Doch sie fand nichts, bis ihr Finger in einer unscheinbaren Vertiefung hängen blieb und ein lautes Knacken auslöste. Das Gemälde welches eine alte Fabelgeschichte von Drachenwesen zeigte glitt wie ein Vorhang leicht zur Seite und gab eine Karte Preis.

„Dies ist eine Karte von Niangeala! Dort wo die kleinen Feuer brennen, dort haben die Seelenjäger zugeschlagen. Ihr seht wir können sie nun überwachen" sagte die Fürstin.

„Überwachen!? Wohl eher die Scherben zusammenkehren. Herrin die Feuer brennen ja nicht als Warnung, nein Sie zeigen das Geschehene an. Und wie ich sehe muss jemand nach Doktor Eule sehen. Dort brennt ein Feuer!"

Veronika drehte sich um und erbleichte.

Das kleine Kügelchen hatte Saduj gelesen und sofort verschluckt. Keiner durfte es zu Gesicht bekommen. Das kleine Fläschchen trug er bei sich. Beim Frühstück würde er es nicht schaffen, da zu wenige etwas aßen. Aber zu Mittag hatten alle Hunger. Das war die Gelegenheit. Er musste so viele wie möglich erwischen um ihnen die Kraft zu nehmen. Dann würde es ein Leichtes sein um in die Festung einzudringen. Besonders die Leibwache! So stand es auf dem Papierkügelchen. Na ja, die Leibwache hatte er schon seit Tagen nicht mehr gesehen. Keiner von Ihnen. Auch der Keltenkrieger war weg und Marius und die Rothaarige. Ob dies etwas zu bedeuten hatte. Wenn es wichtig wäre dann hätte man ihn benachrichtigt. Bald würde das Versteckspiel ein Ende haben. Nach so langer Zeit. Die Zeit seines Lebens. Aber der Triumph würde für all die Entbehrungen Entschädigen.

Der Tag neigte sich dem Ende. Master Cain hatte nur zugehört. Und Marius hatte geplappert. Warum wusste er auch nicht. Aber es hatte ihm gut getan. Sehr gut sogar. Er hatte Master Cain alles erzählt. All seine Gefühle konnte er ohne zu zögern offen legen. Zu diesem Porzellanmenschen hatte ein riesiges Vertrauen, obwohl er ihn nur kurz kannte und er auch nicht genau wusste was Master Cain eigentlich war oder ist. Aber er spürte Vertrauen. Darauf konnte er sich immer verlassen. Auf sein Bauchgefühl. Und dies zeigte nun noch etwas Auf. Hunger!

Master Cain schlenderte fast lautlos mit Marius durch die Gärten als würde er schweben. Marius schämte sich dabei denn er machte dagegen fast sehr viel Lärm.

Endlich gingen sie zurück zu dem Palast aus dem Zsora Marius geführt hatte.

„Es wird Zeit dass du was zu essen bekommst." Sagte Master Cain

Mit einer Geste seiner Hand bat er den Torgänger vor Ihm in den Palast einzutreten.

„Seid willkommen und setzt euch edler Herr" sagte Liween.

„Zsora!" schrie Marius als hätte er die junge Frau schon Tage nicht gesehen. Zsora drückte Marius einen dicken Kuss auf die Wange. Zu seinem Leidwesen hatten auch die Zwergen Garde platz an der Tafel genommen. Der Tisch war mit den erlesensten Speisen gedeckt. Früchte, Mehlspeisen und allerlei gekochtes Gemüse. Dampfende Suppen standen zwischen großen Käseleibern und gekochten Eiern. Nur Fleisch konnte Marius nicht finden.

„Ich bin am Verhungern" sagte Marius und steckte sich ein Gekochtes Ei in den Mund.

„Sag mal, von Tischmanieren halten die Grubers wohl nichts oder?" sagte eine ersichtlich angewiderte Zsora.

„Tschuldigung" brummte Marius noch mit vollem Mund. „Gibt es vielleicht eine Wurst?"

„Edler Torgänger, das Leben welches geschaffen wurde dient nicht dem persönlichen Wohl. Das Töten ist in jeglicher Form zu verachten. Ihr müsst doch wohl noch einiges lernen!"

Sagte Master Cain. Marius war so als würde sein Porzellangesicht nun etwas Ernster aussehen. Aber es konnte doch nicht sein, oder doch? Konnte Master Cain sein Gesicht verändern. Er blickte verstört zu Zsora welche nur ihre Augen rollen ließ.

„Eine Wurst, also echt" flüsterte sie.

„Ha, es geht doch nichts über gebratenes Fleisch" schrie einer der Zwerge und schnappte sich die Schüssel mit der Suppe.

Das Gesicht von Master Cain verfinsterte sich noch mehr. Trotz der nun angespannten Stimmung meldete sich der Magen von Marius zurück. Er nahm sich mehrere Brote und Käse. Nach einiger Zeit bemerkte er das Liween und Master Cain nichts aßen.

„Habt Ihr keinen Hunger Master?" fragte der Torgänger. Nun lächelte Master Cain wieder. „Doch aber wir können solche Nahrung nicht zu uns nehmen. Das ist nichts für uns."

„Nicht!? Für wen bewirtschaftet ihr dann die Gärten und Felder" sagte Marius.

„Für unsere Gäste! Zsora war die erste seit 1000 Jahren" flüsterte Liween.

„Seit 1000 Jahren!" schrie Marius.

„Hrrrrb" rülpste der Zwerg mit dem langen Bart und legte seine Füße auf den Tisch. „Met! Bringt Met" schrie er durch den Raum.

Master Cain sprang auf. „Nun ist es Genug! Olam, es ehrt mich, dass dein Volk die Fee der Zeit mit ihrem Leben schützt. Aber nun ist es Zeit für die Gemächer!"

Der Zwerg mit dem Bart sprang auf den Tisch. „Du Steinklotz willst es mit mir aufnehmen. Oha! Na dann!" Er zog eine kleine dicke Axt und viel um. Wie versteinert blieb er liegen.

Marius berührte Ihn. Er war nun aus Porzellan und über ihm schwebte eine kleine weiße Wolke. Master Cain schnippte mit den Fingern, hob die rechte Hand und die Wolke kam zurück zu Ihm und verschwand in seiner Hand. Die anderen Zwerge trauten sich nicht auch nur zu Atmen. „Es ist Zeit für die Gemächer" wiederholte der Master. Alle nickten und Marius machte sich ernsthafte Sorgen. „Zsora, wir müssen Reden" flüsterte er ihr ins Ohr.

„Ja das müssen wir, am besten zu dritt! Folgt mir auf die Terrasse" sagte Master Cain.

Sie standen am Waldrand unter mächtigen Ästen der Traufbäume. Vor ihnen lag die Ebene welche sich nun bis Nexlingen erstreckte. Bisher hatte niemand versucht sie aufzuhalten. Die Sonne war noch nicht aufgegangen und über dem Graß lag einen dünne schicht von Morgennebel.

„Es ist Ruhig" brummte Harms.

„Zu Ruhig" raunte Moran

„Unsere Gruppentaktik wird hier nichts bringen. Die Sehen uns ja schon über eine Distanz von 10.000 Schritt." Wusste Harms.

„Dann bleiben wir zusammen. Gemeinsam zum Sieg oder in den Untergang. Das ist Keltisch!"

Harms nickte. Es war ja Niangeala. Und eigentlich gab es keine Feinde. Vielleicht hatten Sie ja nichts zu befürchten. Mit diesen Gedanken wollt er sich beruhigen.

„Etjama so garat"

schrie Harms und gab Zeichen zum Aufbruch. Nun verließen sie den Wald. Der Wald und das Nebelland war Ihre Heimat. Dort fühlten Sie sich sicher und Geborgen. Keine Macht der Welt konnte dort einen Kelten erschrecken. Doch die Ebene war anders. Bald würde die Sonne scheinen. Kein Baum bot Schutz. Es beunruhigte die Krieger. Der Feind könnte sie Beobachten und einen Moment der Schwäche nutzen. Doch wo war der Feind und wer war er. Faulige Menschen? Vielleicht andere Wesen der Unterwelt. Harms zog seinen Gürtel enger.

Nach etwa einer Stund erreichten Sie eine Brücke aus Holz welche über den Jarii Fluss führte. Vor der Brücke stand ein Karren mit einer Kiste drauf. An einem der Räder kauerte einen Kreatur. Innerhalb von Minuten hatten sich die Kelten aufgeteilt und den Karren von allen Seiten umstellt. Lautlos und Zielsicher, sogar aus dem Fluss stiegen schwer bewaffnete Krieger.

„He da, was versperrt Ihr den Weg" rief Harms seinen Eisenlanze fest umschlossen.

Die Gestalt ließ das Haupt gesenkt.

Eine knochige Hand kam unter dem zerfressenen Mantel hervor und wurde ausgestreckt als würde sie etwas in Empfang nehmen.

„Gebt mir den Stein und geht zurück. Mit Euch habe ich keinen Disput" zischte einen metallische Stimme. „Geht zurück ihr Kelten in das Nebelland es ist nicht Euer Kampf".

Harms Erschrak. Er kannte die Stimme. Die Stimme des Bösen, des Todes die Stimme des Herrscher der Unterwelt.

„Ihr wagt es euch ohne eine Armee sich uns in den Weg zu stellen! Tötet Ihn" schrie Harms und rannte mit seinem Spieß los.

Einer der jüngeren Krieger namens Kongrath warf sich mit aller Macht auf die Füße von Harms und konnte diesen noch gerade zu Fall bringen.

„Ihr verkennt meine Macht" schrie die Gestalt und ein Ring aus grünem Feuer umringte die Krieger. „Seht, seht dem Tod ins Auge. Dem Tod den ich in eure Welt gebracht habe" Die knochige Gestalt öffnete den Deckel der Holzkiste und zog eine zusammengeschnürte Frau empor. Alle Gliedmaßen waren zusammengebunden und in ihrem Mund steckte ein Holzstab welcher mit Lederriemen hinter dem Kopf fixiert war.

„Elijana" schrie Harms als ein Armbrustbolzen durch die Luft schoss und Elijana tötete.

„Neiiiiin!" zischte die Gestalt krümmte sich vor Schmerzen und versank im Boden. Die Feuer erloschen und es war Still. Elijana war tot. Oham hielt noch immer die Armbrust in der Hand und Harms kullerten die Tränen über die Wange.

Er nahm Elijana in den Arm und entfernte zärtlich ihre Fesseln. Er hielt sie fest. Nie mehr würde er sie loslassen. Alle Krieger standen regungslos da. Workant vom Clan der Ruten nahm seinen Dudelsack und begann die Alten Lieder anzustimmen. Die Lieder vor der Zeit als der Tod nach Niangeala kam. Lieder die Kraft gaben.

„Sagt mir Oham, sagt mir warum? Warum habt ihr das getan?" stammelte Harms.

„Sie war verloren! So oder so. Doch in dem ich sie tötete nahm ich ihm die Macht. Seine Macht ist der Tod! Und hier habe ich über den Tod geboten."

Doch das alles hörte Harms nicht mehr. Er weinte wie ein Kind.

Eigentlich war es ein schöner Morgen. Keine Wolken und nicht zu warm. Cranford hatte eines der Streitrösser aus dem Stall des Fürsten genommen. Pferde waren eigentlich nicht sein Ding aber er musste ja schnell sein. Als er ankam standen die Soldaten der Stadtwache untätig herum. Dort wo das Haus des Doktors war dampfte nun ein schwarzer Haufen Holzbalken. Das Feuer zu löschen war wohl alsbald als sinnlos erachtet worden und so hatte man sich mit dem Kühlen der Nachbarhäuser beschäftigt was wohl auch gelang.

Harms stieg von seinem weißen Schimmel ab und ging in schnellem Schritt auf den Kommandant der Stadtwache zu. Sir Amasio war ein sehr dünner Mann mit einer sehr großen Hakennase. An seinem gepflegten Äußeren erkannte man dass er Reinlichkeit und Sauberkeit in allen Maßen liebte. Er kleidete sich sehr vornehm und trug immer nicht zu einander passende Farben. Heute hatte er einen violetten Wams und grüne Knickerbockerhosen mit knallroten Socken miteinander kombiniert.

„Und so einer verteidigt die Stadt" dachte Cranford ließ sich aber bei seiner Begrüßung nichts anmerken.

„Seid mir gegrüßt Sir Amasio. Sieht ja schlimm aus!" sagte Cranford und streckte seine Hand aus.

Sir Amasio würdigte den Legionär keines Blickes und ignorierte auch dem Ihm angebotenen Handschlag.

„Nun ein Feuer verschönigt nicht ein Haus, was führt Euch her?" sagte Amasio mit fester heller Stimme.

Auch Cranford konnte auf höfliche Floskeln verzichten und kam nun direkt zum Punkt.

„Der Doktor, habt ihr ihn gerettet?"

„Meine Güte, wir hatten alle Händevoll zu tun um die Flammen im Zaum zu halten. Ich denke wenn er im Hause war, dann brauchen wir nur noch Knochen zu suchen." Sagte Amasio

„War er im Haus" wollte nun Cranford mit zunehmender Ungeduld wissen.

„Mein Gott! Ihr könnt einem ja ein Loch in den Wams fragen. Geht und seht selber nach.

Bei eurem Äußeren macht ja ein bisschen mehr oder weniger Dreck den Kohl auch nicht fett" sagte nun der Kommandant und rümpfte seine Hackennase.

Genau auf diese traf nun die Faust von Cranford und traf Amasio total unvorbereitet. Amasio ging zu Boden und blieb bewusstlos liegen. Blitzartig wurde Cranford von einem halben Dutzend Soldaten umringt.

„Hört, dies war eine Sache zwischen uns Beiden. Ich habe keinen Groll gegen Euch. Aber ich werde mich zu verteidigen wissen." schrie Cranford und hatte dabei seine rechte Hand um den Knauf seines Schwertes gelegt.

Führungslos wussten die Soldaten nicht wie sie sich zu entscheiden hatten. Aber sie fürchteten die Söldner und Cranford war ihr Anführer. Seine Kraft war nicht zu unterschätzen und auch konnte niemand seinen Charakter einordnen. Er blieb einfach mysteriös.

„Kommt seht. Ich glaube ich habe ihn" schrie einer der Wachen der noch in den Glutnestern stocherte. Plötzlich war die gerade noch sehr prekäre Situation entschärft. Cranford sprang durch die Gruppe welche sich ihm entgegengestellt hatte und eilte zum Gluthaufen. Der Soldat hob schweigend einen verkohlten Balken empor. Darunter grinste ihn der Doktor an, oder das was noch übrig war. Viel war es nicht. Fast nur der Schädel und noch einige fetzen von Fleisch. Dass es Doktor Eule war konnte man nicht erkennen. Doch Cranford wusste sicher, dass er es war.

Es waren drei Ringförmige Täler welche die Trutzige Feste umringten. Auf den Bergen zwischen den Tälern waren sehr hohe Mauern mit Wachtürmen gezogen. Vom ersten Tor bis zur Pforte an der Feste brauchte man mit einem Pferd im Galopp gute 3 Tage. Die Feste war nicht sehr hoch und überragte die Berge der Täler nicht. Dafür gab es unzählige Tunnel und Stollen deren Höhe nur für Kinder ausreichen. Aus den Bergen und

Hügel wurde unaufhörlich Erz und sonstiges Gestein zu Tage gefördert. In jedem Tal brannten unzählige Hochöfen. Schwerbewaffnete Soldaten patroulierten ohne Pause.

In den Köpfen der Menschen existierte diese Rasse nur noch in Märchen und Legenden. Zwerge! Nein diese gab und gibt es nicht! Und doch ist es diesem listigen kleinen Volk gelungen sich auch in der heutigen Modernen Menschenwelt zu behaupten und unerkannt zu existieren.

Und hier waren Sie zu Hause. Mangun! Das Reich der Zwerge. Überwacht und regiert von Mollerat, dem König seit 3000 Jahren.

Er war alt und sehr blass. Sein Bart hatte das Maß von 20 Krieger bereit überschritten.

Noch immer war er erzürnt. Das Volk der Porzellanmenschen hatte den Zwergen keinen der Steine anvertraut. Doch sie würden einen finden. Früher oder später würde die Erde einen der Mächtiger war als alle anderen zusammen ausspucken und ihn in seine Hände legen. Dann würde die Macht der Fürsten und der Menschen enden. Und er würde Herrschen. Freundschaft und Frieden heuchelte er den Fürsten der Steine seit hunderten von Jahren. Die Zwerge die Beschützer der Zeitfee. So lange bis sie den Weg zu den Porzellanmenschen finden und das Geheimnis der Steine zu lüften vermögen. Doch auch die Zwerge waren nun nicht mehr ohne Magie. Das Graben, tiefer und tiefer hatte Kräfte

214

freigesetzt, welche sie im Laufe der Jahre zu nutzen lernten.

„Herr er ist hier" sagte ein junger Zwerg und verneigte sich bis zu der Spitze seines Schuhs.

„Dann soll er hereinkommen! Oder, hohoho tragt ihn herein." lachte der König.

Die Portale der Königshalle wurden aufgestoßen und 8 sehr stämmige Zwergenkrieger trugen einen silbernen Käfig herein. Darin kauerte eine Kreatur deren Kapuze tief ins Gesicht hing.

Das Atmen viel der Kreatur schwer und sie zuckte am ganzen Körper.

„Oho, wen haben wir denn da? Einen Unterhändler! So! Bekommt euch das Silber etwa nicht?" scherzte der König. Auch er war des Gehens nicht mehr mächtig und wurde in einer Senfte um den silbernen Käfig herumgetragen.

„Herr hört mich an. Ich bringe Euch Geschenke und mein Gebieter bitte Euch im Gegenzug ..." zischte die Kreatur deutlich geschwächt.

„Bittet? Geschenke? Ihr seid mein Gefangener und dem Tode näher als sonst jemand. Wer ist euer Gebieter?" entgegnete der König.

„Es ist der Herr des Todes" zischte die Kreatur.

Alle erstarrten. Auch der König Mollerat wich augenblicklich zurück.

„Seht was ich euch bringe. Worauf ihr schon so lange gewartet habt." Die Kreatur streckte seine verweste

Hand aus in der ein Fingerhutkleiner SCHWARZER STEIN lag.

„Nun lasst mich heraus und hört mich an"

Golumbian war ein biederer Zwerg und zugleich der Schatzmeister. Er hatte mit den sonst so rauflustigen Gesellen nicht gemein. Auch kleidete er sich nur sehr Vornehm, was er in der Welt der Menschen gelernt hatte.

„Dreck, ein klumpen Dreck! Sonst nichts! Herr das ist ein Betrüger." Sagte er

„Hmmm. Und wenn nicht. Dann hätten wir unsere Chance vertan. Golumbian nehmt Euch den Klumpen."

„Herr, ich verstehe nicht"

„Nun wenn es einen Fälschung ist, so wird euch nichts geschehen. Wenn er echt ist wird der Stein es nicht zulassen geraubt zu werden. Er muss übergeben oder durch den Tod des Überbringers sich einen Neuen Herrn suchen. Also?"

Golumbian wurde blass. „Wir sollte hören was der Unterhändler zu sagen hat."

Der König nickte zustimmend. „Öffnet den Käfig" schrie er zu den Trägern.

Die Träger öffneten den Käfig und zogen die geschwächte Kreatur heraus.

„Was will dein Gebieter von dem Volk der Zwerge?" fragte nun Golumbian, welcher sich nun in die Rolle des Königs zu drängen versuchte.

„Der Fürst ist tot. Die Macht von Niangeala ist geschwächt. Mein Herr wird sie angreifen und die ROTEN STEINE rauben. Dazu brauchen wir Eure Hilfe." Zischte die Kreatur.

„Was vermag ein so kleines Volk bei einem so gewagten Plan zu tun." Wollte nun Mollerat wissen.

„Die Zeitfee! Ihr müsst sie töten und das Schwert meinem Herrn übergebe. Und der Junge, es ist ein Junge oder junger Mann bei Ihr. Auch der muss getötet werden!"

„Einen Jungen? Dies ist eines Zwergenkriegers unwürdig." Lachte Golumbian.

Die Kreatur erhob sich und schrie nun. „Ein Junge sicherlich, jedoch der Torgänger des GRÜNEN STEINES nicht"

Der König nickte und lächelte. „Ein Stück des SCHWARZEN STEINES habe ich nun! Und ich weiß, wo der GRÜNE nun ist!" dachte er und schmiedete einen Plan.

Die Sonne war fast untergegangen und es war noch immer warm. Der Duft der reifen Früchte war jetzt am Abend viel intensiver. Marius setzte sich auf ein weiches Rattansofa auf der Terrasse. Auch Zsora setzte sich. Liween kam und brachte Master Cain eine kleine Porzellanschüssel. „Nun muss auch ich etwas Nahrung zu mir nehmen" sagte er und trank die Schüssel in einem Zug aus.

„Nun ist es Zeit für Antworten, mein lieber Marius Gruber. Meine Freundin Zsora ist der Meinung, dass ihr derjenige seid der seit vielen Jahren in Legenden uns angepriesen ist alle Macht der Steine zu vereinen und das Böse für alle Zeit zu vernichten. Auch ich möchte dies gerne glauben, doch wir könne es derzeit nicht herausfinden, da wir nicht alle Steine besitzen. Doch spüre ich eine Macht und Kraft welche von dir ausgeht, die noch nie gespürt habe. Wir werden dich zu nichts zwingen und wenn du willst kann dich Zsora auch in eine Zeit oder Dimension bringen wo du in Frieden leben kannst. Zumindest so lange bis das Böse auch diese Zeit erreicht. Jedoch wäre es mir lieber ich dürfte dich im Bann der Tugenden zu einem Torkämpfer ausbilden. Dann müsstest du alle Steine Suchen und dich dem finalen Kampf um das Böse stellen. Auch möchte ich Dir sagen, dass wir nicht mehr sehr viel Zeit haben. Wie du sicherlich gemerkt hast werden die Steine wenn sie benutzt werden kleiner. Damit wird das Böse stärker und wird versuchen die anderen Steine in seinen Besitz zu bekommen."

„Die Steine, ihr habt sie erschaffen, oder" fragte Marius. Master Cain nickte.

„Ja du hast recht, wir haben sie erschaffen und wurden nach der Macht süchtig. Wir wurden verändert." Master

Cain streifte mit seiner Hand sein Gesicht aus Porzellan.

„Darum gaben wir sie weg um uns zu schützen. Wie du siehst haben wir nicht aus ehrenwerten Gründen gehandelt und wurden dafür Bestraft. Wir haben gelernt und wollen nun alles was in unserer Macht steht tun um die anderen Rassen vor noch mehr Schaden zu bewahren. Deshalb muss jemand aus der Seite der Guten die Steine suchen und sie Vereinen oder wenn dies nicht möglich ist müssen Sie zerstört werden."

„Könnt ihr sie zerstören?" wollte Zsora wissen.

„Ja" antwortete Liween.

„Lieber Marius, wenn ihr es wollt so werde ich euch als Steinkämpfer ausbilden und euch alles lehren was ich bin und was ich weiß. Solltet ihr einwilligen, so gibt es keinen Weg zurück!"

„Und wenn ich nicht will?"

„Dann wird Zsora dich an einen Ort und in einen Zeit deiner Wahl bringen und niemand hegt einen Groll gegen dich."

„Und das Böse wir stärker?"

„Wir werden dann auf jemand anderes warten müssen!"

Marius sprang auf. „Nein, wir haben keine Zeit. Sie töten und rauben Seelen. Ich bin bereit"

„Gemach, gemach. Geht nun zu Bett, wir beginnen morgen" sagte der Master.

Auch Zsora stand auf und wollte mit Marius zusammen hinausgehen.

„Ach liebe Zsora, auf ein Wort unter vier Augen" sagte Cain.

Marius und Zsora schauten sich verwundert an. „Geh schon vor Marius" sagte Zsora und lächelte"

Marius zuckte mit den Schulten „Gut!" und ging in sein Gemach.

Master Cain stand auf und schob den Ärmel von Zsoras Gewand etwas zurück. Lange betrachtete er den kleinen schwarzen Punkt. Er sah aus als wäre es ein Muttermal oder ein Insektenstich.

Master Cain viel erschöpf zurück auf einen der Sessel und hielt sich die Hände vor das Gesicht. „Was habt ihr getan!?" flüsterte er ohne aufzusehen. „Ihr werdet sterben, bald werden sie euch hohlen!"

Zsoras Blick wurde eisig! „Pah, dass soll die erst mal wagen. Flammenschwert wird sie alle vernichten." Dann viel auch Zsora erschöpft in einen der Sessel.

„Es tut mir leid! Ich konnte nicht anders. Diese Hexe, sie hat meine Mutter verhöhnt. Ich musste sie Töten." Flüsterte nun Zsora.

„Keine Wahl? Ihr hatte immer eine Wahl. Eine Wahl euch auf die Seite der Tugenden zu stellen und euch Stärke zu verleihen. Nun habt ihr die Regel gebrochen und einen Feind der bereits geschlagen war aus Rachegelüsten getötet. Nun meine Zsora steht ihr auf der Schwelle der Untoten und sie werden Euch hohlen, bald!" sagte Master Cain mit ernster Stimme.

„Es war mir egal, was mit mir passiert und was die anderen denken. Ich hatte keine Freunde und kannte die Liebe nicht"

„Ihr kanntet nicht, nun kennt ihr sie!"

„Ja, ja ich liebe ihn! Master ihr müsst mir helfen, bitte" Master Cain schüttelte den Kopf. „Es gibt nur etwas was ich tun kann." Cain reichte Zsora die Schüssel mit flüssigem Porzellan. „Trinkt und werdet einer von uns, dann werden die Seelenjäger Euch nicht finden!"

„Nein, Master! Dieser Preis ist zu hoch. Dann werde ich seine Gefährtin sein und die Liebe genießen biss der Tod mich findet. Und noch eins, dies bleibt unser Geheimnis.

Zsora stand auf und verließ die Terrasse. Nur der Mond schien an diesem Abend ein Lächeln aufgesetzt zu haben und zeigte sich in der Fülle seiner Pracht.

Harms fühlte sich schlecht. Er taumelte mehr als dass er ging. Die Sonne hatte nun ihrer Höchststand erreich und sie gingen gegen ihre Art in einer Gruppe. Das offene Land zwang sie ihre Marschtaktik zu ändern. Sich aufzuteilen hätte eh keinen Vorteil. Die Hitze machte allen zu schaffen besonders Harms fühlte sich im Nebel bei leichtem Nieselregen deutlich wohler.

„Bis Sonnenuntergang sind wir in Nexlingen, dann haben wir es geschafft" gab er der Gruppe Mut. Oham konnte schon seit 2 Stunden nicht mehr gehen und saß deshalb auf dem Karren, welchen sie erbeutet hatten. Plötzlich schob sich eine kleine schwarze Wolke vor die Sonne. Allen tat die leichte Abkühlung gut. Doch war es eine Wolke? Eine Wolke die langsam näher kam, und doch unbemerkt blieb.

„Hee, das ist aber mal was komisches" schrie Toral uns zeigte auf die Wolke. Harms blieb stehen und schaute in Richtung Wolke. „Hmmm. Oham was meint Ihr?" sagte Harms.

Der Wind frischte auf und in der Ferne hörte man ein leichtes klatschen als wenn man im Winter mit ledernen Handschuhen in die Hände klatscht. Nun versuchte auch Oham etwas zu erkennen, aber seine Augen waren schon schlecht. Seine Ohren jedoch erkannten das Geräusch. Ein Geräusch, welches Ihm das Blut in den Adern gefrieren ließ.

„Die Götter stehen uns bei!" schrie er. „Vampire, geht in Deckuuuuuung!" Das letzte Wort war noch nicht verhallt als die Ausgeburten der Hölle sich über die tapferen Krieger hermachten. Völlig unvorbereitet wurden einige zu Boden gerissen und in die Hälse gebissen. Zielsicher trafen die Tiere die Schlagadern und ließen die Gegner ausbluten. Kleinere Vampirvögel labten sich an den in Strömen fließenden Blut. Den kräftigeren Kriegern gelang es einigen die Köpfe abzuschlagen was jedoch die

Beißwut der scharfzähnigen Mäuler keinen Einhalt gebot. An einigen Krieger rissen die Vögel bei lebendigem Leib Fleischstücke aus dem Leib.

„Oham der Stein, benütz den Stein!!" schrie Harms und versuchte mit seiner silbernen Lanze die Tiere auf Abstand zu halten.

„**ANATA, DORTA SETA**" betet Oham und ein weißer Nebel breitete sich aus welcher so dick und zäh war dass man seine eigene Hand vor Augen kaum sehen konnte. Harms konnte nichts mehr sehen, jedoch hören. Noch immer waren Schreie und das Schmatzen der Vögel zu hören. Dann wurde es warm und ein Wind kam auf. Instinktiv warf sich Harms auf den Boden als bereits der Wind auffrischte. Ein warmer Wind der immer heißer wurde und zuletzt zu einem Feuersturm der alles vernichtete.

Nun war es still. Kein Laut, kein Vogel war zu hören. Er lag mit dem Gesicht auf dem Boden und hatte die Arme im Nacken zum Schutz verschränkt. Mut, ja das brauchte man nun um die Augen zu öffnen. „Noch ein kleines bisschen" dachte Harms und wollte einfach nicht aufstehen. Vielleicht war er tot? Vielleicht war auch Niangeala verloren?

„Harms, lebt ihr noch" schrie eine ihm bekannte Stimme.

„Nein Morat, ich bin tot" antwortete Harms.

„Komm, ich helfe dir auf" Morat zog an Harms als wäre er ein Sack Getreide.

Ein grausiger Anblick bot sich Harms. Die Hälfte aller Keltenkrieger war tot. Zerstückelt, ausgeblutet und aufgefressen. Dazwischen lagen die verbrannten Skelette der Vampirvögel. Der WEIßE STEIN hatte alle vernichtet. Oham hielt ihn noch immer in Händen.

„Wir müssen weiter!" schrie Harms zu den Überlebenden.

Die Krieger richteten sich auf und Oham verpackte den Stein sorgfältig. „Noch ein Angriff und unsere Mission scheitert" flüsterte Morat Harms ins Ohr. „Ja und da wäre noch etwas. Jemand hat uns verraten. Die wissen, dass wir mit dem Stein unterwegs sind" sagte Harms.

Moran nickte. „Es steht schlecht um Niangeala!"

„Wie meint ihr das?" wollte Harms wissen.

„Nun, zwei Angriffe im Land der Fürsten bei helllichtem Tage! Mir scheint die Macht der ROTEN STEINE geht zu Ende.

„Deshalb müssen wir uns beeilen. Wir haben keine Zeit!" antwortet Harms.

Nur die Zwerge besaßen ein Portal in die Menschenwelt. Außer ihnen konnten nur Torgänger und welche die von den Torgängern mitgenommen wurden in die Menschenwelt und zurück. Den Zwergen war es möglich durch das Portal tief unter dem Schloss des Königs beliebig hin und her zu wandeln. Dies wurde auch genutzt und in der Menschenwelt lebten mehr Zwerge als ihnen vielleicht lieb wäre. Auch war es möglich durch das Portal innerhalb von Niangeala sehr zeitsparend zu reißen. König Mollerat schickte heute Golumbian durch das Portal. Er musste die Eskorte der Zeitfee finden und diese mit den Neuen Befehlen des Königs vertraut machen. Schon lange war er nicht mehr so tief unten. Es waren lange Gänge in denen man sich schnell verlaufen konnte. Einmal falsch abgebogen und Plopp. War man verschwunden. Doch er kannte sich ja aus. Das dachte er bis er am Eingang in eine der Gewölbehallen plötzlich emsiges Treiben vernahm. „Mist! Bin ich falsch abgebogen" dachte Golumbian. Instinktiv blieb er im Schutz der Schatten stehen und beobachtete das Geschehen. Mehrere Zwerge schleppten eine Kiste aus purem Silber in einen alten Stollen. Dann rannten sie schnell heraus als eine Explosion den Stollen zum Einsturz brachte. Alle lachten Hämisch.

„Der wird jämmerlich verrecken" schrie einer. Golumbian brach der kalte Angstschweiß aus. Er rannte zurück zu seinem Weg und zu seiner Aufgabe.

Der Abend kam nun immer später. Bald würde die Sonnwende gefeiert. Doch daran konnte Veronika nicht denken. Die Ereignisse überschlugen sich immer mehr. Cranford war noch nicht zurück. Sybyll war sauer. Und in ihrem Magen hatte sich ein flaues Gefühl ausgebreitet. Gut sie hatte auch kaum was gegessen. Doch es war ein anderes Gefühl. Ein Gefühl der Angst und der Sorge. Ein Gefühl dass etwas Schreckliches unabwendbar bevor stand.

Veronika saß am Schreibtisch ihres Vaters. Den Kopf hatte sie in die Hände vergraben. Sie war nun die Neue! Sie war verantwortlich und konnte nun niemanden um Rat fragen oder um Hilfe bitten.

Aber es gab etwas das nur Sie konnte. Es war Zeit es zu versuchen.

Leise schlich sie durch den in Orangen Licht der untergehenden Sonne getauchten Korridor. Sie nahm den Weg der Außen an den Fenstern vorbei führte. Hier würde sie um diese Uhrzeit niemanden begegnen, der Fragen stellt. Darauf hatte sie nun Weißgott keine Lust. Dass hinter dem Bild eines Ritters aus Urzeiten eine Tür war hatte ihr einmal ihre Mutter erzählt.

„Wenn einmal alles aus den Fugen gerät und du Hilfe brauchst, dann suche den Eingang am Bild des Starren Ritters. Nehme die Treppe nach Oben, denn nur Du kannst mit Ihnen reden"

Dies hatte Sie gesagt. Nun war es Zeit es zu versuchen. Zuerst suchte Veronika ein Schloss oder einen Riegel. Doch nichts. Auch drücken oder Schieben an den Bildränder half nichts.

Das Bild abhängen ginge nur mit Hilfe. Ja Harms würde es schaffen, doch sie die kaum 55 Kilo wog hatte dazu keine Chance. „Na gut. Ein Versuch war es wert." Dachte Veronika und wollte gerade zurücklaufen als eine sanfte Stimme ihren Nahmen rief.

„Veronika, Fürstin der Steine was ist euer begehr?" Veronika drehte sich erschrocken um, doch sie konnte niemanden erkennen. Hatte Sie sich dies nur eingebildet, spielte ihr Verstand nun total verrückt. Plötzlich erstarrte alles in Ihr. Der Ritter auf dem Bild verbeugte sich vor Ihr und wiederholte seine Frage.

„Ich, i... ich ... brauche Hilfe" stammelte die junge Fürstin.

„Dann tretet ein" sagte der Ritter und verschwand und Veronika erkannte eine schmale Steintreppe die nach oben führte. „Nehme die Treppe nach Oben" das würde Sie nun tun.

Amasio war wütend. Was bildet sich dieser dahergelaufene Söldner bloß ein? Ihn einen Soldaten des Fürsten zu beleidigen. Pah! Er war der Kommandant der Stadtwache. Und der andere war nichts in seinen Augen.

Amasio wohnte in einem feudalen Fachwerkhaus direkt am Marktplatz. Bis zur Garnison der Stadt, seinem Arbeitsplatz brauchte er nur 3 Minuten. Doch heute war ihm der Rückweg wie einen Ewigkeit vorgekommen. Noch einen Schluck Wein und dann würde er zu Bett gehe. Müde schleppte er sich die knarrenden Holztritte zu seinem Wohnzimmer empor. Amasio erschrak als er die Türe öffnete. In seinem Kamin brannte bereits ein loderndes Feuer und an seinem Tisch saß eine Kreatur mit einer Kapuze.

„Seid Willkommen edler Kommandant" zischte eine schlangenhafte Stimme.

„Wer seid ihr und wie seid ihr in dieses Haus gekommen" brüllte der Kommandant und zog seinen Degen.

Die Gestalt hob die linke Hand und der Degen von Amasio stand in Flammen.

Amasio brüllte vor Schmerzen und ließ den Degen fallen.

„Kommt und seht was ich euch biete" die Gestalt hob wieder die linke Hand und mit einem extrem langen vergilbten Fingernagel zog er einen Riss in die Luft als wäre sie aus einer festen Substanz. Der Riss öffnete sich und zeigte Amasio ein Bild. Amasio ritt unter großen Rufen als Sieger in die Stadt. Hinter seinem Pferd zog er Cranford der ein Joch trug und in Ketten gelegt war. Er Amasio war ein Held. Veronika überreichte ihm einen goldenen Lorbeerkranz. Plötzlich war das Bild Düster. Amasio lag in einem Verließ. Er war verletzt geschlagen und Dreckig. Ein Seelenjäger zog ein Messer ...!

„Nun wählt selber" zischte die Kreatur und lachte.

Veronika war nun die enge Treppe empor gestiegen und stand nun in einer Halle welche aus lauter kleinen Torbögen im rotem Marmor gehalten wurde. War sie überhaupt noch im Schloss oder bereits im Himmel. Sie wusste darauf keine Antwort. Einen so schönen Raum hatte sie noch nie gesehen. In der Mitte stand ein roter Fels aus dem eine klare Quelle sprudelte und in eine Bach mündete der die Halle in kleinen Mäandern durchfloss. „Wo das Wasser wohl hin floss?" dachte Veronika als ein Gesang eines kleinen Vögelchens sie noch weiter nach vorne Lockte. Auf dem Roten Fels saß ein sehr kleines Vögelchen aus purem Gold und sang ein so schönes Lied, dass Veronika die Tränen kamen.

„Seid mir Willkommen edle Fürstin. Es ist lange her, dass jemand bei mir war." Sagte nun das Vögelchen.

„Ihr kennt mich?" fragte Veronika ungläubig.

„Jaa! Ihr seid doch die Fee des Waldes. Seid eurer Geburt warte ich auf Euer kommen."

„Waas ich eine Fee? Nein, nie, wieso, wie kommst du drauf?"

„Ihr seid geboren am Halben Neumond im Sternzeichen des Widders. Ihr habt die uralte Kraft der Feen und nun seid ihr zu mir gekommen."

„Wer bist du" wollte nun Veronika wissen.

„Wer ich bin? Nun ich bin der Bote der Fee des Waldes. Sagt mir Euer Begehr und ich werde es veranlassen."

„Ich brauche Hilfe"

„Wie Ihr wünscht" sagte das Vögelchen und drehte noch eine Runde und entschwand im Gewölbe.

„Wie ihr wünscht! Pah! Alles Kokolores! Abgehauen. Der BOTE des Waldes" Veronika war verwirrt und Sauer. Jetzt musste sie aber zurück. Vielleicht war ja Cranford mit Neuigkeiten zurück.

Ein Plopp und Golumbian war da. Genau wie er wollte. Das Schloss der Zeitfee. Blöd war dass es schon Dunkel war. Also musste er wohl oder übel Offiziell ankommen. Er versuchte vorsichtig den Abhang des Buchenwaldes hinunterzuklettern was ihm aber misslang. Mit lautem Getöse rollte er bis fast an den Graben der den Fels der Burg vom übrigen Berg trennte.

Golumbian stand auf und klopfte seine Jacke von altem Laub ab. Er räusperte sich und trat noch etwas näher an den Graben heran.

„Heda, Wache öffnet die Brücke" rief er

Im Schloss hörte man wirre Stimmen. Ein sehr dicker Zwerg mit dem Namen Caramb späte verhohlen über die Zinne.

„Wer seid ihr und was wollt ihr?" knurrte er.

„Ich bin Golumbian der Gesandte des Königs der Zwerge. Ich habe eine Nachricht für die Zeitfee."
Nun herrschte Stille. Dann gab es Gemurmel. Golumbian wusste nicht so recht was er davon halten sollte.
Eine Stunde war nun verstrichen und nichts rührte sich.
„He, Wache! Öffnet nun sofort das Tor, sonst ..." Golumbian bemerkte gerade noch ein Zischen und den schwachen Luftstrom welches der Pfeil verursachte der gerade an seinem linken Ohr vorbei flog.
„Aaaaa" schrie der Bote und warf sich zur Seite.
„Gib Ruhe! Morgenfrüh sehe ich mir dein Gesicht an, dann weiß ich was du im Schilde führst"
Brummte eine Stimme über die Zinnen.
„Na gut. Dachte Golumbian doch Morgen, ja Morgen werde ich es euch zeigen!"

Veronika war sauer. Zeit hatte sie vergeudet. Sie wollte gerade die Halle im Schritttempo verlassen als ihr ein Leuchten auffiel. „Was ist das" dachte die junge Frau. Neugier der Motor all unseres Tun trieb sie dem Leuchten nachzugehen. Es war ein gelbes Licht, fast so gelb als blühte der Löwenzahn an einem sonnigen Frühlingstag. Eine Wärme ging davon aus und unbewusst wurden die Schritte der Fürstin schneller. Da war es! Eine Nische hinter dem letzten Rundbogen der Halle. Das

Leuchten erhellte die ganze Nische. In der Mitte stand ein kleiner Baum. Das Wasser welches durch die Halle floss versickerte in seinen Wurzeln, welche zu seiner sonstigen Größe enorm waren. Zwölf Blüten erzeugten das Leuchten. Es waren hängende Trompetenblüten in goldenem Gelb.

Veronika war erstarrt von dem Atemberaubenden Anblick.

„Nun ist es endlich soweit. Das Universum hat wieder eine Fee des Waldes hervorgebracht. Komm und nimm dir dein Zepter" flüsterte eine Stimme.

„Wer spricht zu mir" wollte nun eine unsichere Veronika wissen.

„Schau her, hier bin ich. Einst werde ich ein schöner Schmetterling doch nun bin ich erst die Raupe des Baumes"

Veronika beugte sich vor und sah eine graue unscheinbare Raupe den Borkigen Stamm hoch schlängeln.

„Hör mal ich bin keine Fee. Ich bin Veronika und …"

„Das sind die Worte des Mutigen Torgängers Marius. Erinnerst du dich. Und du wolltest ihn überzeugen, nun muss ich es an dir versuchen schöne Fürstin. Ihr seid rein und auserwählt. Eine Neue Zeit beginnt. Die Fürstin der Steine vereint die Macht des Waldes und tritt mutig dem Fürst der Hölle entgegen. Seht Euer Zepter!"

Eine der Blüten welkte und ein Stab aus purem Diamant schien aus Ihrem Stempel zu wachsen. Der Stab war aus Diamant, hatte jedoch die raue Oberfläche einer Borke eines alten Baumes.

Veronika wusste nicht was sie damit tun sollte und pflückte den Stab. Er war schön und leicht.

„Liebe Raupe was soll ich ..." doch weiter kam Veronika nicht mehr. Die Raupe hatte bereits einen schützenden Kokon über ihren Körper gewebt.

Nun betrachtete sie den Stab genau. Alte ihr nicht bekannte Schriftzeichen waren überall eingeritzt. „Was sie wohl bedeuten mögen" dachte Veronika und überlegte eifrig wen Sie nun wohl um Hilfe oder Rat fragen konnte. Ihr viel niemand ein und sie beschloss den Stab als Geheimnis zu hüten. Vielleicht würde er ja doch noch irgendwann gute Dienste leisten. Doch eines war sie sich sicher: Eine Fee des Waldes ist und wird sie nie sein. Das war alles Quatsch.

Es war der größte Trupp seit Jahren welche Amasio der Stadtkommandant zusammengestellt hatte. Natürlich hätte er sein Vorgehen mit dem Fürsten absprechen sollen, doch der war tot.

Alle seine Männer waren zuerst ihm treu ergeben und so hatte es keiner gewagt Fragen zu stellen. Für sie war er zwar ein Snob, doch im Charakter ohne Tadel. Er durfte nichts riskieren, die Kelten Krieger waren zähe

Kämpfer. Doch er würde ihnen 1 zu 4 überlegen sein. Berittene Kavallerie führte den Tross an dann kamen 300 Bogenschützen, 200 Armbrustschützen, Lanzenträger und Schwertkämpfer. Damit dürfte nichts dem Glück überlassen bleiben. Um unnötiger Aufmerksamkeit zu entgehen setzte Amasio den Trupp bereits morgens um 3 Uhr in Bewegung um das Stadttor zu verlassen. Ein Manöver musste ja zu Unzeiten sein, denn der Feind schläft nicht.

Master Cain saß in Gedanken versunken und betrachtete den Sternenhimmel.

„Master was macht Euch so nachdenklich?" fragte Liween.

„Das Böse wird nicht nur in einer Schlacht gegen uns und die Seite des Friedens antreten, nein es wird unsere Reihen unter wandern. Es kann jeden jederzeit versuchen. Es wird die dunkle Seite eines Jeden finden und versuchen sie zum Leben zu erwecken. Der Sohn gegen den Vater, die Mutter gegen den Sohn." Flüsterte Cain

„Ach ihr seht zu schwarz. Jetzt wo wir einen Neuen Schüler haben, geht die Zeit dem Licht entgegen."

„Und Zsora!" sagte Cain

„Was ist mit ihr?"

„Sie wurde versucht und wird von Ihnen geholt!"

Liween schlug die Hände vor das Gesicht. „Nein! Dann muss sie die Flüssigkeit trinken, wie wir dann ist sie gerettet!"

Cain schüttelte den Kopf. „Sie will nicht, sie ist verliebt"

Kapitel 6

Am Scheideweg

Die Sonne schien schon seit 2 Stunden. Marius hatte einfach wunderbar geschlafen. Ohne Decke und Matratze auf dem warmen Porzellan Bett. Nun brauchte er eine heiße Dusche, welche er auch auf Anhieb fand. Als er aus der Dusche kam duftete es bereits wie in einer Bäckerei. Er beschloss einfach dem Duft zu folgen um die Ursache für seinen Hunger zu bekämpfen. Liween empfing ihn auf der Terrasse mit einem Lächeln.

„Guten Morgen, ich hoffe ihr habt Hunger"

Marius nickte. Zum Glück gab es keine Spur von den Zwergen. Als erstes nahm er ein noch warmes Hörnchen und biss kräftig davon herunter als ihm fast der Bissen im Halse stecken blieb als Zsora die Terrasse betrat. Sie Trug eine Roten Bikini und dazu ein Rotes Höschen mit String. Ihr weißer makelloser Körper glänzte in der Sonne. Die Roten Haare hatte sie gekonnt zu einem Zopf geflochten „Guten Morgen" sagte Zsora und küsste Marius zärtlich auf die Wange. Dieser brachte nur ein geröcheltes Kauderwelsch hervor. Zsora trank hastig einen Schluck Orangensaft und stürzte dann mit einem Satz in den Pul, welcher über mehrere kleine Kaskaden gespeist wurde. Marius stand auf und beobachtete wie Zsora ihre Bahnen schwamm. Plötzlich hatte er auch keinen Hunger mehr. Stattdessen machte sich ein warmes Brennendes Gefühl bemerkbar. Auch Liween hatte die Beiden beobachtet. Zu gerne würde auch sie wieder fühlen, doch sie war für alle Zeiten eine Gefangene des Trankes.

„Ehrenwerter Torgänger es wird nun Zeit für Ihre erste Stunde. Ich soll sie nun zum Meister bringen" sagte Liween. Marius nickte und konnte sich nur schwer von dem schönen Anblick losreißen. Zsora winkte ihm zum Abschied noch kurz zu.

Marius folgte nun Liween auf den kleinen Pfaden durch den Garten.

„Für mich ist hier der Weg zu Ende. Dort oben auf dem Hügel wartet Master Cain." Liween deutete auf eine kleine Erhebung am Ende des Gartens.

Etwas Missmutig schritt nun Marius den Weg bis auf den Hügel alleine. Dort saß Master Cain und hatte wieder eine kleine Kiste mit Sand auf seinem Schoß.

Der Hügel war eigentlich ein Plateau. Die Aussicht über das Mediterrane Tal bis hinauf zu Schneebedeckten Gipfel war atemberaubend. Und so brauchte es einige Sekunden bis Marius zur Begrüßung schritt.

„Äh Guten Morgen, Master Cain"

Marius bekam keine Antwort. Vielleicht, so dachte er ist der Master etwas sauer, dass ich ihn nicht sofort begrüßt habe.

Doch Marius wartete vergebens. Nach 5 Minuten räusperte er sich. Nach 10 Minuten noch einmal.

„Master, ich wäre jetzt bereit für die erste Stunde" sagte er nun nach 15 Minuten. Doch Master Cain schwieg. Sein Blick schweifte über das Tal währenddessen seine Hände konzentrische Kreise in der Sandkiste zeichneten.

„Also gut dann kann ich auch wieder gehen wenn sie mich nicht einmal eines Blickes würdigen" schrie nun Marius voller Wut. Er drehte sich um und wollte wegrennen als wie aus dem Nichts Master Cain vor Ihm stand.

„Nun mein lieber Marius die erste und die Wichtigste Tugend von allen ist Geduld! Übe Geduld und Gelassenheit bei allem was du Tust. Ist die Situation noch so prekär so bleibe ruhig und gelassen. Dies ist der Quell von unermesslicher Kraft. Versuchen wir es von Neuem und setzten uns auf das Plateau und üben Geduld" Der Master machte mit seiner Porzellanhand eine Geste und Marius setzte sich auf den Platz neben den von Master Cain.

Er war nun verwirrt. Hatte er bereits vor Beginn der Ausbildung versagt. Von nun an würde er sich besser konzentrieren und versuchen sich selbst und seine Gefühle zu kontrollieren. Er würde die Ausbildung schaffen. Er musste.

Bereits beim ersten Tageslicht hatte sich Golumbian wieder vor die Zugbrücke gestellt und rief nun lautstark die Wache. Er war dreckig, fror und war sehr ungehalten. Er war der Vizekönig. Der erste Minister und diese niederen Untergebenen wagten es ihm zu trotzen. Erst nach mehreren Rufen stand ein sehr dicker und sehr mürrischer Zwerg auf den Zinnen über der Brücke. Als er nun tatsächlich Golumbian erkannte ging alles sehr schnell. Die Zugbrücke wurde herunter gelassen und alle Zwerge die zurückgeblieben waren standen spallier. Diesen Moment konnte er nun auskosten. Jeden einzelnen von ihnen Musterte er gründlich.

„He du, hohl sofort Olam deinen Anführer" sagte Golumbian zu dem dicken Zwerg. Dies tat er hauptsächlich weil er dachte ihn damit zu bestrafen.

„Oh Herr das kann ich nicht" stammelte der Dicke.

„Aha, du wieder setzt dich mir! Dafür wirst du 10 Jahre in den Minen schuften bei Wasser und Brot." Schrie ihn Golumbian an.

Der Zwerg fiel auf die Knie. „Herr, nein ihr versteht nicht. Olam ist nicht hier"

„Nicht hier? Wie ist das möglich? Das Portal hat mich hierher geführt! Dann bring mich zur Zeitfee, ich habe eine Nachricht für Sie!"

„Herr, das geht nicht auch sie ist nicht hier!" stammelte der dicke Zwerg.

Nun wurde Golumbian hellhörig. Das Portal irrt sich nie. Also war die Aura von Olam und der Fee hier. Und doch war es nicht so. Also ist sie in die Zeit gereist, vielleicht zu den Porzellanmenschen. Er musste jetzt nur warten bis sie zurückkamen. Dann würde er sie foltern und den Weg zu den Porzellanmenschen finden und mit Neuen Steinen würde er Golumbian der König der Zwerge. Der Befehl des Königs musste warten.

„Gut, dann warte ich auf ihre Rückkehr, geht nun und richtet mir ein Bad und ein Mahl"

Die Zwerge verneigten sich so tief als würden Sie den Boden küssen müssen.

Brommi stand an einer der Schießscharten im Bergfried. Er hatte alle gehört und gesehen. Sein Bauchgefühl sagte, dass ihm das nicht gefiel. Er musste nun Vorkehrungen treffen aber er war ein Bär und er war allein.

Doch er war ein sehr großer Bär und Zwerge waren ja klein.

Amasi saß auf seinem Schlachtross und wartete auf die Kelten. Seine Truppe hatte er links und rechts des kleinen Tales durch dass Sie mussten so platziert dass niemand sie sah. Er war ein brillanter Stratege vor allem rund um seine Stadt. Hier kannte er sich aus und würde nun einen Heißen Empfang bereiten. Heiß ja das war es wirklich. Er schwitzte! Vielleicht auch weil er sich der Tragweite seines Tun nicht sicher war.

Endlich da kamen sie und wie es ihm berichtet wurde nicht in Ihrer gewohnten Formation. Sie bildeten eine Gruppe! Ja, ja das offene Land war nichts für die Krieger des Waldes. Harms führte die Truppe an. Dahinter auf einem Karren saß Oham mit dem Stein.

„Den Göttern sei gedankt, wir sind in Sicherheit! Amasio habt Dank für Euren Empfang!"

Rief ihm Harms fröhlich entgegen. Doch plötzlich hielt Ihn Morat zurück.

„Wer ist das?" wollte er wissen.

„Nun das ist Amasio der Kommandant der Stadtwache"

„Hm. Und er ist allein um uns zu empfangen? Auf einem Schlachtross, in Rüstung?"

„Na ja in dieser unsicherer Zeit, und überhaupt legt Amasio Wert auf sein Äußeres. Kommt lasst uns ..." doch Harms wurde erneut zurückgehalten.

„Eine Sache noch mein Freund habt ihr Amasio von Eurer Mission erzählt?"

„Äh, Nein aber vielleicht Veronika, ich meine natürlich meine Herrin die Fürstin und vielleicht.." doch weiter kam Harms mit seinen Erklärungsversuchen nicht. Amasio ergriff das Wort. Dabei war seine Stimme verändert. Sie war nun kalt und tonlos. „Harms, gib mir den Stein! Den Stein gegen Euer Leben!" zischte Amasio und streckte seine Hand aus.

Harms fackelte nicht lange und stach den armen Amasio in einem Hieb von seinem Schlachtross. Als er auf den Boden traf war Amasio bereits tot.

„Eine Falle" Wert Euch!" schrie Morat als bereits die ersten Pfeile wie aus dem Nichts auf die Krieger einschlugen. Doch schnell hatten Sie ihre Schilde parat und konnten die erste Welle abfedern.

„Wir müssen den Stein einsetzten" flüsterte Oham

„Oh nein!" sagte Harms „Wenn wir etwas können dann Kämpfen! Glaub mir Sie haben keine Chance. Lass uns den Stein schonen. Wir werden ihn noch für schwierigere Situationen brauchen!"

Die Kelten überlegten nicht lange und brachen bereits nach kurzer Zeit über die linke Flanke aus der Kesselfalle aus. Als die dort positionierten Armbrustschützen Überrannt waren wurden diese von einigen Kriegern zurück in den Kessel getrieben und dort von Ihren eigenen Leuten mit dem Langbogen erledigt.

Moran führte den Rest in einem Bogen herum und so wurden nun die Bogenschützen von ihnen einer nach dem anderen niedergemacht.

Als die berittenen Kavallerie eigentlich den Kelten den Rest geben sollten fanden diese nur Tote Stadtsoldaten im Kessel. Als ihnen die Falle bewusst wurde trafen bereit die ersten Pfeile der keltischen Bogenschützen ihr Ziel.

Fast 1000 Mann der Stadtgarnison fanden so ihren Tod. Keiner der Keltenkrieger wurde in dieser Schlacht von Tode gezeichnet.

„Also Gut" schrie Harms und wischte sich mit dem Ärmel das Blut vom Gesicht. „Also Gut, dieses Mal haben wir es denen gezeigt!"

„Harms, das waren eigentlich unsere Leute" sagte Moran.

Nun erst wurde es Harms bewusst was geschehen war. Das Böse hatte nun eine neue Art des Kampfes begonnen. Es kommt nun aus den eigenen Reihen und wird nicht mehr zu kontrollieren sein.

Harms betrachtete Amasio den toten Stadtkommandant. Er war es und doch war er es nicht. Keine Farbe war mehr im Gesicht. Blass und die Adern des Blutes waren schwarz.

„Das Böse hatte von Ihm Besitz ergriffen. Der Himmel soll uns nun beistehen" schrie Oham und hob seine Hände gen Himmel.

„Der Stein muss nun sofort zur Fürstin!" sagte Harms „Männer wir machen uns auf den Weg zum Schloss"

„Herr, was geschieht mit den Toten?" wollte nun einer der Krieger wissen. Der Totenkult war den Kelten wichtig. Sogar bei besiegten Feinden nahmen sie sich Zeit um diese zu Ehren und zu bestatten. Doch Harms wollte keine Leute abstellen. Und es waren viele.

„Wie viel Öl haben wir noch?"

„Genug" sagte Moran der bereits wusste was Harms tun wollte.

„Gießt es in einem Kreis um das Schlachtfeld und auf die Körper und zündet es an" befahl Harms.

So geschah es und es begannen die Tage welche hätten nie beginnen sollen.

... UND SIE VERBRENNEN DIE EIGENEN LEUTE DAMIT DAS BÖSE SIEGT ...

Die Kelten wussten nicht von den schwarzen Pergamenten in der dunklen Klamm im Tal der Toten. Doch es gab diese welche die Pergamente studiert hatten und wussten wie sie einzusetzen waren.

Harms und die Krieger gingen nicht in die Stadt Nexlingen hinein. Sie begaben sich direkt zur Burg und zur Fürstin um die Mission zu beenden.

Das Zepter lag unbeachtet an der Seite des großen Schreibtisches. Die Nacht war herein gebrochen und Veronika saß im Dunkel. Tinett war bereits 2-mal hier und wollte sie zum Essen hohlen. Doch sie hatte keine Chance. Veronika brachte keinen Bissen herunter. Das soeben erlebte konnte sie mit niemand teilen.

Plötzlich flog das große Portal auf und Sybyll kam im Sturm herein.

„Na du bist mir vielleicht eine! Jetzt kocht die gute Tinett schon deine Leibspeise und du schlägst sie aus. Jetzt ist es aus mit Trübsalblasen, komm und iss etwas."

„Sybyll, das ist sehr nett, aber ich bekomme keinen Bissen herunter. Ich ..."

„Quatsch! Setz dich zu mir in die Erkernische. Und iss!"

„Na gut! Wahrscheinlich hast Du recht. Wenn ich nichts esse werde ich noch verrückt"

Veronika stand auf und ließ sich erschöpft auf das kleine Rote Sofa in der Erkernische fallen.

Lustlos begann Sie im Essen, es gab Bärlauchbandnudeln, zu stochern.

„Du Veronika, ich denke wir sollte die anderen Steine suchen" begann Sybyll die Stille zu durchbrechen.

Veronika nickte.

„Weißt du wo wir suchen müssen?"

Veronika schüttelte den Kopf.

„Hm!"

„Aber" begann sie plötzlich „ich weiß wo die Karte ist die uns den Weg zeigt!"

„Es gibt eine Karte" wollte nun Sybyll hastig wissen.

Veronika nickte.

„Klar aber ich habe sie noch nie gesehen. Vater hat mir davon erzählt bevor, ja erst 2 Tage bevor er ermordet wurde. Merkwürdig?" sagte nun die Fürstin und hörte mit dem Essen auf.

„Wo, komm sag schnell wo ist die Karte" Sybyll war aufgesprungen.

Veronika lachte. „Da kommt keiner drauf. In der kleinen Kapelle im Taufbecken"

„Im Taufbecken?"

„Ja du muss das Wasser ablassen in dem du das kleine Messingkreuz drehst. Dann kommt sie zum Vorschein. Aber wie gesagt ich habe ..."

Sybyll wollte gerade zur Tür hinausrennen als sie von Harms beinahe umgerannt wurde.

„Holla" rief Harms währen Sybyll nur einige unverständliche Flüche von sich gab.

„Harms, endlich!" nun war es fast Veronika die Harms beinahe umrannte.

Harms ging in die Kniebeuge und streckte den rechten Arm aus.

„Wie versprochen edle Fürstin. Der WEIßE STEIN der Freiheit!"

„Mein teurer Freund! Bitte steht auf. Ihr müsst Hungrig sein. Tinett wird..."

„Edle Fee des Waldes" krächzte plötzlich Oham und streckte das Zepter empor.

„Wir haben wieder eine Fee des Waldes! Geht alle auf die Knie und huldigt Ihr. Der Himmel hat unsere Rufe erhört. Nun können Sie kommen, den Ihr seid wahrlich mächtig!" schrie Oham mit einer so lauten Stimme die niemand mehr in ihm vermutet hatte.

246

Alle warfen sich auf den Boden. Nur Sybyll blieb stehen und starrte auf das Zepter. Harms bemerkte dass Ihre Adern im bleichen Gesicht die gleiche schwarze Farbe hatten wie die des toten Amasio. Doch beim zweiten hinsehen hatte Sybyll sogar rote Wangen. Hatte er sich nur getäuscht. Zeit zum Nachdenken blieb ihm nicht, denn Veronika sank ohnmächtig zu Boden. Er konnte sie gerade noch mit seinen starken Armen auffangen.

Veronika wurde nun von einigen Pagen und Diener zu ihrem Gemach getragen. Tinett schrie die ganze Zeit irgendetwas auf Französisch was Harms aber nicht verstand. Aber er war sich ziemlich sicher, dass es mit dem verschmähten Essen zu tun hatte. Nun wollte auch er gerade den Saal verlassen als er die Stimme von Oham hörte. Sie war schwach und anders als er sie jemals gehört hatte.

„Harms, sei so gut und leiste mir noch etwas Gesellschaft"

„Oham wo seid ihr?" Harms konnte ihn nirgends sehen.

„Hier in der Nische"

Harms eilte zu der kleinen Erkernische und erschrak.

„Mein Gott Oham was ist mit Euch?"

Harms sah nur noch eine dünne Hülle dessen was Oham noch vor wenigen Minuten war. Ja er war alt, dennoch war er kräftig und im Geiste wach. Doch das was da lag konnte nicht Oham sein.

„Einen Arzt, wir brauchen hier sofort einen Arzt." schrie Harms

„Oh nein mein Lieber, den brauchen wir nicht" flüsterte Oham mit einem Lächeln.

„Harms mein Guter, ich habe mein Leben an den WEIßEN STEIN geknüpft. Nun ist er zurück bei den Fürsten wo er sein sollte und nun endet hier mein Leben. Ich danke Dir mein treuer Freund und Held. Aber vor dir liegt noch ein weiter Weg."

Harms kniete nun bei Oham und weinte wie ein kleiner Junge.

„Hilfe, ich brauche Hilfe!" schrie er immer wieder in die Halle hinaus.

„Glaube mir so ist es das Beste lieber Freund. Sucht die anderen Steine und helft Marius!"

„Ihr kennt Marius?" sagte Harms mit belegter Stimme.

Oham nickte. „Ja ich habe ihn gesehen. In meinen Träumen! Er ist der Richtige und es ist fast zu spät. Ihr müsst euch beeilen."

Oham packte die Hand von Harms. „Und noch eines, mein lieber Harms. Die Fürstin ist eine Fee des Waldes. Sie hat den Zepter bekommen. Nun muss sie lernen damit umzugehen. Sie ist damit mächtiger als alle Fürsten die vor Ihr waren. Sei du ihre rechte Hand."

Harms nickte.

„Aber versprich mir, seid nicht mehr! Es steht euch nicht zu!"

Dann wurde die Hand von Oham schlaff. Seine Augen wurden weiß. Das Leben verließ den Körper des alten Mannes.

Und Harms weinte. Es schüttelte ihn am ganzen Körper. Er konnte gar nicht mehr aufhören zu weinen als plötzlich Cranford seine Hand auf die Schulter des knienden Harms legte.

„Wir können nun nichts mehr tun, mein Freund" sagte Cranford.

Harms nickte tränen erstickt.

Cranford schenkte ihm in einen großen Becher aus Zinn einen ordentlichen Humpen Branntwein ein.

„Manches Mal ist es Zeit dafür! Prost!"

„Prost!" sagte nun auch Harms.

„Und Amasio?" wollte Cranford wissen.

Harms schüttelte den Kopf. „Alle!" sagte er als er den zweiten Schluck Branntwein nahm.

„Dann ist Nexlingen ungeschützt!"

Harms nickte und nahm noch einen dritten Schluck.

„Und die Burg kann auf keine Verstärkung hoffen. Wir sind zu wenige! Sie werden kommen! Ich denke Morgen!"

Nun nickte Cranford und trank den Rest der Flasche aus.

Mit der Zeit wurde Marius ruhiger und genoss sogar das Nichtstun. Die Zeit verging wie im Flug und Marius hatte keine Ahnung wie spät es war.

Plötzlich beendete Master Cain den Tag und Marius ging zurück. Er fühlte sich leicht und entspannt an. Ja man könnte sagen gestärkt.

Als er zurück zum Haus kam lag Zsora in einer Sonnenliege und hatte ein Getränk in der Hand. Man sah es ihr an sie genoss das Leben als seien sie hier im Urlaub. Zsora freute sich als sie Marius sah.

„Komm legt dich zu mir und erzähle alles" lächelte sie ihm zu.

Es war toll. Ja ein tolles Gefühl das sich plötzlich in Marius aus breitete. Es war ein Gefühl der Zusammen Gehörigkeit. Als würde er Zsora schon ewig kennen. Sie war wie eine Familie.

Am nächsten Morgen war Marius bereit allein ohne Liween zum Treffen mit dem Master geeilt. Auf keinen Fall wollte er wieder einen Fehler begehen.

„Guten Morgen Master Cain" sagte ein Fröhlicher Marius.

„Guten Morgen" antwortete der Master.

„Mein lieber Marius, leider können wir heute keine weitere Lektion lernen. Sieh, alle Äpfel in dem Garten wurden heute Nacht reif. Jemand muss sie ernten. Ich werden nach Helfern suchen müssen, den es wäre eine Sünde die Früchte verderben zu lasse."

„Ach was das macht doch nichts! Und übrigens ich mache mich gleich daran die Früchte zu ernten" sagte Marius und nahm eine der leeren Apfelkisten und ging los.

Marius arbeitet ohne Pause. Wenn er Durst hatte trank er an den glasklaren Wassergräben welche den Garten durchzogen.

Master Cain beobachtete den Torgänger den ganzen Tag. Als bereits der Abend dämmerte kam Marius die steinernen Stufen empor und schrie laut. „Master ihr braucht nun kein Helfer mehr! Alle Äpfel habe ich geerntet!"

„Ja ich habe es gesehen. Und du hast die 2. Lektion über die 2. Tugend gelernt. Fleiß! Wenn eine Aufgabe vor einem steht ist dies oft das Mittel um eine Sache schnell zu erledigen. Mit Fleiß verschaffst Du dir Zeit und Raum für andere Sachen die auch zu erledigen Sind während die Faulen oft zu viel Zeit vertrödeln. Merk dir Zeit ist ein begrenztes Gut. Ich denke du musst nun hungrig sein. Liween hat das Abendessen gerichtet. Ach ja, du solltest dich vorher waschen."

Marius tat wie ihm geheißen und ging zuerst unter die Dusche. Als er zum Essen auf die Terrasse kam blieb ihm fast der Atem weg. Überall brannten kleine Fackeln. In der Mitte der Terrasse stand ein kleiner Tisch mit 2 Stühlen. Auf einem saß Zsora. Sie sah atemberaubend aus. Sie hatte ein samtrotes Trägerloses Kleid an welches ihr nur bis zu den Knien reichte. Dazu trug sie im gleichen Farbton Plateau Pumps. Marius hatte zwar geduscht aber von Abendgarderobe hatte niemand was gesagt.

„Ähm, ich Ähm ..." begann er zu stammeln.

Zsora stand auf. Mit einemmal kam sie ihm größer vor. Ob dies wohl an den Schuhen lag oder daran dass er sich nicht richtig gekleidet fühlte, er wusste es nicht. Sie nahm seinen Kopf in ihre beiden Hände und küsste ihn leidenschaftlich. Nun brachte Marius nicht einmal mehr ein Gestammel heraus.

„Komm lass uns was Essen" sagte Zsora.

Marius nickte und merkte dabei dass seine Wangen wohl zinnoberrot waren.

Liween servierte allerlei Köstlichkeiten wie es der junge Torgänger noch nie gegessen hatte. Der harte Arbeitstag hatte so hungrig gemacht, dass er von allem was serviert wurde immer die doppelte Portion aß.

Zsora erzählte und erzählte. Sonst war sie immer nur Wortkarg gewesen. Aber heute Abend erfuhr er alles. Sie schilderte wie es war als sie mit ansehen musste wie ihre Mutter getötet und ihre Schwester Sybyll verletzt wurde. Danach hatte sich alles verändert. Von dort an hatte der Tod einen Weg nach Niangeala gefunden. Sie war klein und jung und wusste Sie würde nie mehr hilflos sein. Sie lernte und fand dann den Weg zu Master Cain. Sie wurde zu einer Zeitfee und wurde mächtig. Doch sie blieb alleine. Keine Freunde und ihre Schwestern wurden auch zunehmend zu Fremden. Mit Veronika ging es noch am ehesten. Aber bei Sybyll
Heilte die Verletzung seit dem Überfall nie richtig aus.

„Marius, ich möchte dir was sagen" Zsora nahm seine Hände und hielt sie fest. Dabei schaute sie tief in seine Augen. Marius schluckte.

„Ich liebe dich! Ja, jetzt ist es raus, ich liebe dich Marius Gruber und würde gerne mit dir zusammen sein" Zsoras Augenlieder flackerten. Sie hielt seine Hände fest und schaute ihn an. Die Gefühle von Marius schienen zu explodieren. Auch er mochte Zsora. War es Liebe?

„Ja!" schoss es aus ihm heraus.

„Ja, Zsora, ja ich möchte auch gerne mit dir zusammen sein!" Marius stand auf und ging um den Tisch herum und nahm Zsora zärtlich in den Arm. Dann küsste er sie, zuerst nur leicht auf den Mund, dann immer wilder und inniger. Es fühlte sich an als würde sein Körper explodieren.

„Komm, lass uns in dein Gemach gehen" flüsterte Zsora ihm ins Ohr und Marius griff Zsora unter die Beine und trug sie in sein Gemach.

In diesem Augenblick schob sich eine dunkle Wolke vor den Mond und verdeckte ihn fast völlig.

3 Mal hatten sie sich geliebt biss Marius erschöpft und wortlos eingeschlafen war. Als Zsora sich geduscht hatte wollte sie sich noch etwas auf die Terrasse setzen und öffnete die hölzerne Terrassentür. Leichtfüßig glitt sie hinaus und erschrak. In einem der Rattansessel saß Master Cain.

„Mal ehrlich Master dass hätte ich nicht von Euch gedacht, hier zu spannen" sagte Zsora.

Master Cain antwortete nicht sonder beobachtete wie die dunkle Wolke den Schein des Mondes wieder frei gab.

„Was für ein Spiel spielt ihr?" wollte er nun wissen.

„Ein Spiel? Ha, ihr habt keine Ahnung! Ich liebe ihn."

„Liebe? Ja ihr liebt euren Helden und Torgänger. Ihr habt ihn auserwählt und wollt ihn zum Retter von Niangeala machen. Ja! Wollt ihr das?"

„Ja, das will ich und das wird er sein!"

„Ihr wisst gar nichts! Marius ist nicht der erste in den vielen Jahren, der uns gebracht wurde als der einzige wahre Held. Es gab genügen, und sie haben alle versagt!"

Zsora, die gerade noch eine schöne Gesichtsfarbe hatte wurde mit einem Schlag leichenblass.

„Wie meint ihr dass? Es gab schon welche vor Marius?"

„11 Stück"

„11! Mein Gott, was wurde aus ihnen?"

Master Cain beantwortete Ihre Frage nicht sonder nahm Zsoras Hand und ging in Richtung der kleinen Gotischen Kirche welche weiter oben am Hang stand.

Zsora atmete kaum als der Master die Schwere Eichentür ein Stück aufschob. Drinnen tauchten zwei Kerzen den Innenraum in ein mattes gelbes Licht.

Links und rechts des Kirchenschiffes standen jeweils drei Figuren aus weißem Porzellan. Sie sahen aus als würden sie leben.

Cain sagte nichts.

Tränen stiegen in Zsora auf. „Das wurde aus ihnen! Porzellan! Totes Porzellan. Aber ich sehe hier nur 6! Ihr spracht doch von 11, oder?"

„Ja 11!"

„Wo sind die anderen?"

„Diese 6 haben versagt und waren guten Herzens. Die anderen 5 haben versucht die Seite zu wechseln und wurden von den Seelenjägern vernichtet! Ihr seht wir sollte Marius die Illusion nehmen er sei der auserwählte. Ja ich werde ihn ausbilden, doch bewähren muss er sich danach. Und nur dann, wenn auch er der Versuchung widersteht kann es klappen. Doch wisset liebe Zeitfee er hat keine Zeit für eine Liebesbeziehung. Und erst recht nicht mit euch. Ihr die nun verdammt ist!"

Zsora starrte auf ihren Fleck, der leicht gewachsen ist. Dann hob sie den Kopf und schrie den Master an.

„Eure Aufgabe ist es Marius auszubilden! Kümmert euch nicht um Angelegenheiten die euch nichts angehen. Er ist der Richtige! Testet Ihn, und seht selbst. Und es steht mir zu zu lieben. Ja, mir aus Gründen denen nur ich Rechenschaft ableisten muss. Ich werde die mir verbleibende Zeit nutzen und mit Marius zusammen sein!"

Zsora drehte sich um und wollte aus der Kirche stürzen. Doch der Master hielt sie fest.

„Zsora ich liebe dich wie meine Tochter. Lass mich dir von dem Trunk geben und du bist gerettet."

Zsora schüttelte den Kopf.

„Gut! Ich werde alles für Marius tun was in meiner Macht steht. Und nun lass uns in Frieden zurückkehren. Du brauchst Schlaf."

Zsora kniete auf der Terrasse. Einer der Kreaturen hatte ein rostiges Messer an ihren Hals gesetzt. Eine zweite Kreatur stand daneben und hielt eine Pergamentrolle aus der etwas vorlas, in der Hand. Marius konnte es nicht verstehen. Dann rollte er die Rolle zusammen und lachte. Marius stürmte aus dem Zimmer auf die Terrasse und schrie! Doch es kam kein Laut hervor. Nun wollte er los stürmen aber seine Füße versagten auch. In diesem Moment schnitt die Kreatur Zsora die Kehle durch. Rotes Blut lief über die Klinge und die Kreaturen lachten und lachten. Und Marius? Er wachte schweißgebadet auf.

„Zsora" schrie er, doch er bekam keine Antwort. Also stürmte er auf die Terrasse. Dort saß Zsora und schaute ihn verwundert an.

„Schlecht geträumt?"

„Ja, ich denke! Sehr schlecht wenn du mich fragst. Was machst du hier?" wollte nun Marius wissen.

„Ich genieße die zu Ende gehende Nacht. Schau dort ist bereits der Morgenstern. Aber du solltest dich noch etwas hinlegen. Morgen erwartet dich dein dritter Tag."

Marius nickte. Erholt fühlte er sich nicht. Und noch eine oder zwei Stunden Schlaf konnten ihm nur gut tun.

„Kommst du mit, es wäre schön!"

Nun nickte Zsora und begleitete Ihn.

Am nächsten Morgen war Marius trotz seiner fast schlaflosen Nacht bereits zeitig auf dem Weg zum ver- einbarten Treffpunkt.

Es war ein etwas weiterer Weg als sonst. Master Cain stand mitten auf einer Hängebrücke die über eine steil abfallende Schlucht führte. Unter ihnen tobte ein Wild- bach.

„Guten Morgen ehrenwerter Torgänger. Ihr habt doch wohl geruht?"

Marius antwortete nicht.

„Nun wurde heute Nacht schon wieder in unser Vorrats- lager eingebrochen und eine Menge Wein gestohlen. Doch dieses Mal haben wir Fußspuren gefunden. Spu- ren von Zwergen."

Marius erschrak. Unter der Brücke hingen alle Zwerge der Eskorte in einem Netz über dem Abgrund.

„Keiner der widerlichen Rasse der Zwerge wollte das Vergehen zugeben. Nun geben wir ihnen eine Chance den Täter heraus zu finden. Sollte einer den Sturz und den Aufenthalt im Fluss überleben, so ist er unschuldig und frei" sagte der Master und zückte einen Dolch welcher mit sehr vielen Steinen bestückt war.

„Aber Master, ihr wollt doch nicht das Seil durchschneiden?" schrie ein entsetzter Marius.

Die Zwerge wimmerten.

Der Master schritt zur Tat und Marius stieß ihn einfach um. Master Cain fiel keuchend zur Seite. Hatte er doch mit einer solchen Reaktion des jungen Torgänger gerechnet so war er doch mit der Wucht und der Kraft welche Marius aufbrachte überrascht.

„Gut gemacht!" hustete Cain.

„Wirklich gut gemacht lieber Marius. Ein Beschuldigter ist so lange unschuldig biss ihm die Tat nachgewiesen werden kann. Gerechtigkeit und Hilfsbereitschaft sind sehr wichtige Tugenden."

Der Master klatschte in die Hände und ein Trupp Porzellanmenschen kurbelte die Zwerge, welche außerordentlich fluchten nach oben.

Als sie vom Netz befreit waren zogen sie wortlos von Dannen ohne Marius und den Master auch nur eines Blickes zu würdigen.

Nun war offensichtlich die Lektion für heute gelernt. Marius schlenderte froh gelaunt zum Haus zurück. Zsora lag, nur mit Ihrem Bikini bekleidet auf der Terrasse. Marius setzte sich in einen der Liegestühle und genoss die Sonne. Es war warm, nicht zu heiß und nicht schwül.

Gerade wollte er von den fluchenden Zwergen und der tollen Lektion berichten als ihm an Zsoras Arm ein Fleck auffiel.

„Sag mal, hast du dich da etwa gestoßen?" fragte Marius.

Erschrocken fuhr Zsora hoch. „Nein, äh, ja doch, weiß nicht!" stammelte sie.

Marius hielt es dann auch nicht für so Wichtig und begann zu erzählen.

Der Master setzte sich stöhnend auf den Sessel. Liween hatte bereits in flüssiges Porzellan getauchte Binden bereitgelegt.

„Dieser eine ist anders Liween!" sagte Cain.

„Wie meint ihr das Master?"

„Er hat Kraft! Unheimliche Kraft und ist sich dessen noch nicht bewusst!"

„Er ist Jung" sagte Liween.

„Ja das ist er. Und hat bereits die Kraft von 10 Bären"

„Meint Ihr lieber Master wir haben nach so langer Zeit endlich den Richtigen gefunden?"

„Wir werden sehen!"

Die Burg der Fürsten war fast nicht einzunehmen. Fast! Mollerat der König der Zwerge hatte lange nachgedacht. Tief waren die Zwerge in die Erde eingedrungen und dort fanden sie auch viel Böses. Dies würde ihm nun Helfen und die Beschützer der Burg hatten keine Chance.

Lange hatte er auf die Kristallscheibe gestarrt. Es war wie eine ansteckende Krankheit. Das Streben nach Macht, Reichtum und die Gier nach dem was der Andere Besitzt. Niemals zufrieden zu sein sondern immer noch mehr haben wollen. Der Plan funktionierte. Das Bruchstück des SCHWARZEN STEINES hatte seine Wirkung getan. Ohne es zu Wissen werden die Zwerge ein Werkzeug des Bösen. Er wusste es! Der direkte Angriff ist nur die Hälfte. Das Böse ist unter Ihnen und wir sie von innen heraus zerstören. Nur wenige wieder stehen der Versuchung. Und versucht werden sie alle. So steht es seit Alter her geschrieben. Nur wer der Versuchung wieder steht wird in Niangeala zu Hause sein.
„Herr!"
„Ihr stört Anatol"
„So hört doch, hier ist eine Nachricht!"
„Eine Nachricht? Von wem?"
„Das weiß ich nicht, es ist eine schwarze Taube als Monogramm auf dem Pergament!"
Die große Kreatur sprang auf.

„Zeigt es mir, sofort" schrie er.

Die Kreatur las das Pergament. Einmal, zweimal, und dann brach er in ein höllisches Gelächter aus. Das Gelächter wurde so laut als könnte man es überall hören.

„Hört her Ihr Abschaum der Welt. Hört mir zu! Nun ist es soweit! Wir machen uns auf nach Er Paráelle, zum Schloss der Fürsten und machen es dem Erdboden gleich. Tötet jeden den ihr seht und richt. Reißt ihnen die Eingeweide heraus und kostet Ihre Seelen.

Und der Tross der Untoten machte sich auf den Weg. Humpelnd und schlürfend. Eine Karawane des Todes, welche den Tod mit sich führt und zu jenen bringt die glaubten Ihn bereits besiegt zu haben.

Harms lag auf der kleinen Holzbank vor seiner Hütte. Oham war tot. Sein Kopf fühlte sich an als wäre ein Schwarm Bienen darinnen. Taumelnd ging er zum Brunnen um sich zu erfrischen. Es war noch früh am Morgen doch er musste wach sein. Heute wurde der Fürst bestattet. Und sein Magen sagte es würde ein langer Tag werden.

„Guten Morgen" sagte Veronika.

„Was machst du hier?" brummte Harms.

„Ist das mal ne Begrüßung" sagte Veronika schnippisch.

„Hm" brummte Harms und goss sich ein Eimer Wasser über den Kopf.

„Also ich habe dich mit Tinett hier her geschleift. Dann habe ich den Eimer gehalten um, na was wohl darin aufzufangen, und...

„Gut, gut! Bitte beschränke dich auf das wesentliche, mein Kopf!"

Veronika nickte. Sie blickte über die Zinnen und Genoss für einen Augenblick den Ausblick.

„Gut dass ihr da seid!"

„Wir sind zu wenige! Wir wissen gar nicht wie groß die Streitmacht sein wird. Wir kennen ja nicht mal alle unsere Feinde. Also wir wissen nichts!"

Veronika nickte. „Da wäre noch eine Sache. Die Steine, also die ROTEN, die sind fast nicht mehr existent."

„Wie meinst du das?" fragte ein plötzlich interessierter Harms.

„Na ja, die Bruchstücke welche Sybyll, Zsora und ich haben waren ja klein. Aber mein Vater hatte ja den Großen." Veronika holte ein Tuch hervor und breitete es auf der kleinen Holzbank aus. Harms erschrak. Nur die Größe einer Erbse war zu sehen. Ein kleines rotes Kügelchen.

„Der Himmel steh uns bei!" schrie Harms. „Wir sind fast ohne die Macht der Steine verloren. Wir müssen die anderen suchen, und... Der WEIßE STEIN!" Harms rannte in die Hütte und dort lag er. Mitten auf seinem runden Holztisch.

Veronika atmete etwas auf. „Gut das hilft!"

„Ja, verdammt wo ist bloß dieser Trottel mit dem GRÜ-NEN?"

„Wir wissen es nicht, auch haben wir keine Nachricht von Zsora und Brommi."

„Was ist Brommi auch verschwunden?"

Veronika nickte.

Molerat war nun sehr tief in der Erde. Eigentlich mochte er die Unterwelt nicht was untypisch für einen Zwerg war. Doch dies belastete ihn nicht. Mit einer Handbewegung befahl er seinen Soldaten die Silberne runde Türe zu Öffnen. Augenblicklich quoll gelber Rauch aus den Ritzen und alle musste sich Tücher vor die Nase Halte. Nun vernahm man ein Schnauben und Dröhnen. Der Stollen zitterte doch er war zusätzlich mit dicken silbernen Stangen gesichert. Gelbgrüne Augen starrten den König an.

„So, gesellt euch doch etwas zu mir, dann kann ich euch besser sehen" zischte eine Furcht erregende helle Stimme aus dem Stollen.

„Ich werde euch die Freiheit schenken" sagte der König mit starker Stimme.

„Die Freiheit, was ist dass? Seit 300 Jahren haltet ihr mich hier in dieser Röhre aus Silber gefangen. Was ist wenn ich nicht will?"

„Dann sehen wir uns in 300 Jahren wieder"

„So Ihr wollt mich gehen lassen einfach so?"

„Nein! Zuvor müsst ihr mir einen Gefallen tun"

„Das dachte ich mir!"

„Ihr müsst einen Stollen Graben einen langen Stollen."

„Wohin?"

„Zum Schloss der Fürsten"

Mollerat zeigte sein Bruchstück des SCHWARZEN STEINES. Und Augenblicklich begann das Tier wieder Gelben Rauch zu entwickeln.

Auf einer kleinen hölzernen Säule aus poliertem Robinienholz hatten sie den Stein abgelegt. Dieser sah eigentlich noch ganz groß aus.

„Wir mussten ihn benutzen, sonst hätten wir es nicht bis hierher geschafft" sagte Harms. Er und Veronika standen im Thronsaal der Burg. Der Saal war ein langer Raum und reichte von der Außenmauer bis zur Mauer welche die Burg zum Innenhof begrenzte. Er maß gerade einmal 10m auf 20 und konnte höchstens 200 Personen aufnehmen. Doch jetzt, da er gerade nur Veronika und Harms aufnehmen musste wirkte er fast riesig. Es sollte ein sehr heißer Tag werden. Die Sonne schien bereit in den Saal und Tinett hatte ein paar Fenster geöffnet.

Veronika starrte mit eisernem Blick auf den Stein. Sie trug eine enge Lederhose, schwarze Lederpumps und eine schwarze Bluse, was ihr ein bedrohliches Äußeres verlieh.

„Du bist der Torgänger des WEIßEN STEINES!"

Harms nickte.

„Schon aber ich habe ihn ja fast nie benutzt. Oham hat immer alles geregelt."

„Das heißt, du weißt nicht wie wir seine Macht benutzen können?!"

Harms nickte wieder und wirkte dieses Mal sehr betrübt.

„Wir müssen es halt versuchen!"

„Und wenn es nicht klappt?"

Nun zuckte er mit den Schultern.

„Gut, komm mit!"

„Wohin?"

„Komm einfach!"

Veronika zog Harms fast rennend den Gang runter bis zum Porträt des Ritters.

Plötzlich verbeugte sich der Ritter und fragte: „Veronika edle Fürstin der Stein und die Neue Fee des Waldes, was ist Euer begehr?"

Harms hatte die Bewegung des Gemäldes bemerkt und augenblicklich seine Lanze kampfbereit von der linken in die rechte Hand geschwungen.

„Was hat das zu bedeuten?" schrie er immer noch verdattert.

„Edle Fee, verbürgt ihr Euch für euern Gefährten?"

„Ja das tue ich!"

„Dann tretet ein, aber unbewaffnet!" Der Ritter öffnete den Gang und der Spieß von Harms wurde plötzlich kochen heiß.

„Ahhhhh" schrie Harms und ließ ihn fallen.

„Das ist Magie und Zauberei!"

„Wir sollten da hoch!" sagte nun Veronika.

„Na gut!" antwortet Harms mürrisch. „Aber ich habe kein gutes Gefühl bei der Sache"

„Aber ich war doch schon da Oben!" sagte nun Veronika. Daraufhin verdrehte Harms die Augen.

Nun betraten Sie die Halle. Harms kam aus dem Staunen nicht heraus. Das kleine Bächlein plätscherte beruhigen dahin.

„Hallo Ihr Fee des Waldes. Ich freue mich Euch zu sehen. Wen bringt ihr den da lustiges mit?" trällerte das Vögelchen.

Nun sank die Stimmung von Harms wieder. Er war nichts Lustiges! Er wollte auch nichts Lustiges sein!

„Liebes Vögelchen, ich möchte mehr Wissen und verstehen! Bitte hilf mir dabei." Sagte Veronika deren

Stimme nun auch sich fast dem Vogelgesang angepasst hatte.

Das kleine Golden Vögelchen flog mehrer Kreise über den Köpfen von Harms und Veronika. Harms beobachtete dies mit sehr kritischen Blicken.

„Bitte folgt mir" trällerte das Vögelchen.

Veronika folgte Ihm. Sie gingen durch die Marmorbögen bis zu einer Tür aus weißem Stein. Der Stein war so glatt man konnte sich in Ihm spiegeln. Das Vögelchen flog durch das große Schloss und es knackte. Plötzlich sprang die Tür auf. Dahinter lag ein gangartiger Raum. Die Wände waren nicht zu sehen, dafür Regale gefüllt mit dicken Büchern, Pegamentrollen und Papierstapeln.

„Hier findet Ihr alle Antworten auf Eure Fragen" zwitscherte das Vögelchen.

„Na prima! In geschätzten 5 Jahren wissen wir das Nötigste." Brummte Harms.

Veronika wirkte nachdenklich. „Vögelchen, kannst du uns nicht die Informationen geben, die wir brauchen. Wir haben keine Zeit mehr" wollte nun die Fürstin wissen.

„Seht den Tisch in der Mitte des Raumes. Schreibt mit der Kreide Eure Fragen auf die Tischplatte und sie wird Euch beantwortet."

„Sag mal, war dein Vater je hier in diesen Räumen, oder hat dir davon erzählt?" wollte Harms wissen.

Vor Veronika antworten konnte tat es das Vögelchen: „Der Fürst Karl war nie hier oben. Doch es wäre seine

Pflicht gewesen. Alles hat seinen Anfang. Auch die Macht des Bösen entstand aus dem Samen und wuchs nun empor und kann nun alles vernichten."

Veronika wollte dies alles nicht hören. Sie schrieb nun auf die Tischplatte: Wie nutze ich die Macht des WEIßEN STEINES?

Plötzlich bewegte sich etwas. Harms wünschte er hätte seinen Spieß. Ein Buch mit den Maßen von 1m auf 1m bewegte sich auf den Tisch. Auch Veronika war einen Schritt zurückgewichen. Das Buch landete sanft auf dem Tisch und schlug sich selber auf. Eine unbekannte Stimme begann zu lesen:

DER WEIßE STEIN hat die Macht der Freiheit. Über ihn gebietet nur der Torgänger und jener der es vermag alle Macht der Steine zu beherrschen.

„Wer ist dieser eine?" fragte Veronika.

Es steht geschrieben in Zeiten Tiefster Not wird er hervorgebracht. Unwissend und doch stärker als ihn seine größten Feinde und Beschützer einschätzen.

„Wie heiß er?"

Es steht sein Name nicht geschrieben!

„Der Torgänger des WEIßEN STEINES kennt seine Geheimnisse nicht."

Er muss ihn zu sich nehmen und sicher verwahren. Der Stein selbst wird seine Macht sollte es der Torgänger wünschen entfalten.

„Kann das Böse die Macht des WEIßEN STEINES nutzen?"

Nein! Aber der SCHWARZE STEIN kann die Macht des WEIßEN STEINES in sich aufnehmen und wir somit stärker. Der WEIßE STEIN würde dann erlischen. Schützt alle Steine vor dem SCHWARZEN. Sonst sind sie verloren.

Nun blätterte Veronika in dem Buch.

„Harms!" schrie sie. „Harms es gibt ja mehr Steine als wir wussten.

„WAAAS!" stammelte er.

Veronika blätterte hastig die Seiten um.

„Wo finden wir all die Steine"

Die Karte zeigt es Euch.

„Wo ist die Karte?"

Sie ist verewigt im Taufbecken der kleinen Kirche. Niemand vermag sie dort zu stehlen, denn sie ist verbunden mit dem Berg auf dem die Burg ruht.

„Kann die Böse Macht die Steine rauben?"

Nein! Die Steine können nur von Torgänger übergeben werden. Sie können nicht geraubt werden.

„Du Veronika, ich glaube wir sollten zurück und uns um die Verteidigung kümmern" sagte ein ungeduldiger Harms.

„Ja du hast recht. Komm lass uns das Buch mitnehmen!"

„Was, dieses Ungetüm. Da hebe ich mir ja einen Bruch."

„Wenn es die Zeit zulässt, dann können wir ja darin lesen oder uns Informationen beschaffen!" Veronika schaute dabei Harms mit einem Blick an dem niemanden etwas abschlagen konnte.

„Na gut!" Harms nahm keuchend das Buch welches nicht nur sperrig, sondern auch noch schwer war.

In der Zwischenzeit lief ein unruhiger Cranford, bis an die Zähne bewaffnet, im Burghof auf und ab. Die Zeremonie zur Bestattung des Fürsten hatte begonnen. Sybyll hatte entgegen seines Rates alle Tore und Zugbrücken geöffnet. Auch hatte sie keine Lust gezeigt auf Veronika zu warten, die von den Söldnern immer noch im ganzen Schloss gesucht wurde. Gerade wurde Fürst Karl aufgebahrt auf einer Trage aus Kirschholz aus der Kapelle getragen. Die Träger trugen silberne Rüstungen und azurblaue Umhänge. Angeführt wurde der Tross durch die Arabischen Krieger.

Sheik Alma E`L Orate war ein kleiner Mann. Haselnussbräune und ein wettergegerbtes Gesicht zeigten seine Herkunft. Mit großen Schritten kam er auf Cranford zu.

„Mir gefällt dies nicht. Es liegt Gefahr in der Luft"

Cranford nickte. „Ja mir auch nicht. Aber die junge Fürstin befielt es."

„Wir sind sehr verwundbar und lassen die Burg fast unbewacht zurück."

Wieder nickte Cranford.

„Wenn uns nur etwas einfallen würde. Vielleicht kommt ja auch heute kein Angriff!"

„Vielleicht!? Ihr habt Späher ausgesendet?" wolle der Sheik wissen.

„Ja, schon 10 und keiner kam zurück. Doch dafür haben wir den Burgberg abgesucht und ca. 200 Wurzelgnome erschlagen. Auch der Feind hat nun keine Späher mehr."

Plötzlich ertönten Schreie. Einer der Träger war plötzlich zusammengebrochen. Dann noch einer. Die Bahre fiel mit einem lauten Getöse zu Boden und der Fürst kullerte über das Pflaster.

Cranford hatte bereits seine Armbrust in der linken Hand und stürze zu den am Boden liegenden Soldaten.

Immer mehr Soldaten fielen um und wanden sich in Krämpfen. Der als erstes umgefallen war leichenblass. Er hatte Schweißperlen im Gesicht und wand sich unter starken Schmerzen.

Plötzlich stand auch der Sheik neben Cranford.

„Gift! Es ist Gift!"

„Es Beginnt! Hört alle der Kampf beginnt! Macht Euch Kampfbereit!" schrie Cranford.

Plötzlich verdunkelte eine Wolke den Himmel. Eine Wolke die schneller näher kam.

„Vampire! Zu den Geschützen! Schrie Harms welcher gerade mit der Fürstin aus dem Portal des Schlosses trat. Das Buch ließ er einfach fallen und rannte den Hof entlang. Veronika blieb steif stehen als sie das Chaos im Burghof sah und wusste sich nicht zu Helfen.

„Geht Edle Fürstin des Waldes und holt den Stab. Ihr braucht ihn jetzt!" Verdutzt sah sich Veronika um und suchte die Quelle der Worte. Entlang des Portals schlängelte sich eine Rose empor. Darauf saß die kleine Raupe und wölbte ihre Körper als gäbe sie Veronika den Wegweißer. Veronika rannte nun die große Treppe empor zum Arbeitszimmer. Dort hatte sie das Zepter einfach Achtlos auf dem Schreibtisch ihres Vaters liegenlasse. Sie musste es jetzt hohlen. Dies war ihr nun bewusst.

Nur langsam begann es zu Dämmern. Liween hatte Marius mitten in der Nacht aus dem Schlaf gerissen. Nicht mal Zsora durfte er wecken. Der Master will es so! Na ja! Nun stand er auf der Terrasse, hatte derbe Wanderschuhe an und einen Rucksack zwischen seinen Füßen stehen.

„Was das nun schon wieder zu bedeuten hatte?" fragte sich der Torgänger.

„Guten Morgen ehrenwerter Marius!" sagte plötzlich der Master.

Er war angezogen wie immer. Auch hatte er keinen Rucksack dabei.

„Sagtet ihr nicht wir würden heute wandern?"

„Gewiss!"

„Aber ihr habt ja keine Wanderschuhe und auch keinen Rucksack dabei" bemerkte Marius.

„Das brauche ich nicht. Hier gebe ich euch eine Karte. Die Hütte oben an der Sprillerscharte ist dein Ziel!"

„Master, wie lautet die Aufgabe?"

„Gehe zur Hütte!"

Marius traute sich nicht noch weitere Fragen zu stellen. Gehe zur Hütte. Wie würde diese Aufgabe wohl bewertet. Musste er schnell, auf kürzestem oder auf sicherstem Weg gehen.

Er wusste es nicht. Auch war er sich nicht sicher ob er den Weg finden würde. Viel weiter als im Garten des Masters war er ja noch nicht gekommen, und die Berge hier waren hoch. So hoch wie in den Alpen.

Als erstes ging es bergab zum Fluss. Dort fand er natürlich keine Brücke. Vielleicht musste er ja weiter Flussaufwärts, oder auch abwärts. Die Karte verzeichnete keine Brücke. Doch der Fluss war eher ein wilder Gebirgsbach und ohne Brücke....

„Heda, junger Mann ich könnte Hilfe gebrauchen" schrie plötzlich einen Gestalt welche sich unter einer sehr alten Trauerweide mit etwas zu schaffen machte.

Vorsichtig ging Marius näher.

„Meint Ihr mich, ja?"

„Na du bist vielleicht gut, siehst du sonst noch jemanden hier?"

Als Marius näher kam sah er das ein sehr alter Porzellanmann gerade versuchte ein Floß aus Baumstämmen ins Wasser zu ziehen.

„Wenn ich mit an packe, nehmt ihr mich dann mit?"

Der Alte begutachtete nun Marius von Kopf bis Fuß. „Wo willst du denn hin?"

„Ans andere Ufer und dann zur Sprillerscharte"

„So, zur Sprillerscharte. Na dann bist du ja noch eine Woche unterwegs"

„Waaas! Eine Woche." Marius konnte dies nicht glauben. Und eigentlich wollte er es auch nicht. Wieso musste er eigentlich alles tun was dieser Master Ihm sagt! Wut keimte in Marius auf. Eigentlich tat er zurzeit immer das was einer oder jemand oder Zsora oder ein blöder Zwerg zu ihm sagten. Gut, er wollte die Ausbildung, in dieser Sache haben sie ihn ja gefragt. Also beschloss er von nun an die Dinge besser gegeneinander abzuwägen, und im Zweifelsfall auf sein Bauchgefühl zu hören, dass hatte ihn noch nie enttäuscht.

„Also guter Mann, ich muss dort hoch!" Marius fuchtelte in Richtung der Berge. „Könnt ihr mich über den Fluss setzen" Die Antwort dauerte Marius zu lange. Ein klares Ja oder Nein! Dazu brauchte der Mann einfach zu lange. Er beschloss nun Flussaufwärts zu gehen. Irgendwo konnte man ja den Fluss überqueren. Andere taten es ja auch.

Master Cain saß in seinem Arbeitszimmer. Ob man es so oder einfach Porzellanhalle mit Kristallschreibtisch nennen sollte darüber hatte Zsora noch nicht nachgedacht. Eigentlich wollte sie bis Mittag schlafen aber ihr Arm schmerzte und nun war sie aufgestanden. Zu Ihrer Beunruhigung konnte sie Marius nicht finden und auch sonst war das Haus fast leer. Liween kam nicht einmal nach lauten Rufen. Doch sie war ja schon früher hier gewesen und kannte sich deshalb aus. Da saß der Master und starrte auf einen Spiegel.

„Guten Morgen Master Cain. Sagt mir wo finde ich Marius?"

Doch der Master antwortete nicht sonder starrte weiter in den Spiegel.

Zsora kam näher und nun sah sie Marius. Er war fort! Und doch konnte sie ihn sehen. Master Cain antwortete nicht und kümmerte sich auch sonst nicht um Zsora.

„Wo habt ihr ihn hingeschickt?" schrie sie nun.

Plötzlich erwachte der Master der offensichtlich verwundert von Zsoras Anwesenheit erschreckt wirkte.

„Entschuldigt, ich habe dich nicht gehört!" sagte Cain

„Wo ist er?" schrie Zsora nun noch um etwas lauter.

Cain stand auf und wollte Zsora beruhigen.

„Zsora, komm beruhige dich, ich...."

„Was tut ihr da?"

„Wir haben keine Zeit mehr, ich muss es wissen, und so habe ich..."

„Keine Zeit!? Für was?"

„Zsora, das Böse ist erwacht und nun brauchen wir Marius, so er es ist!"

„Wie meint ihr das ES IST ERWACHT?"

„Sobald die Prüfung abgeschlossen ist müsst ihr zurück, sonst gibt es kein Niangeala mehr"

Zsora wurde blass. Plötzlich war alle bräune, welche sie in der letzten Zeit angesammelt hatte aus ihrem Gesicht gewichen. Tränen suchten ihren Weg und rannen leise an Zsora Wangen herab.

„Ich habe Euch vertraut! Ihr wollt nun Marius auf die Schnelle Testen und schickt ihn ins Verderben! Marius hat mir vertraut! Oh wie konnte ich nur!" schrie Zsora.

„Meine liebe Zsora, so versteht doch ,wir haben keine Zeit. Vertraut mir"

Zsora wich zurück. „Nein Ihr habt mein Vertrauen missbraucht. Marius ist in Gefahr, ich werde Ihn retten!"

„Er ist nicht in Gefahr, nur wenn er nicht der Auserwählte ist, dann könnte es ...."

Doch weiter kam der Master nicht. Zsora war aus der Halle gestürzt und den Gang hinuntergeeilt.

Master Cain setzte sich und vergrub sein Gesicht in seinen Händen. Er liebte Zsora wie seine Tochter. Nun hatte er sie verletzt, ja vielleicht sogar verloren. Ein lautes Ping erweckte neues Leben in Ihm. Es gab noch ein Problem. Dessen musste er sich jetzt schnell widmen.

3 Stunden und endlich! Eine Brücke. Eine alte Holzbrücke mit Dach. Doch der Boden war mehrfach geflickt und sah überhaupt nicht tragfähig aus. Wobei Marius ja nicht schwer war.

Er schaute in die Tiefe. Geschätzte 60 m. Das war hoch! Sehr hoch!

„He du Wicht, was starrst du an meiner Brücke hinunter" rief plötzlich eine Stimme.

Marius erschrak und drehte sich um. Dort stand ein Halbstarker, so hätte man ihn jedenfalls in Marius Dorf genannt.

„Ja dich meine ich du Blödmann! Beweg deinen Arsch weg von meiner Brücke" der Halbstarke machte einige Schritte in Marius Richtung.

„Entschuldigung! Ich wusste nicht, dass das deine Brücke ist. Ich müsste darüber, und ... ahh"

Marius lag am Boden. Ohne weitere Vorwarnung wurde er niedergeschlagen. Marius blutete an der Lippe, war aber immer noch freundlich gestimmt.

„Sag mal spinnst du, ich wollte doch ... ah"

Dieses Mal wurde ihm ein Fuß in die Seite gerammt.

Plötzlich ging selbst zur Verwunderung des jungen Torgängers alles ganz schnell. Marius war wie aus dem Nichts auf den Beinen und hatte den Kopf des Angreifers bereits zwischen seinen Händen ein Ruck und er Körper des Angreifers erschlaffte. Nun war alles still. Sogar die Vögel sangen kein Lied.

Olam kippte sich bereits das zweite Bier runter. Dass muss man den Porzellanmenschen ja lassen. Sie brauen besseres Bier als die Zwerge. Warum soll man es sich nicht gut gehen lassen. Hier war die Herrin ja nicht in Gefahr. Hier war alles gut! Einzig um seine Gefährten machte sich Olam Gedanken. Seit Zwei Tage sprachen sie kaum noch mit Ihm und tuschelten immer untereinander.

Plötzlich stand Gallat vor ihm. „Olam unser Führer wir müssen handeln" sagte dieser in einer sehr festen Stimme.

„Handeln? Ich verstehe nicht" konterte Olam und kippte den Rest seine Biere hinunter.

„Nun, wir haben es geschafft! Wir sind im Porzellanland. Nun müssen wir unserem Herrn und Gebieter König Molerat den Weg zeigen. Lasst uns die Fürstin töten und die Uhr an uns nehmen. So gelangen die Zwerge ins Porzellanland und wir können das Geheimnis um die Steine lüften und zu großer Macht und Reichtum gelangen! Also was sagt ihr?"

Olam blieb fast die Luft weg und er verschluckte sich. Hustend und nach Worten suchend war er aufgesprungen.

„Ihr seid die Leibgarde der Zeitfee! Ihr seid ihr mit Eurem Leben zur Ehre verpflichtet. Hier wird niemand getötet, und sollte sich einer meinem Befehl wieder setzen, so werde ich ihn eigenhändig töten!" schrie Olam.

Ein sehr dicker Zwerg zwängte sich aus der zweiten Reihe und ging mit gezücktem Dolch auf Olam zu.

„Habe ich es nicht gleich gesagt. Zeitverschwendung! Lasst ihn mich töten. Ah, was geschieht mit mir? Schrie er

Alle starrten auf seine Hand welche mit samt dem Dolch bereits zu Porzellan wurde. Das Porzellan wuchs weiter und zurück blieb nur noch eine vor Schreck erstarrtes Gesicht und ein weiterer Zwerg aus Porzellan.

„Hier geschieht nichts Böses. Das Böse hat keine Macht und es richtet sich gegen diese die es herauf beschwören." Sagte Master Cain welcher plötzlich mit 4 weiteren Porzellanmenschen den Raum betrat.

Dann ging alles sehr schnell. Die Zwerge zogen ihre Waffen welche sie unter Ihren Umhängen verborgen hatten und alle wurden augenblicklich zu Porzellan. Alle außer Olam.

Einer der Männer welcher hinter Master Cain Stand reichte ihm ein Kissen. Auf diesem Kissen lag ein goldener Stab mit einer Kugel aus massivem Gold als Abschluss. Master Cain nahm den Stab in die Hand und schlug zu. Der erste Zwerg zersplitterte in tausend Stücke und dann der Zweite bis alle in Trümmer lagen.

„Tod denen die sich nach Verderben sehnen" sagte der Master und legte den Trümmerstab zurück auf das Kissen.

„Nun Olam, was sagt ihr dazu?"

„Herr, ich wusste nicht, dass diese meine Männer bewaffnet und zu so einer Meuterei im Stande waren. Aber ich als ihre Anführer trage dennoch die Verantwortung." Olam kniete sich vor Master Cain.

„Steht auf ehrenwerter Olam. Nie habe ich an Eurer Integrität gezweifelt. Auch ihr wurdet getäuscht. Sonst hätte ich Euch nie damit beauftragt Zsora zu beschützen. Und nun geht. Ich denke Sie benötigt nun Eure Dienste dringend."

„Ihr ward schnell und seid ein Gruber! Oder irre ich mich?"

Marius drehte sich Blitzschnell um, denn er erwartete ja noch einen Angriff.

Doch ihm gegenüber stand ein Mönch. Ein dicker Mönch mit roten Wangen und ... Ja und irgendetwas war anders an ihm. Der Mönch bückte sich und griff den Hals des Halbstarken. Ein leises Klacken ertönte und der Halbstarke bewegte sich wieder.

„Nun troll dich aber" schrie der Mönch und der Halbstarke taumelte benommen von dannen.

„Ihr müsst vorsichtiger sein. Bei einem Menschen hättet ihr im das Genick gebrochen. Bei diesen Porzellanmenschen musste nur das Gelenk wieder eingerenkt werden. Aber eine Lehre wird es ihm schon sein, dass könnt ihr mir glauben." Erklärte der dicke Mönch.

„Wer seid ihr?" sagte Marius mit eiserner Stimme dem erst jetzt auffiel was an dem Mönch anders war.

Er war kein Porzellanmensch.

Der Mönch nahm Marius mit „Er solle ihm folgen" Na gut, irgendwie tat er zur Zeit immer das was andere zu ihm sagten.

Nach 2 Stunden steilem Aufstieg durch einen sehr schönen Alpinen Lärchen Fichten Wald traten Sie auf eine nach Süden steil abfallende Lichtung. Am oberen Ende erkannte der Torgänger eine Kapelle.

„Ist das unser Ziel?" wollte Marius wissen.

Der Mönch, welcher außer Atem war nickte.

Nach einer weiteren Stunde erreichten sie die kleine Kapelle. Daneben stand eine Berghütte wie sie Marius aus seinen Urlauben in den Alpen kannte. Der Mönch setzte sich auf die einfache Holzbank total außer Atem.

„Meine bescheidenen Behausung!" sagte er nach Minuten des Luftholens endlich.

„Die Tür ist offen, geh und sei so gut und bringe mir etwas zu trinken und zu essen."

Marius öffnete die Tür, drinnen roch es angenehm nach Holz und kaltem Rauch. In der Mitte der Hütte war eine Feuerstelle welche über einen großen Kamin den Rauch im Dach verschwinden ließ. Er fand Brot und Speck und zu seinem Erstaunen einen Krug mit dunklem Bier. Er hatte ja schon viel über Mönche gehört und war sich deshalb sicher dass dieser Mönch nach dieser Tortur von Aufstieg ein Bier brauchte. Zu viel Bier macht dick. Er lachte, deshalb sind viele Mönche dick!

„Danke, aber nimm nur du brauchst Kräfte mehr wie ich"

„Ihr kennt mich?" fragte nun Marius bereits mit vollem Munde.

„Nein, ich kenne euren Vater!"

„Er ist tot!"

„Oh glaube mir, die Guten leben ewig!"

„Woher kennt ihr Ihn?"

„Vor langer Zeit ist er auch diesen Weg gegangen, doch er war der falsche. Die Steine haben ihm nicht gehorcht und die Fürstin musste Ihn zurück gehen lassen"

„Zsora!"

„Nein, Ihre Mutter! Doch eines hatte er mir bei gebracht, Zinai! Auch du beherrscht es!"

Marius schüttelte den Kopf. Er wusste nicht was das sein sollte.

Der Mönch lächelte. „Wann hat dein Vater mit dir begonnen Übungen zu machen?"

Marius erschrak. Tatsächlich hatte er und sein Vater schon seit er 3 Jahre alt war Bewegungsspiele gemach. Zuletzt war er so gut, dass er seinen Vater umwerfen konnte.

Der Mönch lächelte. Zinai, die alte Kampftechnik, er hatte es von seinem Vater gelernt, es gibt niemanden mehr außer Dir lieber Marius Gruber der diese Technik beherrscht! Aber sei vorsichtig, es ist eine Waffe, wie du vorhin gesehen hasst. Übrigens ich bin Abt Alaschi, Hüter der Quelle des Lebens!"

„Was ist die Quelle des Lebens?" wollte nun Marius ungeduldig wissen.

„Komm ich zeige es dir!" Der Mönch stand auf, nahm noch einen Schluck Bier und ging mit dem jungen Torgänger zur Kapelle. Durch die kleine Türöffnung sprudelte ein glasklares Flüsschen, so dass man die Kapelle nur schwer betreten konnte ohne Nass zu werden.

Das innere war goldgelb erleuchtet und Marius erwartete eigentlich eine Menge Kerzen welche das Licht ausstrahlten. Doch da waren keine Kerzen! Am Ende des Raumes stand ein kleines Bäumchen mit goldenem Laub als wäre es aus dem felsigen Boden gewachsen. An seinen Ästen funkelten schöne farbige Steine, welche das wunderschöne Licht erzeugten.

„Der Steinbaum!" schrie der Mönch in einem euphorischen Ton.

„Diesen Baum mit der Gabe die magischen Steine wachsen zu lassen hat der Zwerg Markana und sein Bruder beim schürfen nach Schätzen im Berg gefunden. Doch sie waren nicht würdig und Markana tötete seinen Bruder. Daraufhin verloren die Zwerge den Zugang zu den Steinen und ihrer Macht. All Ihr tun und suchen gilt der Suche nach diesem Baum."

„Aber die Porzellanmenschen, ich dachte Master Cain hätte die Steine erschaffen, und ..."

„Master Cain, hahaha! Er ist nur ein Hüter, welcher versucht war die Macht an sich zu reisen. Nur mit der Milch der Vergebung können sie überleben, sonst holt das Böse sie in Ihr Reich"

Nun verstand Marius überhaupt nichts mehr.

Die Mine von Abt Alaschi verdunkelte sich. „Hüte dich vor den Porzellanmenschen!"

Alles in Marius verkrampfte sich. Nichts machte mehr Sinn. Sollte er nun den Porzellanmenschen trauen, oder Zsora oder dem Abt oder am besten Niemanden.

Marius taumelte und viel zu Boden.

Der Abt erschrak und sprang mit einem Satz welchen man in seinem Alter nicht mehr in Ihm vermutet hatte über das Bächlein. Er wollte Marius wieder auf die Beine helfen doch dieser winkte ab.

„Ich sehe in Euch Zweifel. Ihr glaubt nun an nichts mehr! Ist es nicht so?"

Marius war sprachlos und brachte keinen Ton heraus. Seit Veronika bei ihm aufgetaucht ist überschlagen sich die Ereignisse. Immer sagen neue Personen zu Ihm was er tun soll.

Was soll er nun tun?
Wem glauben?

Eins ist Sicher: Er ist in Gefahr!

Dies spürte er nun deutlich. Doch von wem geht die Gefahr aus.

Zsora! Ihr vertraute er! Er brauchte sie jetzt, aber sie war bei Cain, und den Porzellanmenschen! Vielleicht war sie in Gefahr. Was sollte er nun Tun? Was?

Der Abt beobachtete wie die Gedanken von Marius Ihn fast übermannten. Wortlos stand er da. Das einzige Geräusch war das friedliche Plätschern des kleinen Bächleins das seinen ruhigem Lauf folgend die kleine Kapelle verließ.

Plötzlich wurde es warm am Bauch von Marius ja sogar heiß.
„Ah" schrie er und versuchte die Tasche mit dem Stein wegzuwerfen. Doch es gelang Ihm nicht. Der Stein war so heiß, dass er sich durch die Tasche brannte und in das kleine Bächlein kullerte. Ein gewaltiges Zischen erfüllte den Raum und Rauch stieg auf.
Plötzlich trat sie aus dem Rauch. Eine Göttin, mit langem weißen Kleid und glatten Haaren, die Ihr bis zu den Knöcheln reichten. Ihr Gesicht war spitz und Kantig und doch freundlich und liebevoll.
Sie sprach in der Alten Sprache ohne Ihre Lippen zu Bewegen und Marius verstand doch jedes Wort.

„Ich bin die Fee der Sehnsüchte, die Herrin von Heute, Morgen und der Zukunft. Ich habe Dinge gesehen, die Waren, Sind und sein Werden. Heute habe ich deinen Schmerz und Zweifel gesehen, aber auch deinen Mut und deine Tapferkeit."

Marius wurde von einer wohligen Wärme erfüllt. Er fühlte sich zu Hause, in Geborgenheit und Sicherheit. Jetzt würde alles gut.

„Aber ich habe auch deine Feinde gesehen. Diese die Dinge getan habe welche dich verletzt haben und Sie werden Dinge tun die dich und jene die du liebst verletzten. Dunkle Schatten greifen nach der Macht. Schatten die überall verborgen Sind und mächtiger denn je hervortreten um Vernichtung und Verdammnis zu bringen. Halte Sie auf junger Torgänger!
Hilf den guten Mächten, denn sie haben Hilfe nötig. Du hast die Kraft, welche alle Steine vereinen kann. Suche sie und nütze die Macht die Sie dir geben."
Sie drehte sich um und lächelte in Richtung des Abtes, welcher auf den Knien lag.
„Vertraue auf Abt Alaschi!" sie wandte sich um.
„Und Zsora?" flüsterte Marius
Noch einmal drehte die Fee Ihren Kopf. Sie sagte nicht, aber Marius erkannte eine dicke Träne an ihrer Wange. Dann war sie verschwunden.
Und es war wieder Still. Die Vögel zwitscherten Ihr Lied und das Bächlein plätscherte. Der GRÜNE STEIN lag auf dem Boden vor Marius als wäre nichts geschehen.
Abt Alaschi war auf gestanden und lächelte zu Marius hinüber.
„Lasst uns nach draußen gehen und ins Tal blicken. Die Sonne geht bald unter."

„Sie ist weg!" schrie Liween.

„Ja ich weiß" Master Cain blickte nicht auf.

„Wie lange schon?" wollte Liween wissen.

„Sie ist noch nicht weit genug!"

„Dann müssen wir sie suchen und fangen!"

„Seit still, und geht!" schrie der Master.

„Oh nein, Ihr wusstet es von Anfang an. Marius ist der Richtige. Ihr wolltet Ihn auf die falsche Fährte locken und Zsora verwirren"

„Liween schweigt jetzt! Ich brauche Zsora nicht zu fangen! Sie ist bereits tot, oder dem Tode sehr nah!"

„Was sagt ihr da. Wie sollte das sein?"

„Sie ist der Versuchung erlegen und wird, so wie wir der Strafe nicht entgehen!"

Liween lachte höhnisch und gemein.

„Dann brauchen wir nur noch den Jungen zu beseitigen und zu Warten bis wir die Steine besitzen können"

Liween schnalzte mit den Fingern und zwei Porzellanmenschen aus schwarzem Porzellan nickten Ihr zu.

„Er ist so gut wie tot, Herrin!" sagte der rechte.

Master Cain zeigte keine Reaktionen. Er war nun alt. Zu alt! Die Vergangenheit holte sie nun ein. Es würde nun vorbei sein mit den Porzellanmenschen. Dem trügerischen Paradies und dem Leben am Tropf dieses scheußlichen weißen Zeugs! Er wusste es und ließ Liween im Glauben es noch zu Verändern zu dürfen. Glaube und Zeit, noch etwas mehr als er nun hatte. Seine Zeit war zu Ende. In Wirklichkeit war sie dies schon vor langer Zeit, als Sie der Versuchung erlagen und das Böse ein Teil von Ihnen wurde.

Sie hatten es nur aufgeschoben. All die Zeit, niemals bestand die Möglichkeit es aufzuhalten. So würde es auch mit Zsora sein. Vielleicht nicht Heute! Vielleicht nicht durch die SCHWARZEN! Aber sie würden Sie bekommen. Bald!

Zsora rannte! Als wäre der Teufel hinter ihr her. Doch lange konnte sie dies nicht mehr aushalten. Sie müsste rasten. Doch das kostet Zeit. Hier war sie sicher und nun wurde sie verraten. Er war wie ein Vater zu Ihr und hatte nie vor Marius und damit auch Niangeala zu helfen. Er war in Gefahr. Und sie hatte Ihn hierher gebracht. Er vertraute Ihr und nun das.

Sie liebte Ihn, ja sie vergöttert ihn. Sie brauchte ihn. Die Gedanken gaben Ihr wieder Kraft. Sie musste ihn wegbringen. Den Retter von Niangeala. Scheiß Niangeala. Sie hatte die Macht! Sie war eine Zeitfee. Sie würde einen Ort finden wo sie glücklich sein können. Nur sie beide. Marius uns Zsora. In einer friedlichen Welt. Sie würden den Ort finden. Ja das würde Sie.

Sie würden sich lieben und kuscheln und lachen und, und, und. Doch erst musste sie Ihn finden. Nur einmal war sie beim Abt. Master Cain hatte ihr das Bäumchen gezeigt. Sie sollte die Steine für ihn pflücken. Doch sie war zu schwach.

Erst jetzt begriff sie was er wollte. Sie hätte die Macht für Ihn an sich reißen sollen. Die Gier nach Macht.

Master Cain!

Er war verloren!

Es dämmerte bereits als Zsora vor der alten Holzbrücke stand.

Das Gefühl von Unbehagen stieg in Ihr Empor und ließ ihre Schritte langsamer werden.

Es drohte Gefahr. Doch Sie musste weiter.

Als sie in mitten der Brücke stand sah sie am anderen Ende mehrere schwarze Gestalten im blutroten Licht der Untergehenden Sonne auf Sie zukommen.

Zsora zog das Zweihänderschwert aus ihrem Rucksack.

„Wer seid Ihr"

Doch sie bekam keine Antwort.

Als sie sich umdrehte kamen auch von der anderen Seite bereit dunkle Gestalten auf Sie zu.

„Ich warne Euch ..."

Eine krächzende Stimme antwortet.

„Aber edle Herrin, wir kommen um Euch zu hohlen. Euch droht keine Gefahr! Seid versichert, denn der Master schickt uns. Er ist in Sorge."

„Wenn ihr Euch nähert, so werde ich euch in zwei Teile schneiden!" Zsora wedelte mit dem Schwert.

Eine glatte Hand aus schwarzem Porzellan packte Ihre Schulter, und schon war sie abgeschnitten.

Dann warfen sich von hinten zwei Porzellanmenschen auf Zsora und rissen sie zu Boden. Das Zweihänderschwert glitt ihr aus der Hand. Noch mehr schwarze Porzellanmenschen rannten herbei und drückten Zsora auf den Boden Einer drückte Ihren Kopf auf den Boden während ein anderer Ihr die Nase zu hielt.

„Ein paar Tropfen dieser Milch und schon wird alles gut. Ihr müsst nur trinken" krächzte die Stimme. Zsora strampelte und wusste dass es um Ihre Zukunft nun geschehen war. Sie würde nun ein Porzellanmensch ohne Gefühle ohne Liebe. Keine Zukunft für Marius und Sie. Sie war verloren und Hilflos.

„Lasst Sie sofort los. Sofort!" schrie Marius

Die Porzellanmenschen erschraken. Doch nur kurz, und wollten gerade Ihre böse Tätigkeit wieder aufnehmen als Marius bereits zweien den Kopf abgedreht hatte.

Auch Olam stand plötzlich da und sprang mit Wucht auf einen der Angreifer und schlug ihm mit einem Stein den Kopf in Scherben.

Marius packte das Zweihänderschwert und teilte einen weiteren schwarzen Porzellanmenschen in zwei. Das Schwert war groß und doch fühlte es sich leicht an. Der Griff war warm als gehörte er zu Marius, als wäre es ein

Teil seines Körpers. Er benutze es als hätte er nie etwas anderes getan.

Doch es war das erste Mal, dass er ein Schwert in Händen hielt.

Der Angriff war vorbei. Zwei Porzellanmenschen rannten den Berg hinunter und verschwanden in der Dunkelheit.
Schnaufend nickte Marius dem Zwerg zu.
„Danke!" sagte Marius
Auch der Zwerg nickte Marius zu und warf den Stein an dem immer noch eine schwarze zähe Masse klebte weg.
Zsora zitterte. Sie wollte weinen, sie wollte alles rausbrüllen. Aber das ging nicht. Gefühle! Anderen sein innerstes zu zeigen, die Verletzlichkeit. Das konnte sie nicht.
Marius nahm ihre Hand und zog sie auf die Beine.
Zsora packte seinen Kopf und küsste Ihn zärtlich und sehr lange.
Dann standen Sie wortlos da und schauten einander an.
„Ähm" räusperte sich der Zwerg Olam, „Herrin wir sollten hier verschwinden, schnell!"
„Der Zwerg hat recht. Ich weiß zwar nicht was los ist aber wir müssen echt hier weg" brummte nun auch Marius.
Zsora nickte leicht abwesend.

„In meiner Tasche" stammelte sie, doch Ihre Füße gaben nach und Olam konnte sie gerade noch mit seiner Schulter stützen.

Marius kramte in einer weißen mit Diamanten besetzten Tasche nach der Uhr.

„Die brauchst Du ja!?"

„Ja!"

„Ja und, brauchen wir keine Kutsche oder so etwas?"

Zsora schüttelte den Kopf. „Wir müssen uns nur die Hand reichen, alle!"

Marius wusste dass das eine Anspielung auf seine Abscheu gegen die Zwerge war, doch er würde es tun. Auch wenn er der Ansicht war es wäre besser den Zwerg hier zu lassen.

„Was ist mit den Sachen die wir mitnehmen wollen?" wollte nun plötzlich Marius wissen.

„Sachen, was für Sachen?"

„Eine Kiste!"

„Was ist in der Kiste?"

„Zsora, ich möchte nicht darüber sprechen!"

Nun war die Neugier der Rothaarigen Fürstin geweckt. Auch Olam`s Verstand war hellwach.

„Du solltest dich mir anvertrauen. Reisen durch die Zeit sind auch ohne komisches Gepäck gefährlich genug.

„Gut aber dann bleibt er hier!" Marius zeigte auf den Zwerg Olam, welcher den Torgänger mit düsterer und finsterer Miene anblickte, aber kein Wort sagte.

„Marius Gruber, Olam ist ein Freund und er hat gerade wieder einmal seine Loyalität bewiesen und nun solltest du diese Kiste öffnen!"

Zsora nahm die Hände von Marius und schaute ihn an: „Vertraue mir!"

Er blickte in die schönen moosgrünen Augen einer Frau die er sehr mochte. War es Liebe? Ja so musste es sein zu lieben. Das Gefühl von Nähe und Wärme und Sicherheit. Er musste ihr Vertrauen. Vertrauen in den Menschen den man liebt.

„Ja" stammelte er und zog die Kiste näher zu sich. „Ja ich vertraue dir"

Marius öffnete den Deckel und plötzlich war alles in ein helles warmes gelbes Licht getaucht.

Zsora schlug sich mit der Hand auf dem Mund.

„Bei Markana und den Göttern der Erde: DER STEINBAUM!" schrie der Zwerg.

„Oh Marius du hast es geschafft. Du bist der Auserwählte! Nun wird alles wieder gut. Die Macht der Steine nach denen alle Trachten sie wird in dir vereint und dann wir das Böse vernichtet!" Zsora umarmte, küsste und drückte den verdutzten Torgänger.

„Oh Herrin, wir müssen nun unbedingt hier weg. Und wir müssen den Baum in ein sicheres Versteck bringen." sagte der Zwerg

Ein lauter Knall durchbrach die Stille und Blitze zuckten über den dunklen Nachthimmel.

Zsora drehte sich um und blickte ins Tal.

„Jetzt sind sie verloren. Es geht zu Ende. Master Cain, ihr habt zu hoch gepokert und nun verloren!"

Sie nahm die Uhr und drehte den Zeiger.

„Gebt Euch die Hand und haltet alles fest was ihr mitnehmen wollt!"

„Zsora, der Abt!"

„Was?"

„Wenn hier alles zu Ende geht, dann müssen wir Ihn mitnehmen!"

„Wen?"

„Den Abt Alaschi!"

Die Blitze zuckten nun immer mehr und es war nun für alle 3 ersichtlich, dass ein Unheil über diese behütete Welt herein brechen wird.

„Wir können ihn nicht suchen, Marius wir müssen weg!"

„Ja, aber ..."

„Jetzt!"

Zsora wartete erst gar keine Antwort mehr ab. Der Berg schien zum Leben zu erwachen. Ein Brummen gefolgt von immer häufigeren und stärkeren Erdbeben ließ die Umgebung erzittern.

Zsora packte die rechte Hand von Marius und der Zwerg packte sich einen Fuß. Dann drehte die Fürstin blitzschnell die Zeiger und alle wurden in einen Spiralsog gezogen.

Dann wurde es dunkel und Still!

294

Abt Alaschi hatte alles beobachtet. Er war nun am Ende seiner Reise. Endlich hatte er einen Nachfolger gefunden. Das Schicksal und die Sicherheit des Steinbaumes waren nun nicht mehr seine Aufgabe. Er war frei und bereit zu seinen Vätern zu gehen.

Die Last die er jahrelang getragen hatte war endlich von Ihm abgefallen.

Nun ruhte sie auf den Schultern von Marius und damit das Schicksal aller freien Lebewesen.

Kapitel 7

Neue Verantwortung

Wieder war es still und Marius konnte sich an die letzten Minuten nicht erinnern.

Waren es Minuten oder Stunden, ja es könnten auch Tage gewesen sein.

Wieder wollte er die Augen nicht öffnen. Die Wahrheit leugnen und einen anderen Weg als der der ihm vorgegeben war einschlagen. Doch er wusste es er konnte es nur um Minuten hinausschieben.

Er öffnete die Augen!

Dieses Mal beide auf einmal.

Er lag in einem mit rotem Samt ausgeschlagenen Himmelbett. Gegenüber dem Bett loderte ein Kaminfeuer in einem Kamin aus weißem Porzellan.

Die Wände waren mit Rot und goldenen Stoffbahnen ausgekleidet.

Zsora lag neben ihm, nackt, und schlief.

Da waren wieder die Fragen: Wo, Was, Wer, und, und, und.

Die Antwort würde sicher bald erfolgen. Aber zuerst einmal genoss er die Situation.

Die Stille war einfach wunderbar. Es sollte immer so Still sein. Langsam, gerade so dass er Zsora nicht weckte setzte er sich auf.

Sie schlief fest und tief. Ihr Atmen war ein schweres und entspanntes. So hatte er Zsora noch nie gesehen. Ja eigentlich hatte er sie ja noch nie Schlafen gesehen. Ihre blasse Haut war ganz warm und weich. Er streichelte leicht darüber. Es war wunderbar.

„Hmmmm, mehr" stöhnte plötzlich Zsora.

„Du bist wach?" lachte Marius

„Noch nicht lange, aber mach ruhig weiter" bettelte die junge Frau.

Marius begann sie zu massieren und Zsora brummte dabei wie ein Bär.

Plötzlich erschrak der junge Torgänger.

„Mensch sag mal, dein blauer Fleck ist ja größer geworden."

Erschreckt fuhr Zsora hoch.

„Es ist nichts, hab halt eine blöde blasse Haut! Wie geht es dir?"

„Mir geht es gut, würde nur mal wieder wissen was so alles passiert ist und wo wir sind. Mir fehlt da wohl mal wieder was"

Zsora nickte.

„Wir sind im Wolkenschloss. Dies ist ein Ort in einer Paralellwelt. Weit weg von allen anderen, und doch nah genug. Hier sind wir sicher!"

„Komisch, dass hast du nun schon ein paar Mal gesagt, und dann kam es immer anders!" brummte Marius.

„Tut mir leid, aber irgendetwas ist im Gange und bringt das Gefüge auseinander."

„Wie meinst du das?"

„Ich kann es nicht erklären, aber ich wollte nur mit dir noch ein paar Augenblicke allein sein!" Zsora packte den Kopf von Marius und zog ihn zu sich her. Sie küssten sich leidenschaftlich und zogen die Decke über ihre Köpfe.

Marius war entspannt. Er hatte wieder mit Zsora geschlafen. Eine tolle Frau. Er liebte Sie. Das Feuer im Kamin war fast aus und die Glut tauchte den Raum in ein dunkles Rot. Es war Nacht geworden. Unter der Tür schien ein helles orangenes Licht hindurch. Marius stand leise auf ging zur Tür und öffnete sie. Dort stand er. Der Steinbaum. Mitten in einer runden Halle mit Glaskuppel. Das Bächlein floss munter glucksend aus seiner Wurzel in ein graues Bassin aus Stein. Marius war so als lebte dieser Baum wirklich, denn es schien so als würde es ihm gut gehen. Besser als bei Abt Alaschi.

„Marius!?"

Zsora stand plötzlich hinter ihm. Sie trug nur seidene Stümpfe, ansonsten war sie nackt.

„Komm, lass uns zurück ins Bett las uns den Moment auskosten! Morgen müssen wir zurück!"

„Zurück, ja wohin denn?" wollte der Torgänger wissen.

„Nach Niangeala, es ist in Gefahr!"

Abt Alaschi ging die dunklen Gänge schneller als ein zwanzigjähriger entlang. Er hatte ja die guten Nachrichten für seinen Herrn. Doch es war still. Zu Still! Er merkte ein aufkommendes Unbehagen.

Er spähte vorsichtig in die große dunkle Halle. Kein Geräusch. Normalerweise wäre er längstens aufgegriffen und dem Herrn vorgeführt worden. Doch heute? Keine Wachen und Schergen.

Unsicher betritt er die Halle welche nur von einem Matten grünen Licht der Kristallscheibe erleuchtet wird.

Wo sind die alle?

„Eindringling, eine Eindringling! Tötet Ihn" krächzte plötzlich eine Stimme.

Reflexartig drehte sich der Abt um und zog den Dolch welcher er unter seiner Kutte stets aufbewahrte.

In einer der dunklen Ecken bewegte sich ein Bündel alter Lappen. Oder waren es Säcke?

Vorsichtig bewegte er sich auf die Ecke zu.

„Ha, der Abt! Wollt ihr jemanden töten welcher schon tot ist?" krächzte das Bündel.

„Zeig dich!" befahl der Abt mit ausgestrecktem Dolch.

Das Bündel kroch auf ich zu und Abt Alaschi wich zurück. Plötzlich sah er zwei skelettierte Hände aus den Lappen ragen welche den Versuch unternahmen das Bündel zu ordnen. Nun sah der Abt in die Löcher eines Schädels wo einst Augen ihren Platz hatten.

„Seit über 200 Jahren liege ich in der Nische. Unbeachtet, Tod! Und doch sah ich Dinge. 200 Jahre, seit er mich für meine Taten in seinen Besitz nahm. Seht Abt, so sieht Eure Zukunft aus, zurück könnt ihr nicht mehr. Auch ihr seid verdammt und dem Bösen verfallen!" Dann fiel das Bündel wieder in sich zusammen.

Doch das sah der Abt längst nicht mehr. Er rannte! Hinaus aus den Gewölben. Ein Versuch!

Rennen, weg von dem Gesehenen, von der Erinnerung.

Weg von der Angst und der Gewissheit!

Weg von dem Unvermeidlichen und der Zukunft.

Doch wo hin?

Er war verflucht!

Es gab keine Rettung!

Also musste er seine Mission beenden. Er musste den Dunkle Herrn finden und ihm von seinem Erfolg berichten. Ja dann würde er Ihn reich belohnen und den ihm zustehenden Platz weisen.

Er hatte nichts zu befürchten.

Er war nicht tot!!

Marius saß auf einer Mauer welche das Wolkenschloss umgab. Noch war es dunkel, doch am Horizont brannten schon die kleinen Flammen der rot aufgehenden Sonne. Noch ein paar Minuten und das Schloss begann zu glühen. Er sah hinab auf die Wolken welche das Schloss umgaben, gerade so als schwimme es in einem Meer von Zuckerwatte. Es war still. Nur das leise Rauschen eines leichten Windes welcher sich in den Zinnen brach flüsterte Gedanken in Marius Kopf.

Er sollte initiativ sein und hier bleiben. Es gab einfach alles im Schloss was man wollte. Er würde mit Zsora zusammen sein und wer weiß eines Tages gäbe es vielleicht kleine Kinderstimmen die den Tag zum Leuchten brachte.

Sonderbar solche Gedanken. Von Ihm! Er der gerade noch ein Kind war und nun Erwachsen. In einem Wimpernschlag, und doch, zurück wollte er nicht. Sein jetziges Ich fühlte sich gut an.

Nun war es soweit. Die Sonne brachte das Schloss aus weißem Marmor zum glühen.

Für einen Augenblick.

Kurz!

Dann war es vorbei.

Doch er genoss diesen Augenblick als ginge er Tage, Monate und Jahre. Hier konnte er Gedanken fassen und zur Ruhe kommen.

Er musste klar sehen. Sonst ginge es gerade so weiter. Die anderen schoben ihn vor sich her. Nein! Nun würde er sagen was getan wurde.

Doch dazu musste er klar sehen. Die Dinge auf sich wirken lassen. In einem Augenblick!

So lange die Sonne ihr kleines Wunder vollbrachte.

„Guten Morgen!" Zsora kam mit zwei Becher Tee die Stufen herab.

„Bist du schon lange wach?"

Marius schüttelte den Kopf.

„Wir müssen zurück!" sagte er nun als wäre diese schon immer klar gewesen.

Zsora nickte. „Ja sie brauchen uns, und der Baum ist in Sicherheit. Das Wolkenschloss kann nur von einem von uns gefunden werden.

Marius schaute wieder in die Sonne. Nun war sie zu ihrer vollen Größe aufgestiegen und das Glühen hatte bereit aufgehört.

„Gut, dann bereite alles vor. Ich bin bereit! Wo werden wir Niangeala betreten?"

„Dort wo wir die anderen zurückgelassen haben zum Schloss meiner Mutter!"

„Also zu den blö.. Ähm, zu den Zwergen" brummte Marius.

„Ich weiß, du kannst sie nicht leiden, aber Olam hat uns bei dem Überfall gerettet, oder nicht?" zischte Zsora.

Marius nickte. „Übrigens wo ist er?"

Zsora bekam rote Wangen. Genau solche Wange wie ihre Schwester Veronika. Plötzlich sah Marius die blonde Fürstin vor sich. Sie fehlte ihm.

Zsora zog ein kleines Fläschchen aus ihrer Jacke.

„Ähm, hier drin"

„Waaas! Du hast ihn in eine Flasche gesperrt!?" schrie ein fassungsloser Marius.

„Ja, habe ich, weil ich mit dir allein sein wollte" keifte Zsora.

„Echt, junge Frau Sie machen mir Angst! Ich hohle meine Sachen" Kopfschüttelnd ging Marius ins Schloss.

Zsoras Wut war kaum noch zu unterdrücken. Irgendetwas sollte sie nun zerstören. Doch sie besann sich. Die Zeit des Kampfes würden wohl noch oft genug kommen. Mit dem Zeige und Ringfinger zog sie behutsam den Korken aus der Kristallflasche. Dann zog sie einen kleinen Stab aus Kristall aus ihrer Tasche und berührte den Flaschenhals.

Plopp!

„Herrin ich stehe nun zu Eurer Verfügung!" Olam verneigte sich in seiner vollen Größe (oder vielmehr dass was halt ein Zwerg seine volle Größe nennt) vor der Zeitfee.

Er hatte von all dem nichts gemerkt. Zsora hatte Macht, ja dass wusste Sie! Mehr als alle anderen ahnten. Eines Tages würde sie die Fürstin der Steine sein. Nicht Veronika. Es war ihr Platz und Marius gehörte auch ihr.

„Bereit!" Marius stand mit seiner Tasche im Hof des Schlosses. In seiner rechten hielt er das Zweihänderschwert.

„Ich denke wir haben alles, oder?"

Zsora nickte. „Es tut mir leid!"

„Nein mir tut es leid" sagte der Torgänger und drückte die junge Frau fest an sich.

„Wir müssen vorsichtig sein! Das Böse ist in unserer Nähe" sagte der Zwerg. Alle nickten. Zsora zog die kleine Uhr hervor und drehte an den Zeigern.

Die Reise begann von Neuem.

Brommi hatte sich in einer der kleinen Bastionen versteck seit dieser Golumbian angekommen war. Er hatte seinen Körper auf Winterruhe umgestellt, so brauchte er keine Nahrung. Doch seine Augen und Ohren waren hellwach. Sie nichtsnutzigen Missgeburten. Sie bereiten eine Falle für Zsora und Marius vor.

Doch sie haben diese Rechnung ohne den König des Waldes gemacht. Er hatte bereits über die kleinen Mäuse Nachrichte in alle Himmelsrichtungen des Waldes geschickt. Eine Armee der Tiere lag in Wartestellung.

Sollten diese Trunkenbolde nur losschlagen. Das wäre das letzte was sie sehen würden.

Marius, Zsora und Olam sind im weichen Moos gelandet. Der Frühsommer hatte nun die Buchen bereit in ihr dunkles Laub getaucht. Es war angenehm warm im Wald und die Vögel zwitscherten fidel.

„Auf zum Schloss Ihr beide und dann zurück nach Er Paraelle`." Sagte eine fröhliche Zsora.

Marius rappelte sich hoch und trabte hinter einer pfeifenden Zsora her. Offensichtlich freute sich jemand Heim zu kommen. Die Zugbrücke war unten und so schlenderten die Drei fröhlich in den kleinen Burghof. Olam war der letzte und als er das Tor hinter sich ließ wurde diese plötzlich zugeworfen.

Alle erschraken und drehten sich um. Eine Schar schwer bewaffneter Zwerge versperrte den Rückweg.

„Seid mir gegrüßt Edle Zeitfee!" Golumbian verneigte sich spöttisch vor Zsora.

„Zurück! Ja! Wie war die Reise? So berichtet mir doch, oder soll ich es aus Euch heraus foltern?"

„Nur zu!" Zsora zog das Zweihänderschwert was zur Folge hatte dass weitere unzählige Zwerge in Rüstungen den kleinen Hof füllten, so dass ein Bewegen nicht möglich war.

Doch Olam hatte sich vor Zsora gestellt.

„Ihr wagte es die Zeitfee anzugreifen" drohend hielt er seine kleine dicke Axt in beiden Händen.

„Ihr seid ein Verräter an eurer Rasse wenn ihr euch dem Befehl des Königs wieder setzt, Edler Olam" spottete Golumbian.

„Der König soll dies euch befohlen haben? Ha, nie und nimmer" schrie Olam.

„Doch, so ist es, und nun tretet beiseite" Golumbian holte mit dem Schwert aus und hätte den völlig überraschten Olam auch getötet wäre nicht plötzlich sein Kopf wie eine reife Tomate in den Pranken von Brommi explodiert.

„Hmmmm, ich hasse Zwerge" brummte dieser und nahm ein altes verbeultes Blechhorn und blies!

Ein Pfeifen drang einem durch Mark und Bein. Ein schriller Ton in der höchsten Tonlage. Alle mussten sich die Ohren zuhallten und einige immer noch erstarrten Zwerge vielen sogar um.

Dann wurde es still. Totenstill. Und es begann ein brummen. Wie der Vorbote eines Erdbebens. Es brummte und vibrierte.

„Was geschieht nun" schrie Marius.

„Sei unbesorgt, Freund! Sie kommen.

Mäuse, zu tausenden. Aus allen Ritzen und Löcher! Die Zwerge schrieen. Sie werten sich und versuchten die Mäuse mit Ihren Äxten und Schwertern zu töten.

Vergebens.

Nur Skelette lagen nun noch Zentimeterhoch im Burghof.

Brommi verneigte sich vor einer sehr Dicken Maus. Marius hätte sie fast für eine Ratte gehalten.

Nun war es wieder Still. Sogar die verstummten Vögel begannen wieder zu singen.

Olam kniete vor Zsora und Zitterte.

„Was hat das alles zu bedeuten, Herrin?" stammelte er.

„Steht auf edler Kämpfer. Ich weiß es nicht aber ich denke wir sollten sehr schnell zu meinem Vater.

Marius nickte. Er spürte die Wärme, genau genommen die Hitze welcher der GRÜNE STEIN in seiner Tasche entwickelt hatte. So heiß war er noch nie. Also war die Gefahr wohl auch so groß wie noch nie. Das Komische daran war das er sich nicht mehr abkühlte.

Brommi packte den Torgänger und hob ihn hoch.

„Mann du glaubst gar nicht wie ich mich freue Euch zu sehen. Wie ihr seht war ich vorbereitet." Brummte ein freudiger Bär.

„Ja, dieses Gesindel war mir von vornherein unsympathisch." Rief Marius und drückte das Zottelige Tier.

„Die Zwerge haben ihren Packt gebrochen. Das Böse ist mächtig! Und wir sind wenige!"

Zsora setzte sich erschöpft auf eine Treppe. Sie war blass. Blasser denn je.

„Herrin lasst mich zum König. Ich bin sicher er wusste nichts davon, und ..." Sagte Olam hastig.

Zsora schaute Olam an. Und dieser schaute Brommi an. Und er wusste es. Nie mehr würde er heim gehen können. Er war ein Verräter. Ein Verräter an seiner Rasse.

An der Nation der Zwerge, welche ihren Steinbaum, den Baum der grenzelosen Macht zurück wollten. Er hatte ihn gesehen. In der Hand von Marius. Und er wusste, dass sein Volk diesen Baum nie besitzen durfte. Nun war auch er ein Beschützer. Ein Hüter der Macht. Oder zumindest ein Beschützer jener die das Geheimnis kannten. Das war nun sein Leben.

„Herrin, von neuen gelobe ich euch Treue bis in den Tod" Olam war vor Zsora wieder auf die Knie gesunken.

„Steht auf edler Freund!" sagte die Fürstin und half dem Zwerg auf die Füße. „Ihr habt eure Treue mehr als einmal bewiesen".

Edler Freund, dass hatte noch niemand zu Olam gesagt. Nun hatte er Freunde. Ein Volk gegen Freunde. Dass war es allemal wert.

„Also lasst uns etwas essen und nachdenken wie wir so schnell wie möglich nach Er`paraelle kommen." Sagte Brommi und hatte schon die ganzen Spezereien der Zwerge unter dem Arm.

„Tja, da gäbe es eine Möglichkeit! Komm Marius ich brauche deine Hilfe" Zsora packte den Arm von Marius und zog ihn hinter sich her in das kleine Schloss hinein.

„Komm hilf mir, du bist größer" Zsora versuchte im Rittersaal einen der Wandteppiche abzuhängen.

„Ja für was soll das nun wieder gut sein" brummte Marius. Zsora lachte. „Vertrau mir!"

Ja, ja! Tat er das nicht immer. Den anderen Vertrauen. Hoffentlich würde er nie enttäuscht.

Das könnte böse enden. Nun hatten sie es geschafft und zogen den schweren Teppich mit der Abbildung eines Ritters bei einem Turnier in den Kleinen Burghof. Brommi hatte derweil alle Knochen der Zwerge in den Graben geworfen.

„Ah." Schrie Zsora plötzlich und fiel zu Boden.

„Zsora, was ist mit dir?" Marius versuchte sie noch aufzufangen doch er war zu langsam. „Hast du dich verletzt?" er kniete nun bei Ihr.

„Es ist nichts, mir wurde bloß etwas mulmig. Ist wohl gerade etwas zu viel. Komm hilf mir auf."

„Sag ich doch, lass uns etwas Essen, dann sieht die Welt wieder besser aus" brummte der Bär.

„Und trinken" schrie Olam und trank ein Krug Bier auf Ex.

„Ist wohl die richtige Entscheidung!" Marius nickte zustimmend. Sein Blick fiel auf den Arm von Zsora. Zwar war die schwarze Färbung nicht Schlimmer geworden aber Besser auch nicht. Sobald sie auf dem Schloss waren würde er Sie auch gegen Ihren Willen zum Arzt schleppen.

Brommi hatte ein Feuer entfacht und mehrer dicke Fleischbrocken aufgespießt.

„Hm, Auerochse, gegrillt. Komm Marius probier mal." Brommi reichte ihm ein Kindskopf großes Stück. Der Torgänger wollte nicht unhöflich sein war sich jedoch sicher dass ihm das nicht schmecken würde.

Ein lautes Brummen durchzog die Stille. Dies Nutzte der Torgänger um von Brommis Angebot abzulenken.

„Was war das?" fragte Marius.

Alle hörten gespannt in die Stille als es erneut Brummte.

„Bloß ein Gewitter! Lasst uns Essen." Brommi vertilgte den Fleischbrocken mit zwei Bissen. „Nach dem Winterschlaf habe ich immer Hunger!"

„Winterschlaf, wie meinst du das?" wollte Marius wissen.

„Na ja, ich habe mich verkrümelt. So konnte ich diese Brut von Zwergen besser beobachten und war nicht in Gefahr. Da musste ich halt von den Reserven leben." Er klopfte sich auf den Bauch. „Ist doch dünner geworden, oder"

„Einbildung, edler Bär" lachte Zsora, die zwar noch immer blas um die Nase war aber an sonsten wohl wieder einen besseren Eindruck machte.

„Olam, gebt mir ein Bier" dies ließ der Zwerg sich nicht zweimal sagen und reichte seiner Herrin einen Krug. Zsora trank ihn wie der Zwerg auf einmal aus. Marius verschlug es fast die Sprache als ein ohrenbetäubender Knall ihn fast von den Füßen riss.

„Ein Gewitter, ja?" wollte er nun wissen.

Zsora stand nachdenklich im Bughof. „Ich glaube das ist kein einfaches Gewitter! Seht die gelbe Färbung des Himmels. Schwefel! Es sind die Ausgeburten der Hölle welche sich versammeln."

„Wo versammeln?" wollte ein schmatzender Bär wissen.

„Bei Er`Paraelle!" schrie Zsora.

„Niemals Herrin. Niemand würde es wagen das Schloss der Fürsten anzugreifen. Eure Macht ist zu groß!" sagte entschieden Olam. Zsora reagierte Panisch.

„Schnell helft mir den Teppich auszubreiten. Schnell!" schrie Sie.

Marius machte sich ans Werk, doch der alte Wandteppich war schwerer als erwartet und allein war er Zsora wohl zu langsam.

„Schneller, kommt helft mir." schrie sie nun den Bären an.

„Was wollte ihr mit dem Teppich? Den Hof verschönern? Hahaha" lachte Brommi. Doch Zsora zerrte und zog am Teppich bis dieser gerade so ausgerollte im Hof lag.

„Alle drauf!" schrie die Zeitfee. Mürrisch folgten alle den Anweisungen. Dann holte sie Ihren Anhänger mit dem ROTEN STEIN hervor. Sie rieb ihn und er begann zu glühen. Dann legte sie den Anhänger in das rechte Auge des Turnierritters. Zuerst geschah nichts. Genau das hatte Marius auch erwartet. Doch dann wurden alle nach oben gehoben. Zuerst nur wenige Zentimeter. Doch dann immer mehr und mehr.

Brommi schrie. „Was ist das?" und warf sich auf den Teppich und versuchte sich festzukrallen.

Auch Marius und Olam hatten sich auf ihren allerwertesten fallen lassen, denn Sie flogen.

Marius konnte es nicht glauben. Sie saßen auf einem fliegenden Teppich. Doch eigentlich konnte er alles nicht Glauben. Feen, verrückte Porzellanmenschen, gefährliche Monster, er könnte die Liste ewig weiterführen. Doch wohin wollte Zsora? Er wusste nur eines. Der GRÜNE STEIN hatte seit dem Überfall der Zwerge nicht mehr abgekühlt. Und nun wurde er heißer.

Es war weg! Auch nicht unter dem Schreibtisch, nicht in einer Schublade, weg. Das Zepter wurde gestohlen. Sie hatte es einfach liegen lassen. Sie war es nicht wert die Bürde und Verantwortung der Fürsten zu tragen. Die Steine, die müssten nun Ihre Macht entfalten. Alle noch so kleinen Reste des ROTEN STEINES würden nun gebraucht. Jetzt!

Harms hatte zusammen mit Cranford die erste Welle der Angreifer mit einem Schwall an silbernen Pfeilen zu Fall gebracht. Doch aus den Wäldern der Berge kam eine immense Menge an Untoten. Teilweise trugen sie Rüstungen, teilweise waren es nur skelettierte Fragmente welche rostige Waffen schwangen.
„Die Tore zu, macht sofort die Tore zu!" schrie Cranford. Doch vergebens. Es waren Riesen. Solche Menschen hatte selbst der erfahrene Söldner noch nie gesehen.

Sie hatten die Ketten der Zugbrücken und die schweren Eichentore einfach heraus gerissen. Nun konnten sie die sich nähernde Bedrohung nur noch mit ihren Körpern aufhalten.

„Mein Gott, wir sind zu wenige" flüsterte Harms. Cranford nickte und sah wie die Angreifer seine Männer in Stücke hauten. Die meisten der Verteidiger hatten solche Krämpfe, dass sie sich wehrlos töten ließen.

Plötzlich ertönte ein Horn. Ein Geräusch aus der Hölle das einem durch das Mark fuhr. Noch nie hatten die Männer ein so schreckliches Geräusch gehört.

Direkt aus den Wolken kam ein Streitwagen auf die Burg zu. Ein Streitwagen aus Flammen. Sogar die Pferde bestanden aus Feuer.

„Der Herr des Todes!" trotz des Unheils stand Harms gebannt neben Cranford. In all den Erzählungen und Warnungen war vor seiner Ankunft gewarnt worden. Schon als Kind hatten Sie Ihm davon Erzählt. Ein Märchen, eine Fabel und nun die Wirklichkeit. Das Entsetzen stand den Männern in ihren aschfahlen Grauen Gesichtern geschrieben. Nun würden sie sterben und das Böse würde alles an sich reißen.

„Weh Euch, die nur auf Vorteile und Eigennutz aus seid. Ihr werdet dem Flammenwagen den Weg ebnen, so dass er kommen und siegen kann!" so stand es geschrieben.

Doch wie konnte es soweit kommen. Wie wurde das Böse so Mächtig? Warum sind die ROTEN STEINE der Quell der Rettung so geschrumpft?

Sie wurden verraten! Das stand den Männer fest. Und nicht nur einmal, nein mehrmals und öfters. Aus den eigenen Reihen, Amasio war nur der Anfang. Oder ein Teil einer geheimen Verschwörung. Das Böse ist nicht nur ein Gegner, den man sehen kann. Nein es ist ein Teil von allen. Eines Jeden! Wir werden mit dem Keim geboren und mit Glück sterben wir mit ihm. Doch immer wird dieser Keim, lebenslang versuchen auszubrechen. Die Macht zu übernehmen. Zu Töten und zu morden. Sich zu bereichern und dem Nächsten zu schaden. Dies ist der eigentliche Kampf den wir führen und ihn allzu oft verlieren. Doch nun waren die Männer allein. Sie schauten sich an. Ja sie würden heute sterben. Doch zuerst würden sie das Böse noch schädigen! Kampflos würden sie sich nicht ergeben. Harms nahm seinen Spieß in beide Hände. Fest würde er ihn gebrauchen. Cranford lud neue silberne Pfeile in seine Armbrust.

Plötzlich stand Veronika bei ihnen. Sie hatte mehrere Fragmente des ROTEN STEINES und den WEIßEN STEIN mitgebracht und mitten im Burghof vor ihnen ausgebreitet.

Herrin, das wird nicht gelingen, ihr könnt nur die ROTEN befehligen und ob nach Ohams Tod der WEIßE uns gehorchen wir das wissen wir nicht.

Wir werden es versuchen. Es gibt nun keine Wahl. Veronika nahm das größte Stück des ROTEN STEINES und rieb es mit der Innenseite ihrer Hand.

In der Zwischenzeit hatte der Feuerwagen bereits mehrere Male Schloss Er`paraelle umkreist. Zwei dunkle Gestalten standen im Wagen. Einer lenkte das Gespann wären der andere, eine sehr große dünne Gestalt mit einem Stab die Angreifer anfeuerte.

Es zischte und rauchte. Die ROTEN STEINE begannen zu glühen als wären sie aus purem Feuer.

Eine Träne kullerte die Wangen von Harms hinab. Fast alle seine keltischen Freunde waren getötet. Das Schloss der Fürsten bot den Angreifern keinen Widerstand mehr.

„Das seht, Herrin" wild fuchtelnd zeigte Harms auf den großen Turm.

„Sybyll" schrie Veronika.

Ihre Schwester stand auf dem Turm und hatte das Zepter in der Hand. Sie zeigte auf den Feuerwagen und schien etwas zu rufen.

„Mein Gott, sie versucht uns zu helfen, sie ist zu schwach! Harms ich bitte Euch, helft mir." Veronika zitterte.

In diesem Moment gab es einen Knall. Mehrere Ritter in roten glühenden Rüstungen waren aus den ROTEN STEINEN entsprungen. Keiner der Angreifer vermochte ihnen etwas anzuhaben. Aus ihren Schwertern zuckten Blitze welche die Untoten und Seelenjäger vernichteten.

„Das ist eine Aufgabe für mich!" schrie Cranford. „Seid unbesorgt, Herrin ich rette Sybyll!"

Nachdenklich betrachtete Harms den WEIßEN STEIN. Dieser zeigte keine Reaktion obwohl sie alle kurz vor der Vernichtung standen. Nun versuchte auch er ihn zu reiben. Doch was war das. Er konnte diesen Stein nicht mehr bewegen. Er hatte ihn getragen! Und nun lag er wie angemauert auf dem Burghof. Er versuchte es erneut. Keinen Millimeter konnte er den Stein bewegen. Plötzlich standen zwei Kreaturen vor ihm.

„Nun wirst auch du Sterben Kelte!" zischte der eine. „Ha! Nur zu du Missgeburt rief Harms und hatte dem ersten bereits den Schädel gespalten als der Feuerwagen im Burghof landete. Die Hitze war enorm und Harms versuchte mit seinem Mantel sich und Veronika zu schützen.

„So endet es!" zischte die große Gestalt welche langsam auf die Fürstin zu kam. „Nun bin ich am Ziel." In seiner linken Hand hielt er den SCHWARZEN STEIN. Veronika war es klar wer die Gestalt war. Es war nun nur noch ein kleines Stück des ROTEN STEINES übrig und somit auch nur noch eine handvoll Ritter. Diese jedoch stellten sich vor die Fürstin. Die Hitze schien ihnen nichts auszumachen.

Eine gelbe knochige Hand strich über den SCHWARZEN STEIN. Ein dunkler Schatten überdeckte das leuchten des ROTEN STEINES und brachte es zum erliegen. Die Ritter starben vor den Augen von Harms und Veronika.

„Nun sind wir allein. Ha! Schließ euch mir an oh edle Fürstin" zischte der Herr des Todes.

„Niemals!" schrie Veronika mit Tränen in den Augen.

„Niemals, Anatol welch schöne Worte kommen über diesen zarten Mund. Ein Mund wie der ihrer Mutter. Ob Ihr Blut auch so mundet. Süß und warm!" Anatol lachte. Es wurde nun still. Der Himmel war gelb. Es stank und der Burghof des Schlosses der Fürsten füllte sich mit Seelenjäger. Veronika hatte verloren. Sie hatten alle getötet. Freunde, Beschützer ja all die Menschen in Niangeala, welche der Macht der Fürsten vertraut hatten wurden nun in die Hölle gesogen.

„Ha, der Kelte. Du hast mir getrotzt, und doch siehe die Macht des WEIßEN STEINES ist versiegt. Oham zu töten war wunderbar" Die Gestalt seufzte. Das war zu viel. Harms holten aus. Doch ein entsetzlicher Schmerz ließ ihn zu Boden gehen.

„Die letzte Tat eines dummen Kelten!" lachte die Gestalt des Bösen. Der SCHWARZE STEIN hatte Harms mit einem Strahl getroffen.

„Und nun stirb!"

Ein raunen und lautes Gemurmel ließ den Herr des Todes innehalten. Ein weißes Licht. Kalt und rein schickte seine Strahlen in den Burghof. Die entsetzlichen Kreaturen wichen zurück und bildeten einen Korridor.

„Halt!" schrie Marius welcher mit beherzten Schritten auf den Herrn des Bösen zutrat.

„Ha, der Torgänger. Dieser Eine welchem es prophezeit war mich zu vernichten! Pah. Seht doch er hat keine Macht über die Steine. So wie all seine Vorgänger. Nun ist es zu Ende. Stirb! Sterbt alle!" zischte die Gestalt.

„Aber seht doch, ich habe Besuch mitgebracht" Marius verbeugte sich spitzbübisch und trat einen Schritt zurück. Es wurde kalt. Die Hitze des Flammenwagens war nicht mehr zu spüren.

Eine Frau in hellem weißen Gewand, doppelt so groß wie ein Mensch Schritt auf den Herrn des Todes zu.

„Ah" er wich einen Schritt zurück.

„Erinnert Ihr Euch. Es ist lange her. Und nun geht!" ihre Stimme war unmenschlich, kalt und metallisch.

„Ihr kommt zu spät! Ich habe nun die Macht über zwei Steine. Ich habe den ROTEN STEIN aufgesogen. Dagegen kommt ihr nicht an Fee der Vergangenheit." Schrie der Herr des Todes mit bebender Stimme.

Marius konnte keine Regung in ihrem Gesicht ausmachen als sie zuerst zu ihm und dann zum WEIßEN STEIN schaute. Harms war es als erstes aufgefallen. Der WEIßE STEIN begann zu leuchten. Zuerst nur unscheinbar und dann immer stärker.

„Geht!" schrie die Fee. „Geht zurück in Eure Gewölbe! Und wartet auf unser Kommen." Nach dieser Drohung hob sie die linke Hand und Blitze und Feuer sprühten hervor. Weiße kalte Flammen begannen auf die Kreaturen hernieder zu regnen. Ein Sturm von Geschrei und Rufen erhob sich. Doch es gab keine Gnade.

„Auch ich werde nun meine Rechnung begleichen" schrie Zsora und warf ihr Amulett mit dem letzten Stück des ROTEN STEINES auf den Herrn des Todes.

„Zsora neiiiin! Schrie Veronika, doch zu spät.

Der Herr des Todes stand in Flammen. Es waren kalte Flammen, kein Wasser dieses Landes könnte es Löschen. Auch der Diener Anatol war bereits von den Flammen verzehrt. So erging es allen Kreaturen. Jenen im Hof, jene welche sich auf den Weg nach Nexlingen machten, allen. Die Fee der Vergangenheit und Zukunft, die Fee des Vergessens tötete und vernichtete.

„Seht was ist das?" schrie Harms und zeigte nach oben.

Das Skelett eines riesigen Vogel schwebte über ihnen. Plötzlich war der Vogel und der Herr des Todes weg. Aus der Ferne war ein schreckliches Rufen noch lange zu hören.

Die Fee schaute betrübt, oder Marius vermutete dass ihr Gesicht nun Betrübt aussah, zu ihm.

„Er ist geflohen! Auch geschwächt habt ihr ihn"

„Wer ich?"

Die Fee nickte.

„Nein ich habe nichts gemacht!" beharrte der Torgänger.

Die weiße Frau legte nun Ihre Hand auf seine Schulten.

„Geht und sucht die anderen Steine! Geht noch heute" dann verschwand sie in einer hellen Wand aus Nebel und es wurde Still.

Kein Blatt an den Bäumen regte sich. Der Hof war Knö-chelhoch mit Asche der Verbrannten Kreaturen be-deckt.

„Alles O.K.!" schrie Cranford. „Ich habe sie!" Er hielt eine zitternde Sybyll in seinen starken Händen welche noch immer den Zepter fest umklammert hielt. Dabei bemerkte er ihre Ader. Sie stachen durch die blasse Haut der zierlichen jungen Frau. Doch sie wirkten Schwarz.

Plötzlich begann es zu dröhnen und ein orkanartiger Wind fegte alle Asche für immer hinweg. Diese Kreatu-ren waren verdammt und vernichtet.

Dann wurde es still.

Es war Totenstill!

„Mein Gott, seht doch alle sind tot!" sagte Veronika und begann zu weinen. Harms versuchte sie zu stützen.

Zsora legte ihre Arme um Marius und drückte ihn fest. Dann küssten sich die beiden zärtlich.

Auch in Harms regten sich solche Gefühle. Ob er auch Veronika fest drücken sollte. Sollte er es wagen. Ja das würde er nun gerne tun.

„Marius" flüsterte Veronika.

In diesem Augenblick erkannte Harms dass er es nie sein würde. Ja er es vielleicht nie war. Die Fürstin liebte den Torgänger.

Und der? Ja wen liebte Marius.

Es war ein schlimmerer Schmerz als jener der ihm der Herr des Todes zugefügt hatte. Doch er würde es überwinden. Er war stark. Er war ein Kelte und er war Harms!

„Du hast den letzten ROTEN STEIN vernichtet!" fauchte nun Veronika ihre Schwester an.

„Ich habe den Herrn des Todes vernichtet! Sonst nichts!" schrie diese zurück.
„Das war das letzte Stück!"
„Das kann nicht sein" sagte Zsora verunsichert.
„Doch es ist wahr! Euer Vater hatte den Hauptstein geschrumpft. Wir wissen noch nicht für welchen Zweck. Aber Euer Amulett war das letzte Stück, Zsora" sagte Harms. Zsora antwortete nicht. Das hatte sie nicht gewollt. Sie hatte ja nur ihr Stück opfern wollen. Und nun war Niangeala ohne den Schutz des ROTEN STEINES! Wie würde es weitergehen?

Marius war blass. Er hielt seinen GRÜNEN STEIN in den Händen. Auch dieser war geschrumpft. Nun war er nur noch so groß dass er seine Hand um ihn schließen konnte. Der Kampf hatte zuviel Kraft gekostet.

Das Schloss war leer. Alle Bewohner waren tot. Veronika war ratlos.
„Ich trage sie hinein" sagte Cranford der gerade Sybyll vom Turm herunter getragen hatte.

Veronika nickte.

Der starke Söldner trug die zierliche Frau hinauf in den großen Saal und legte sie vor den Kamin auf ein dunkelrotes Sofa.

„Herrin ich mache euch noch ein Feuer!" sagte er zu der bewusstlosen Frau.

Das Feuer tat ihm gut. So wie jener Abend in der Schenke mit Artep. Artep! Es schoss dem Krieger durch Mark und Bein.

Cranford rannte die Stufen hinab so schnell er konnte. Im rennen lud er die Armbrust.

Er rannte, sein Kopf war leer. Artep!

Er bemerkte nicht einmal die Rufe der anderen.

Er rannte, so schnell er konnte. Artep! Die Schenke! Ein Versprechen! Die Zukunft!

Es konnte nicht sein. Nein er musste es verhindern, oder retten oder es rückgängig machen. Artep.

Seine Pflicht! Ein Söldner! Sein Gefühl und sein Versprechen. Auch dies war Wichtig. Nicht gleichgültig. Es war ein Versprechen! Und auf ihn konnte man sich verlassen. Immer! Doch heute? War es anders. Er war auf dem Turm! Nicht in der Schenke. Nein auf dem Turm. Bei seiner Pflicht. Als Söldner.

Die Tür zur Schenke gab es nicht mehr. Drinnen herrschte eintotales Chaos.

„Artep" Cranford hatte die Armbrust am Anschlag und hielt mit der anderen Hand seinen Dolch fest umklammert.

Überall roch es nach Blut. Geronnen und schon in Teilen getrocknet. Auf dem Großen Tisch in der Mitte der Schenke lag eine junge Frau. Wie ein elektrischer Schlag durchschoss es den Krieger. Doch es war nur die junge Kellnerin. Sie hatten Sie mit Dolchen auf den Tisch genagelt und bei lebendigem Leib ausgeweidet.

„Artep!" schrie er nun mit lauter Stimme als könne er sie durch das anheben seiner Stimme herzaubern. Doch niemand antwortete ihm. Es war still. Langsam bewegte sich Cranford vorwärts. Es war schwierig bei all dem Gerümpel welche umher lag keine Geräusche zu machen.

Es war sein Versprechen sie zu beschützen und zur Frau zu nehmen. Das würde er tun. Sollen die ihren Kampf alleine führen. Er war Söldner. Er war frei!

Da! Ein wimmern. „Artep!" Cranford machte einen Satz und schon war er hinter dem Tresen.

Sie lebte! Noch! Cranford sah wie die Lebensgeister aus ihr wichen. Zu stark war sie verletzt. Sie hatten ihr den Bauch aufgeschlitzt und Artep versuchte mit den eigenen Händen ihre Organe am heraus quillen zu hindern.

„Mein Held! Ich wusste doch dass ihr mich rettet!" flüsterte Artep.

Die Tränen drückten Harms heraus. Er versuchte es zu unterdrücken. Doch es gelang ihm nicht.

„Ja, ich bin hier es wird alles Gut" sagte der starke Krieger mit erstickter Stimme.

„Wirst du mich jetzt heiraten, ja" Arteps Augen flackerten.

„Jaaa, meine Liebste, ja natürlich!"

„Du hast es versprochen mich zu beschützen, und ich wusste du würdest dein Versprechen halten. Cranford halte meine Hände."

Cranford wusste nicht wie er es anstellen sollte. Überall war Blut und er wollte ja Artep nicht weh tun.

„Sie nur die schönen Blumen. Ist es nicht ein schöner Tag" Doch da waren keine Blumen und es war auch kein schöner Tag. Artep war tot.

Er weinte. Noch nie hatte er geweint. Sturzbäche von Tränen rannen dem starken Kämpfer über die Wange. Sie hatten ihm das Liebste, das einzige genommen was ihm was bedeutet hatte. Er hatte sein Versprechen gebrochen und war nicht da als Artep ihn brauchte. Er hielt sie fest. Nie würde er sie loslassen.

Wie in Trance hob er die tote Frau hoch und trug sie in die hereinbrechende Nacht hinein.

Er war stark und doch taumelte Cranford.

„Ich...ich brauche Hilfe!" Harms und Marius schafften es gerade noch ihn zu stützen.

Liebevoll wollte Harms die Tote Artep Cranford abnehmen.

Doch dieser Schüttelte nur den Kopf.

„Ich werde mich nun von Ihr verabschieden" mit diesen Worten trug er seine Liebe in die Kapelle.

Das Böse hatte gewütet. Viele waren gestorben. Und doch war der Auftrag klar. Marius musste die anderen Steine suchen und finden. Er hatte es geschafft dass die Steine sich vereinen. Nur ihm würden Sie gehorchen. Es war ein weiter Weg und würde den tapferen Torgänger zurückführen. In seine Heimat zu seiner Mutter. Veronika fühlte sich schuldig. Sie hatte ihn aufgesucht und dann waren die Ereignisse über sie herein gebrochen.

„Isch glaube, ihrr müscht nu was essen" sagte Tinett mit ihren französischen Akzent.

Veronika jubelte. Tinett sie hatte überlebt und wie durch ein Wunder zog sie einen dampfenden Kessel hinter sich her.

„Schlimme Dinge sind passiert doch umso mehr braucht ihr Kraft"

„Danke Tinett, ja das brauchen wir" sagte Veronika und setzte sich auf eine der Steintreppen als plötzlich der halbe Burghof explodierte.

Harms wurde durch den Ruck die Treppe hinuntergeworfen. Zsora hatte blitzschnell das Zweihänderschwert gezogen.

Ein riesiger Wurm mit langen Fangzähnen reckte seine Fratze aus einem mindestens 12 m dicken Loch. Auf seinem Kopf saß eine kleine Gestalt in schönem Gewande.

„Oh, Menschen! Wie wunderbar!" sagte Mollerat. Unaufhaltsam strömten schwer bewaffnete Zwerge aus dem Loch.

„Ich sehe wir haben gesiegt!" Das Schloss des Fürsten ist mein, oder wird der ROTE STEIN etwa mich hinwegraffen?" er lachte.

Unheimliche Wut stieg in Veronika auf.

„Ihr wagt es. Ihr seid Abschaum!" schrie sie.

„Etwas mehr Respekt erbitte ich. Ich bin der König der Zwerge, und nun? Ja nun bin ich auch Herrscher über Niangeala. Geht und verrichtet eure Arbeit" befahl der König und schickte 4 Zwerge mit Hämmern und Pergament bestückt in die Kapelle.

Zu Cranford.

Binnen Sekunden ertönte Kampfeslärm und Cranford warf den letzten vor Molerats Füße.

„Ah, Ihr Mörder"

Cranford legte an.

„Halt! Schrie einer der Hauptmänner. „Oder Sie stirbt!" mehrere Zwerge hielten ihre kurzen Schwerter an Sybylls Hals.

Wieder willig senkte Cranford seine Armbrust.

Mollerat schickte neue Zwerge in die Kirche.

Was wollten die dort? Beten? Nun das konnte Marius und wollte er nicht glauben.

Zsora senkte ihr Schwert nicht. Ob sie wusste, dass sie ihre Schwester in Gefahr brachten. Marius wusste es nicht. Aber er wusste eins. Er hatte genug! Genug vom Sterben und töten! Genug vom Überfallen werden und genug vom Herum kommandiert werden

Immer mehr bewaffnete Zwerge entstiegen dem Loch und schon bald würde es eine enorme Armee sein.

„Du bist mir zum Gehorsam verpflichtet" schrie Veronika.

„Dir, ha! Nie! Schaut, oh edle Fürstin." Lachend zeigte Mollerat Veronika seinen Teil des SCHWARZEN STEINES.

Erschrocken wichen die Freunde zurück.

Plötzlich begann unter dem Gewand von Sybyll etwas zu leuchten. Dann entstieg aus einem plötzlichen Lichtstrahl ein Ritter in roter flammender Rüstung. Er sah alt aus und erschöpft.

„Sybylls Amulett!" flüsterte Veronika. Auch Sybyll hatte ein Stück des ROTEN STEINES bekommen. Jedoch konnte sie es nie Tragen und deshalb hatte Veronika gedacht, dass sie alle vernichtet hatte. Doch eines war übrig. Sybylls! Warum hatte sie es heute angelegt. Um vor dem Bösen beschützt zu sein? Oder wollte sie das Amulett schützen. Veronika konnte es sich nicht erklären.

Der Ritter riss der jungen Frau das Amulett ab. Keiner der Zwerge, ja selbst Mollerat wagten sich auch nur zu bewegen. Er kam mit großen Schritten auf Marius zu, verbeugte sich tief und übergab dem Torgänger das Amulett mit dem ROTEN STEIN. Dann sank er auf die Knie und starb.

Doch Marius wusste was er zu tun hatte.

„Harms, die Kanone!" schrie er.

Harms hatte sofort begriffen und die Kanone umgedreht, so dass diese nun in den Burghof schießen konnte.

Die Zwerge waren immer noch verblüfft und warteten auf einen Befehl ihres Königs. Diese wusste aber nicht was er befehlen sollte.

Endlich kamen die Zwerge welche erneut in die Kapelle geschickt wurden mit einem Stück Felsen zurück.

„Ich empfehle Mich!" rief der König. Dann befahl er dem Wurm „Töte alle!"

Der König verschwand in dem Loch so schnell wie er gekommen war.

Der Wurm regte sich und wollte gerade den Tot bringend sich auf die Freunde werfen als Marius schrie:

„FEUER!"

Dann knallte es und die goldene Kanone feuerte einen Regen von Stücken des ROTEN STEINES auf die Angreifer.

Heiß und tödlich ging der Regen nieder und alle starben einen Qualvollen Tod. Cranford schaffte es gerade noch Veronika zurückzuziehen, sonst wäre sie vom umstürzenden Wurm erschlagen worden.

Nun gab es noch mehr Tote auf Er`Paraelle. Marius bildete sich ein den Geruch des Todes riechen zu können.

Es war nun Still und dunkel. Brommi brachte ein paar Fackeln und somit etwas Licht in die Verwirrung.

Sybyll war wieder bewusstlos und lag auf einem Haufen toter halbverwester Zwerge. Harms und Marius saßen vom Rückschlag der Kanone gezwungener Maßen auf ihrem Allerwertesten und waren schwarz wie ein Kaminkehrer. Auch Tinett war schwarz und nass zu gleich, da die ganze Suppe über sie gelaufen war.
Zsora hielt noch immer starr das Zweihänderschwert, als gäbe es noch jemanden den Sie töten musste.
Cranford lag auf Veronika.
„My Lady, ist alles in Ordnung bei Ihnen?"
„Ja, es geht mir gut! Helft mir auf. Schnell!"
Cranford tat wie ihm befohlen und die Fürstin rannte in die Kapelle.
„Neiiiiiin!" schrie sie und alle rannten in die schmuckvolle Kirche.
Dort saß Veronika weinend vor dem heraus gerissenen Taufbecken.
„Nun ist alles vorbei! Sie haben die Karte mit den Angaben über den Ort wo die anderen Steine Versteckt sind. Dieses Schwein von Mollerat hat die Karte gestohlen!"
Alle standen wie versteinert da. Wie sollten nun sie die Steine finden. Sie hatten keine Möglichkeit. Und der Zwergenkönig könnte somit die Macht vereinen und die Herrschaft des Bösen würde zurückkehren.

„Na, vielleicht zerfleischen sie sich ja selbst!" sagte Cranford erschöpft und ließ sich auf eine der Kirchenbänke fallen. „He, na ja, ich meine der Zwerg und der Riese von vorhin!"

„Egal, wir müssen sie aufhalten! Kommt folgen wir dem Zwerg!" sagte Marius und zeigte auf das Loch.

„Da hätten wir keine Chance! In der Erde sind uns die Zwerge über!" sagte Harms.

„Marius hat recht! Hohlen wir uns zurück was uns gehört!" schrie Zsora die das Schwert immer noch in Händen hielt.

„Hm, ich würde ja sagen wir fragen Tinett, ob sie uns nicht noch mal was zu essen macht und dann schmieden wir einem Plan!" sagte ein doch recht gutgelaunter Bär.

„Mensch Brommi du verstehst den Ernst der Lage nicht. Die Zwerge haben ein Portal und können in die Welt der Menschen und mit der Karte wird er alle Steine finden. Wir werden alle sterben!" sagte die Fürstin. „Und ich bin schuld!" dicke Tränen rannen über ihre Wangen. Marius setzte sich neben sie und nahm Veronika in den Arm.

Zsora ließ sich nichts anmerken. Aber sie musste alle Kraft zusammennehmen um das Zweihänderschwert zu senken. Irgendetwas stimmte nicht. Eine Kraft, die vorher nicht da war. Oder doch? Aber nicht so ausgeprägt. Neue Gefühle! In dem Moment. Da wo sie Marius sah, und seinen Arm!

Um Veronika gelegt. Ihre Schwester. Die sie liebte. Und doch ein eigenartiges Gefühl. Es war auf einmal da, wie ein Schnupfen. Aus heiterem Himmel. Es war eine Lust. Ein Wollen ein Drang. Wie ein Dürstender in der Wüste. So hatte sie sich gefühlt.

Zustoßen! Blut! Das wollte Sie!

Zsora war verwirrt. Das ging vorüber. Auch ihr Arm schmerzte wieder. Nun war es ein brennen. So war es noch nie. Egal! Das geht vorüber.

Brommi schmatzte. Er hatte gar nicht gewartete bis das Feuer das Wasser in dem alten Kessel zum Kochen gebracht hatte. Lau warm schmeckten ihm die Würste auch. Tinett hatte einfach immer was zu zaubern. Vielleicht war sie ja die größte Zauberin auf dem Schloss!? Wer weiß!
Das Essen tat ihm gut. Er litt immer noch unter der Winterruhe, welche er wegen dieser Zwerge auf sich genommen hatte.
„Also, hört mal" brummte er mit vollem Munde. „Jeder sollte nun was Essen, dann fliegen wir wieder mit dem tollen Teppich zu meiner Höhle. Hm, geht schneller, schmatz!"

„Zu deiner Höhle? Was sollen wir da?" sagte Veronika mit belegter Stimme.

„Uns verstecken, natürlich" sagte die zarte Stimme von Sybyll, die gerade aufgewacht war. „Es tut mir leid. Ich wollte nur helfen! Habe ich das Zepter verloren?"

„Nein, Herrin! Ich habe es hier in meinem Umhang!" sagte Cranford und holte es heraus.

„Gebt es der Fürstin der Steine. Sie ist die rechtmäßige Besitzerin des Zepters!" schrie Harms.

Cranford nickte und übergab den Stab seiner Herrin.

„Eine Waffe! Ihr wisst was es vermag!" sagte Zsora mit erstarrter Stimme.

Veronika schüttelte den Kopf.

„Es bringt den Tod!" sagte Zsora

„Na wunderbar. Super! Noch mehr von dem Zeugs! Mist, es sind bloß nicht mehr viele zum Töten übrig!" spottete Marius.

„Es bringt denen den Tod die sich gegen die Gesetzte der Natur stellen!" ergänzte Zsora!"

„Oh, ja dann haben wir nichts zu befürchten. Oder?" Marius spottete weiter.

Zsora verdrehte nur die Augen. Eine Art die Marius zu einem Lächeln ermunterte und er sich entschuldigte.

Der Kessel war leer und Tinett wütend weil außer dem Bären immer noch niemand was gegessen hatte.

„Isch musch nosch meehr ohlen!" sagte sie.

„Danke, aber das ist nicht nötig, wir müssen aufbrechen!" brummte der Bär und reckte sich

„Wohin?" Wollte nun auch Harms wissen.

„Sagte ich doch! Zu meiner Höhle."

„Warum?" ergänzte Cranford.

„Wir müssen was abholen!"

„Mensch Brommi, sagt was los ist oder ich setzte mich so lange auf deinen Bauch bis alle Würste wieder heraus kommen" scherzte nun Harms.

„Die Karte!"

„Was für eine Karte" wollte nun auch die Fürstin wissen.

„Die Karte welche mir dein Vater vor vielen Jahren gegeben hatte. So halt zur sicheren Aufbewahrung oder so."

„Unser Vater hat dir eine Karte gegeben?" wollte nun auch eine schlagartig sehr muntere Sybyll wissen.

„Ja!"

„Brommi, wo ist die Karte?" wollte Veronika eifrig wissen.

Brommi wurde etwas sauer. Hörten die nicht zu? Musste er etwa alles zweimal sagen?

„Bei meiner Höhle, zum 100. Mal. Zsora den Teppich, schnell.

Gelb. So war die Farbe dessen was er erbrach. Schon seit Stunden. Er war bis auf die Knochen abgemagert. Allein!

Es war kein Sieg! Geschwächt hatte er sie. Ausgelöscht die Meisten. Ja!

Doch zu welchem Preis!

Der SCHWARZE STEIN war geschrumpft. Der rudimentäre Rest des ROTEN STEINES hatte ihm nichts gebracht.

Seine Armee war geschlagen und vernichtet.

Gut es gab noch mehr. Noch mehr verfluchte Seelen die auf ihre Chance warteten. Doch er brauchte Kraft.

War es zu früh?

Was hatte er nicht vorhergesehen?

Der Zwerg! Er wagte es seinen Platz streitig zu machen. Ihn wird es gelten als erstes zu vernichten. Doch wie könnte er zu Kräften kommen.

Töten!

Er musste töten. Je jünger desto besser. Frauen besser als Männer. Hilflose besser als Reiche.

Er würde jemanden finden. Er wusste auch schon wo und wen. Eine Mutter! Das würde seine Rache sein und ihm neue Kräfte geben. Heute!

Langsam ging er zum Portal. Er würde zurückkehren. Dorthin wo es begann. Dorthin wo alles hätte eine andere Wendung nehmen sollen. Das Blut, die Tränen das Flehen. Und dann der Tod! Das wird ihn nähren und stärken!

Es sollte ein schöner Tag werden. Die Sonne stand bereits früh hoch am Himmel und lachte. Nichts deutete mehr auf das Vergangene hin. Das Sterben, das Flehen den Tod in all seinen vielen Facetten. Marius hatte in den letzten Tagen mehr gesehen als ihm lieb war. Und er leistete einen Schwur! Er würde Sorge tragen dass dieses Aufhören würde. Er würde die ihm anvertraute Aufgabe Meistern und zum Ende bringen. Jetzt würde er das Böse verfolgen und hinter seinen eigenen Linien schlagen.

„Marius!?" Zsora riss ihn aus seinen Träumen. „Komm wir sind fast da!"

Zsora konnte den Teppich nicht direkt auf dem Plateau vor der Höhle von Brommi landen, da dort zuviel Wald war. Deshalb mussten sie noch ein Stück zu Fuß gehen. Veronika war sofort nach der Landung vom Teppich gesprungen und los gerannt. Mittler weile konnte man sie gar nicht mehr sehen.

Die Vögel zwitscherten als wäre nichts gewesen. Der Wald breitete seinen Mantel des Vergessens aus. Doch Marius wollte nichts vergessen. Viele waren gestorben und würden nie zurück kommen. Die Seelenjäger hatten ihre Seelen getötet. Die einzige Möglichkeit des Tötens in Niangeala. Nur durch das Töten der Seele der anderen können die Verfluchten am Leben bleiben. Eine gewisse Zeit. Dann mussten Sie Neue Seelen finden und Töten.

Marius war der letzte auf dem Plateau vor Brommis Höhle. Nicht dass er sonst nicht rennen konnte, nein sogar im Gegenteil. Das Vorankommen im Wald ist sonst ja seine besondere Stärke. Der Wald ist seine Heimat. Dort bewegt er sich sicher und behütete. Nichts und niemanden konnte ihm dort Angst machen. Düfte und Gerüche, Geräusche und Schatten. Alles war ihm vertraut. Doch heute war er in Gedanken, welche seine Beine träge machten. Es wäre Zeit für eine Pause, doch die Geschwister Fürstinnen würden ihm heute wohl keine gönnen. Nicht nach dem Massaker.

„Also Bär wo ist die Karte!!?" schrie Veronika fast schon hysterisch.

„Im Brunnen!"

„Wo im Brunnen?" Zsora stocherte mit einem Stock in dem glasklaren Wasser.

Gemächlich und sich nicht aus der Ruhe bringend trabte Brommi zu seiner Höhle. Dort angekommen richtete er sich auf die Hinterbeine auf was seine enorme Größe von fast 4 m noch imposanter erscheinen ließ. Dann zog er an einer hinter Moosen versteckten Kette.

Ein lautes Gurgeln durch brach die Stille und das Wasser aus dem Steinbecken floss durch ein ovales Loch aus dem Trog hinaus und plätscherte den Hang hinab.

Auch der Zufluss versiegte und tropfte jetzt nur noch dürftig.

Alle starrten auf den Grund des Troges. Mit einem lauten Seufzter wischte der Bär die Algen auf dem jetzt trockenen Stein Boden mit seiner dicken Pranke ab. Und.. da war die Karte!

Alte Schriftzeichen und Zeichnungen bedeckten den ganzen Brunnenboden. Brommi griff hinein und zog eine Steinplatte aus dem Trog. Erst da erkannte Veronika, dass die Karte nicht Teil des Brunnen war sonder lediglich in ihm versenkt wurde.

„Warum hat Vater das getan!" fragte Sybyll
„Was getan?" fragte Zsora verwundert.
„Uns hintergangen!"
„Wie meinst du das? Er hat uns nicht hintergangen, Sybyll!"
„Doch das hat er. Es gibt noch eine Karte, von der wir nichts wussten. Er hat dem Bären mehr vertraut als uns!" Weinend lief sie weg.
„Ach lasst sie, dass ist jetzt egal! Wir sind wieder im Spiel!" schrie eine überglückliche Veronika. Marius verstand nichts.
„Jetzt können wir die anderen Steine Suchen und miteinander vereinen. Wir müssen schnell sein und dem Zwerg zuvorkommen!" Veronikas Augen leuchteten.

„Ja, das müssen wir! Aber wir können nicht alle gehen."
Sagte der Kelte Harms.

„Ja, er hat recht." Pflichtete ihm auch nun Zsora zu.

„Waas? Wie meint ihr das!" wollte Veronika wissen.

„Herrin, sie haben recht. Ihr müsst hier bleiben. Ihr seid die Fürstin der Steine. Euer Volk ist nun ungeschützt und brauch einen Führer." Erklärte Cranford

„Herrin welcher Steine. Es gibt keine mehr. Ich besitze keine Macht. Ich habe den Tod über all die Getreuen gebracht!" flüsterte nun Veronika mit erstickter Stimme.

Marius nahm sie in den Arm. Er roch ihren Duft. Er schmeckte ihre Tränen und versuchte zu trösten.

„Ich werde gehen. Die Steine helfen mir und die Herrin des Vergangenen wir mir Macht geben!" sagte ein entschlossener Torgänger.

Zsora spürte wieder ein brennen in ihrer linken Hand. Auch glaubte sie das Flammenschwert in seiner Scheide auf ihrem Rücken zu spüren. Es war warm und flüsterte zu ihr: Töte, Töte, Töte.

„Glaub mir es ist das Beste!" sagte Harms.

„Wie soll ich mein Volk verteidigen? Ich besitze nichts!" schrie Veronika Harms an.

„Doch oh Herrin des Waldes, Ihr besitzt dessen Macht und Zepter!" Plötzlich wie aus dem Nichts waren 3 Hirsche aus dem Wald auf die Lichtung getreten. Stattliche Tiere mit imposanten Geweihen.

338

„Halt, wer seid Ihr" schrie Cranford und hatte bereits seine Armbrust gezogen.

„Wir sind Tiere des Waldes und machen unserer neuen Herrin die Aufwartung" sagte der rechte.

„Auch Mut und Rat bringen wir mit!" sagte der linke.

„Die Steine, die Tiere der Boden, ja sogar der Wind des Waldes werden euch gehorchen und beschützen!" sagte nun der Mittlere.

Immer mehr Tiere drängten sich auf die Lichtung vor Brommis Höhle. Eichhörnchen, Vögel, Mäuse ja, sogar Insekten machten der Herrin des Waldes ihre Aufwartung.

Veronika zitterte und zog das Zepter vorsichtig aus ihrem Beutel.

„Aaaber, ich." sie stotterte. Harms wusste wie ihr zumute war. Er legte die Hand auf die Schulter jener Frau die er begehrte. Doch er wusste es wird ihm ewig versagt bleiben.

„Ihr werdet lernen das Zepter zu führen. Ihr müsst hier bleiben und das Volk und das Land zu schützen."

Dicke Tränen kullerten über die Wangen der jungen Frau. Sie wusste dass Harms recht hatte. Sie wusste auch, dass sie allein sein würde. Das was sie am meisten fürchtete würde eintreten.

Sie trat vor Marius. „Ich warte auf dich!" Und Marius spürte ein Wärme in ihm aufsteigen. Er nickte wortlos und gab seine Zustimmung, nein ein Versprechen zu einer Sache die er nicht plante, eine welche wohl durch das Gesetz der Liebe entstehen wird.

Der dunkle Fleck auf Zsoras arm kroch wie ein Schatten unbemerkt weiter empor. Ihre Augen waren kalt und steif.

„Hm, gut! Nach dem das geklärt wäre, wie gehen wir in die Welt der Menschen?" fragte Cranford nüchtern.

„Durch das Portal. Ich weiß wo eines ist" schreie Marius. „Kommt!"
Er rannte davon. Die anderen versuchten mit ihm Schritt zu halten.
Nach einer für Sybyll gefühlten Ewigkeit standen sie am Rand einer schönen Blumenwiese. Die Sonne stand im Zenit und die Blumen dufteten als bestünden sie nur aus Nektar.

Mitten in der Wiese stand der dicke Weidenbaum.

„Dort bin ich angekommen. Von dort können wir zurück!"
„Und wie soll das geschehen?" fragte Sybyll, welche noch immer außer Puste war.
„Wir werden es herausfinden!" sagte Zsora mit harscher Stimme.

„Herrin wir werden hier warten!" brummte der Bär.

Nun übermannten die Gefühle Veronika. Am liebsten hätte sie wie ein kleines Mädchen geweint. So viele waren tot. Und alle ihre Freunde würden nun weggehen. Ob sie jemals wieder zurück kommen würden. Sie wusste es nicht, und doch wusste sie dass es unausweichlich so sein müsste. Wenn es eine Chance auf Leben gäbe, so müsste sie jetzt genutzt werden. Das Böse muss aufgehalten werden. Weinen durfte sie nicht. Nicht jetzt. Es gab jene, die Sie nun als neue Führerin ansahen, und jene die für sie in die Welt der Menschen gingen um die Steine zu hohlen. Sie war die Fürstin.

Und allein.

Nun hatten sich alle unter der Weide versammelt. Veronika schaute starr und stumm zu ihnen hinüber. So gerne wäre sie mit. Doch nun würde sie sich ihrer Aufgabe in Niangeala widmen.

„Wir müssen uns allen die Hand geben!" sagte Marius während er den GRÜNEN STEIN aus seiner zerschlissenen Tasche packte.
Alle folgten seiner Anweisung.

„Sybyll! Du willst auch mit?" fragte Zsora ungläubig.

Sybyll nickte. „Ich will helfen und ich kann dass."

„Gut! Wir brauchen jeden Mann!" sagte Cranford und lachte.

Nun hatten sich alle an den Händen genommen.

Es waren alles Tapfere Helden. Keiner wusste wie es werden würde. Keiner wusste ob er jemals wieder nach Niangeala zurückkehren würde. Sie waren zusammen und doch war jeder allein mit seinen Gedanken.

Harms, der Kelte!
Cranford der Söldner mit der Armbrust.
Zsora die Rothaarige Kriegerin.
Sybyll die blasse Fürstin.
Sheik Alma E`l Orate der einzige Überlebende der Wüstenkrieger

Und

MARIUS
Der Torgänger

Der GRÜNE STEIN leuchtete und blitzte und sie waren weg!

Abt Alaschi hatte alles beobachtet und begab sich nun auf seinen Weg!

Die Torsteine 2

Die Suche

Marius ist zurück. Zurück in der Welt der Menschen. Doch nur er und Harms haben es geschafft. Von den anderen fehlt jede Spur. Wo sind sie? Doch das stellt Marius hinten an. Zuerst muss er nun seine Mutter retten. Kommt er noch rechtzeitig?
Und dann müssen die anderen Steine gesucht werden. Ein Wettlauf gegen die Zwerge und das Böse beginnt. Doch diese wollen mit allen Mitteln Marius aufhalten und töten.

Derweil wird eine Böse Macht immer Stärker. Etwas das Böser ist als der Tod und der Herr der Unterwelt. Und diese Macht kennt das Geheimnis von Zsora.

Davon Ahnt Marius nichts. Auch nicht von den Verbündeten des Todes in seiner nächsten Nähe.

Der Herr der Verdammnis greift nach den Steinen und kann sie bereits berühren.

Sie stellen Marius eine Falle aus der es kein Entkommen gibt ...

Demnächst in Handel erhältlich!!